KB265482

마도종사

FANTASTIC ORIENTAL HEROES

백일 新무협 판타지 소설

마도종사 1

백일 新무협 판타지 소설

초판 1쇄 찍은 날 § 2010년 8월 27일
초판 1쇄 펴낸 날 § 2010년 9월 3일

지은이 § 백일
펴낸이 § 서경석

편집팀장 § 서지현
편집책임 § 박우진

펴낸곳 § 도서출판 청어람
등록번호 § 제1081-1-89호
등록일자 § 1999. 5. 31
어람번호 § 제2-1970호

주소 § 경기도 부천시 원미구 심곡2동 163-2 서경B/D 3F (우) 420-822
전화 § 032-656-4452 팩스 § 032-656-4453
http://www.chungeoram.com
E-mail § chungeoram@chungeoram.com

ⓒ 백일, 2010

ISBN 978-89-251-2278-6 04810
ISBN 978-89-251-2277-9(세트)

※ 파본은 구입하신 서점에서 교환하여 드립니다.
※ 저자와 협의하여 인지를 붙이지 않습니다.
※ 이 책은 도서출판 청어람과 저작자의 계약에 의해 출판된 것이므로,
　무단 전재 및 유포·공유를 금합니다.

백일 新무협 판타지 소설

魔道宗師

마도종사

FANTASTIC ORIENTAL HEROES

1

도서출판 청어람

目次

서장
마도의 몰락

    무림 사관들이 정천(正天)의 거사라고 기록한 그날, 대정맹의 무인들이 마도련의 총단을 급습했다. 마도련에 남은 마도의 형제들은 검갑(劍匣)을 숙소에 남겨두고 대정맹의 공격에 맞섰다. 검갑을 숙소에 남겨둔 것은 퇴각이 없다는 뜻. 마도인들은 아무도 도망가지 않았고, 그 누구도 항복하지 않았다.

    결국 이틀에 걸친 혈전 끝에 마도련의 무인들은 전멸을 당했다. 무림 사관들은 그때 대지를 뜨겁게 달구었던 마도인들의 의기를 무림사에 기록하지 않았다. 그들은 정파 수뇌부의 빛나는 전술과 정파 무인들의 당찬 용맹만을 무림사에 기록했다.

    정천거사 이후 대정맹은 마도련의 잔존 세력을 끝까지 추적

하여 씨를 말렸다. 마도인들은 강호에서 사라졌고 정파인들은 이제야 강호가 평화스러워졌다고 목소리를 높였다. 순박한 민초들은 그들의 주장을 믿었으며 이 땅에 다시는 마도인들이 득세하지 않기를 바랐다.

그러나 그땐 아무도 예상 못했다.

마도의 견제가 없는 정파 천하는 독재의 시대.

강호에 참된 정의는 사라졌다. 교만과 위선이 넘치는 세상이 되었다. 독선과 이기심에 물든 위정자들이 영웅으로 행세했다. 대중은 거짓 영웅들에게 항거하지 못했다. 항거를 하면 마인으로 몰려 개인은 물론이요, 가족까지 무참히 참살됐다.

정천거사에서 최후까지 항전했던 마도련주 사우적이 이런 말을 남겼다.

"강호는 오늘의 결과를 두고 환호하지 말라. 정과 마의 거리는 의외로 가깝다. 이제 정(正)은 마(魔)가 되고 마는 정이 되리니, 강호는 그때에 이르러서야 전날의 우리를 마도협사(摩道俠士)로 기억하게 되리라!"

정파 독재 육년.

사우적의 그 말은 비수가 되어 무림으로 되돌아오고 있었다.

第一章
칠종검마 능파종

魔道宗師

마도종사

칠색칠검(七色七劍)을 등에 장착한 흑의사내가 장강 강변을 걷고 있었다. 당당한 보행이지만 흑의인의 외관 상태는 좋지 못했다. 도검에 베인 상의는 넝마를 방불케 하였고, 머리카락은 격전의 흔적을 보여주듯 피에 젖은 산발이었다. 일 보를 내딛을 때마다 사내의 바지 끝자락에서는 피가 뚝뚝 떨어졌다. 독화살이 깊숙이 박힌 그의 왼쪽 옆구리에서는 선혈과 더불어 누런 진물까지 흘러내렸다.

그러나 당당한 걸음걸이에서 드러나듯 신체의 상처는 사내에게 별다른 영향을 끼치지 못하였다. 그는 고통의 표현은커녕 지친 기색도 없이 강변을 보행했다.

극한의 수련자에게 참아내지 못할 고통이란 없다. 대정맹

호남연합에 쫓기던 얼마 전 그는 이보다 더 처참한 상태에서도 열흘간이나 생존했다. 그때 그는 열하루가 되던 날 형산에 올라 그를 추적했던 호남연합의 이대 총수, 형산파 장문인의 몸에 응징의 검을 쑤셔 넣었다. 무려 일곱 자루의 검을.

장강과 샛강의 교류 지대.

그는 거칠게 합류하는 물결 앞에서 걸음을 멈추었다.

감상일 리가 없다.

이 순간 그는 눈앞의 강을 파헤치듯 노려보고 있었다.

스윽!

어깨 뒤로 그의 손이 올라갔다. 그는 칠 검 중에서 흑검을 뽑아 들고 강으로 첨벙첨벙 뛰어들었다. 허리까지 수면에 잠기자 그는 강이 합쳐지는 중심 수면을 노려보며 흑검을 강하게 내려쳤다.

츄아아아! 츄아아아!

흑검을 기준으로 물보라가 갈라진 벼랑처럼 치솟았다. 물보라뿐만이 아니다. 일단의 백의인들도 물보라 속에서 같이 솟아올랐다.

흑의사내는 눈을 매섭게 번뜩였다.

표적 확인!

백의인 넷. 병기는 협봉검. 성별은 여(女).

검공은…… 난피소화검(亂披韶花劍)!

"아미파의 계집들이구나!"

확인은 끝났다. 조치도 결정됐다. 그는 흑검을 등 뒤로 돌려 넣고 칠 검 중에서 검신이 가장 긴 홍검을 빼들었다. 검과 검을 교체하는 과정은 번개처럼 빨랐다. 어떤 빈틈도 보이지 않았다. 홍검을 빼든 그는 채찍을 돌리듯 길게 휘둘렀다.

"윽!"

"크윽!"

잘린 육질이 수면으로 우수수 떨어졌다. 좌우에서 뿌려진 핏물이 그의 얼굴을 붉게 물들였다. 그는 피로 덮인 얼굴을 씻고자 머리를 수면 안으로 담갔다.

"응?"

순간 그는 동작을 중단했다. 아직 끝나지 않은 위험. 그를 노리는 표적이 하나 더 남아 있었다. 그는 물속에 머리를 담근 자세에서 홍검을 청검으로 급히 교체했다. 청검은 언월도를 양날 검으로 개조시킨 것. 그는 청검을 움켜잡고 다시 수면 위로 고개를 들었다.

"검마! 네놈의 목을 기필코 베고 말리라!"

남은 표적, 한 명의 백의녀가 우측 전방 십 장 어림에서 무섭게 달려오고 있었다. 수면을 밟고 있으니 수상비의 신법이라고 해야 하리라.

"타앗!"

그는 청검을 수면 아래에서부터 힘차게 걷어 올렸다. 청검에 갈린 물살이 백의녀를 표적으로 일직선 파장을 쭉 일으켰다.

백의녀는 그의 일검에 척살되지 않았다. 백의녀는 청검의

파장을 그대로 뚫고 나왔으며 이어서 수면을 박차고 올라 그
의 머리 위까지 단숨에 떠올랐다.

"하아아아!"

공중 반 회전!

백의녀는 발이 하늘로 올라간 일직선 자세가 되자 검을 두
손으로 잡고 곧장 그를 향해 내리꽂았다.

카아아앙!

백의녀의 검이 청검과 수직으로 격돌했다. 불꽃의 번쩍임과
동시에 유성이라도 떨어진 듯 수면에 거대한 동심원의 물결이
생겨났다.

"흥! 검마의 소문은 과장된 거였군!"

파도치던 물살이 잔잔해지자 백의녀는 수면에 허리를 걸친
채 자신의 검봉을 흡족하게 쳐다봤다. 검봉에는 피가 흥건히
묻어 있었다. 그녀의 피가 아니니 만족스런 결과를 이루어냈
음이다. 백의녀는 이제 결과를 확인하고자 수면을 두리번거렸
다.

반 각, 또 반 각.

상당한 시간이 흘러갔음에도 수면 위로 아무것도 떠오르지
않자 백의녀의 안색이 뒤늦게 딱딱하니 굳었다. 승리 확신이
너무 일렀던 것이다.

백의녀가 다시금 검을 움켜잡을 때였다.

촤아아아악!

그녀의 허리 아래 수면에서 무언가가 벌떡 솟아올랐다.

좀 전까지 청검을 사용했던 흑의인이다.

그는 수면 밖으로 나오자마자 왼손을 갈고리처럼 뻗어 백의녀의 목을 감아쥐었다. 그의 응조수. 사납고도 빠르다. 단호하면서도 정확하다. 백의녀는 그의 이런 공격에 어떤 대항도 할 수 없다.

그가 말했다.

"멍청한 년! 적의 심장을 도려내도 승리를 장담할 수 없는 무림이거늘, 고작 핏물의 흔적 따위로 승리를 확신하느냐!"

"으으, 으으."

그의 질책은 백의녀에게 의미없이 들린다. 그녀는 지금 숨이 턱턱 막히고 있다. 곧 죽는다는 것. 그것만이 실감되고 있다.

"너따위 계집이 나를 쫓는 놈들의 수장일 순 없다. 말해, 누가 너를 보냈어? 추적의 실제 총수는 누구야?"

"끄으으, 끄으으."

백의녀가 눈을 연방 깜짝댔다. 말도 못하고 고개도 돌릴 수 없으니 의사를 표현할 방법은 그게 유일했다.

그가 손아귀의 힘을 풀자 압박에서 풀려난 백의녀는 숨을 헐떡이며 그를 쳐다봤다.

"어서 죽여. 난 아무것도 말하지 않아."

죽여달라는 말과 다르게 백의녀는 아직 생을 포기하지 않았다. 죽으려고 작정했다면 그녀 스스로 혀를 물었을 것이다.

"답을 하든 말든 그건 중요하지 않아. 중요한 건……."

그는 말하다 말고 백의녀의 가슴 안으로 불쑥 손을 넣었다. 대적 관계이기 이전에 남자와 여자의 접촉이다. 백의녀는 얼굴을 찡그렸고, 그는 그녀의 그런 반응에 상관없이 물기에 젖은 여체를 마음껏 헤집었다.

툭!

백의녀의 가슴에서 그가 손을 빼냈다. 그의 손에는 작은 동패가 들려 있었다. 그는 동패를 보며 중단했던 말을 이었다.

“중요한 건 네가 아미파의 직전제자 신분이라는 것이지. 그렇지 않나? 대정맹 사천연합 아미파 난화검주 유난청.”

동패에는 백의녀의 신분이 새겨져 있었다. 그녀는 아미파의 제자가 맞았다. 그것도 장문인의 진전을 이어받았다는 ‘매난국죽’ 사대제자 신분이었다.

“악적! 나를 죽인다면 우리 아미파와 나의 사부님께서 너를 절대로 용서하지 않으실 거다.”

이미 드러난 신분. 백의녀는 한줄기 살길을 찾고자 대정맹의 실세 무파인 사문의 명성을 적극 강조했다.

백의녀의 도박이 아주 헛된 수만은 아니었던 듯 그는 무언가를 잠깐 생각하고는 말했다.

“화청에게 전해라. 더는 나를 자극하지 말라고. 자꾸 나를 자극하면 그땐 내가 직접 아미산에 올라 아미의 맥을 끊어버린다고.”

경고의 뜻은 백의녀에게 중요하지 않다. 중요한 것은 아미파의 장문인에게 전하라는 말의 의미였다. 그것은 곧 살길이 열렸다는 뜻과 같았다.

"그, 그 말은 나를 살려주겠다는 뜻인가요?"

백의녀의 입에서 존대어가 나왔다. 그런 후 그녀는 애써 처연한 미소를 지었다. 청춘 여성의 미소. 그것도 아미파에서 미모로 삼 위 안에 들어간다는 여인의 미소. 남자의 동정심을 유발할 요소가 충분히 들어 있다.

"으음."

그는 좁힌 눈매로 백의녀의 미소를 잠깐 응시하고는 오른손에 들린 청검을 등 뒤로 돌려 넣었다. 그 모습을 본 그녀는 안도의 숨결을 흘려냈다.

반전은 순간이다.

와락!

흑의사내가 갑자기 백의녀의 목을 사납게 움켜잡았다. 목을 잡은 손은 왼손이다. 등 뒤로 돌린 그의 오른손엔 참형도(斬刑刀) 모양의 검, 황검이 잡혀 있었다.

"어, 어찌?"

백의녀가 이해할 수 없다는 눈으로 그를 바라봤다.

그는 입꼬리를 비틀곤 주저없이 그녀의 뽀얀 이마 중심에 황검을 내려쳤다.

퍽!

그는 갈라진 백의녀의 머리를 내려다보며 말했다.

"그건 지옥… 지옥에 가서 전해."

*   *   *

표적:칠종검마.

나이:삼십대 후반 추정.

이름:능(能) 씨라는 성 외에는 파악되지 않았음.

신분:마도연합 일대호법.

추적 기간:육 년.

추적 피해:정무대주 소일학, 정무판주 응자경, 풍화방주 낭금양, 형산파 장문인 소요 상인, 대정총관 태무진 등 추적에 투입된 특급 및 일급 간부 오십칠 명 전원 사망.

추적 의의:상기 표적은 마도의 마지막 남은 호법사자로서 반드시 척살해야 할 자임. 상기 표적이 강호에서 활동하면 마도의 불씨가 되살아날 가능성이 있음. 특히 상기 표적은 마도 비전 백마총의 소재를 알고 있는 유일한 자임. 정보에 의하면, 상기 표적은 육 년 전 잠적한 사우적의 딸을 찾아 백마총에 입총시키는 것이 최종 목적이라고 함. 백마총을 말살시키지 않고서는 마도의 맥을 끊었다고 할 수 없음. 따라서 상기 표적이 마도의 사명을 완수하기 전에 추적, 척살해야 함. 생포는 필요없음. 발견 즉시 천라지령을 걸고 표적을 추적, 척살할 것. 추적, 척살이 완료되기 전에 천라지령은 회수되지 않음. 아울러 추적사단에 열외는 없음. 대정맹 지역 총주라도 예외가 아님. 강호의 평화를 위해 대정맹의 형제들은 반드시 상기 표적을 척살할 것!

"적이지만 정말 대단한 놈이외다. 육 년 동안 구주 천라지령에 추적을 당하고도 이렇게 우리를 농락할 정도라니."

"난 놈의 무공보다 놈의 정신이 더 대단하게 느껴지는 바이오. 놈과 같은 처지였던 팔방도마는 삼 년간 추적을 당한 끝에 결국 자기 스스로 목을 잘라 버리지 않았소. 한데 검마는 아직도 보란 듯이 정도 천하를 유린하고 있소. 나는 이제 두렵소. 놈의 독기가, 놈의 집념이."

삼 인의 중년인이 난화검주 유난청의 시신이 발견된 장소인 강변 습지로 걸어왔다. 이남일녀인 그들은 질퍽한 습지를 지나왔음에도 신발 하단에 진흙 한 점 묻어 있지 않았다. 답설무흔의 경지. 내공이 화경에 이른 존재라는 것을 알려주는 일이었다.

대정맹 중경연합 총주 용호방주 유가양.
대정맹 중경연합 고문 선우세가 가주 선우강.
대정맹 사천연합 서열 삼위 아미파 장문 화청 선자.

대정맹의 지역 실세들이 이렇게 한자리에 모이는 일은 흔치 않다. 그들이 모일 수밖에 없었던 이유는 검마 능파종이 그들의 관할 지역에 출현했기 때문이다.

선우강이 말했다.

"듣자 하니, 얼마 전 호남연합 총주 한산월이 천신께 고사를 지냈다고 하더이다. 다시는 검마를 호남 땅에 출현시키지 말아달라고."

유가양이 피식 웃으며 동조했다.

"뭐, 그 사람 입장에선 그럴 만도 하겠지요. 추적, 척살은커녕 검마를 뒤쫓았던 형산파 장문인이 도리어 놈에게 죽임을 당해 버렸으니 말이오. 당시 대정맹주의 진노가 이만저만이 아니었다고 하더군요."

선우강이 화청 선자의 눈치를 살피며 말했다.

"이러다가 자칫 우리 중경연합도 고사를 지내야 할지도…… 뭐, 아미파야 떠나면 그만이겠지만."

아미파는 중경연합에 속한 무파가 아니다. 아미파는 사천연합의 주력 무파인데, 장문인과 제자들이 중경 보정산의 불교 성지인 대족석각에 예불을 드리고자 찾아왔다가 그만 검마 출현 사건에 휘말려 버렸다.

"두 분은 말을 삼가십시오. 우리 아미파는 사문의 원수를 처단하기 전에는 절대 사천으로 돌아가지 않습니다."

화청 선자가 유난청의 시신을 내려다보며 말했다. 제자의 처참한 죽음에 감정이 북받쳤는지 그녀의 눈이 몹시 붉어져 있었다.

"아미파의 의기를 우리가 어찌 모르겠소. 나는 그저 우리 관할에서 적극 활동해 주는 아미파가 고맙고 또 걱정되어서 그런 말을 한 거요. 안 그렇소, 유 형?"

선우강이 유가양을 슬쩍 돌아보며 미소 지었다. 그 웃음의 뜻을 유가양이 어찌 모를까. 아미파는 사천의 명문이자 정도 구파의 일원으로서 대정맹의 실세 무파다. 그런 아미파를 자극하여 이 사건에서 발을 못 떼게 하려는 심산이다.

유가양이 보조를 맞추었다.

"아미파가 협조를 해준다면 우리는 그야말로 천군만마를 얻은 셈이지요. 중경에서 검마의 목을 자른다. 생각만 해도 가슴 벅차는 일이 아니겠소. 핫핫핫."

화청 선자가 두 사람을 돌아보며 말했다.

"두 분은 이제부터 검마가 중경으로 들어온 연유를 알아봐 주십시오. 검마의 행적은 아마도 그 이유와 관련이 있을 겁니다."

선우강이 자신있게 말했다.

"알겠소이다. 중경은 여타의 성과 다르게 지역민들이 정도연맹의 끈으로 단단히 묶여 있습니다. 놈이 중경에 머무르고 있는 한 우리의 눈을 피할 수 없을 겁니다."

유가양도 자신감을 피력했다.

"어제저녁, 대정맹주께서 마정단의 핵심 무인들을 중경으로 급파했습니다. 검마의 심성이 아무리 악랄하다고 한들 그들을 상대로는 칠종검을 제대로 사용하지 못할 것입니다."

마정단(魔正團).

정도 천하에 굴복한 마도의 무인들을 대정맹의 살수들로 자 탄생시킨 조직을 말함이다.

"마정단이라…… 핫핫, 이거, 앞으로 아주 재미있어지겠는걸.”

선우강이 흡족히 웃었다. 유가양도 덩달아 크게 웃었다.

그러나 화청 선자는 그들의 심정과 다르게 유난향의 시신을 내려다보며 쓰린 신음을 흘려냈다. 머리가 갈라진 시신. 화려한 미모를 자랑했던 유난향의 생전 모습은 어디에도 없다. 화청은 시신의 갈라진 머리를 하나로 모아놓고 장강으로 돌아섰다.

“반드시…… 반드시…… 끝을 보리라.”

화청의 중얼거림은 의지의 표현이다.

그녀의 속가명은 유지인. 이번에 죽은 유난향은 그녀의 제자이자 감춰둔 친딸이었다.

검마 척살

대정맹의 일대 공적이기 이전에 딸의 복수.

화청은 자신의 흑발을 길게 잘라 강물에 흩뿌렸다.

*　　　*　　　*

중경 금릉.

칠종검마 능파종은 자정을 넘긴 시각에 중경의 외곽 도시 금릉에 들어섰다. 그가 인적이 드문 시각에 도시로 잠입한 이유는 자신의 외양을 은밀히 바꿀 필요성을 느꼈기 때문이다.

전투가 목적이 아닌 바에야 칠종검마의 모습 그대로 저자에 나갈 수는 없다. 저자에 나가 필요한 물품을 이것저것 구하는 것도 문제가 있다. 그런 식으로 생활하면 하루도 못 가서 대정 맹에 행적이 발각되고 말 것이다.

금릉에 잠입한 그는 우선적으로 어느 한 집의 담을 넘어 청의를 한 벌 훔치고 변장에 필요한 여러 물품들도 함께 구했다. 집주인에게 발각될 일은 애초에 없었다. 육 년 동안 구주 천라지령에 걸리고도 살아남은 전적에서 볼 수 있듯 그는 무공만큼 잠입과 은신법의 수준도 높았다. 마음먹기에 따라 얼마든지 도둑이 되고, 살수도 될 수 있었다.

청의를 구한 그는 그 길로 바로 금릉 외곽의 냇가로 가서 칠종검을 풀고 목욕을 했다. 달빛 아래에서의 목욕은 아주 정성스럽고 꼼꼼하게 진행됐다. 몸에 인처럼 박힌 피 냄새, 그것을 지워내고자 했음이다.

목욕을 마친 그는 그간 멋대로 내버려 둔 머리카락을 자르고 다듬었다. 수염도 같이 정리했다. 용모가 제법 단정해지자 그는 훔쳐온 청의를 차려입고 이어서 백색 영웅건을 이마에 둘러 맵시를 부렸다. 그는 자신의 변한 모습을 달빛 어린 냇가에 비춰보았다. 사십대의 일반인 모습이 수면에 비쳤다. 학사 모습을 기대했지만 그건 자신이 생각해 봐도 기대하기 어려운 일이었다.

변용을 끝낸 그는 칠종검을 자루에 담아 끈으로 묶고 금릉 저자로 향했다. 어느덧 날이 밝아오고 있었다. 일출 아래 그의 행보 모습. 강호에서 악명을 날리는 칠종검마의 분위기는 전혀 없었다. 그는 금릉에서 흔히 볼 수 있는 지역민이 되어 있었다.

　저자의 광경은 대륙 어느 도시를 가더라도 마찬가지다. 금릉의 저자도 다르지 않았다. 노점, 상점, 객잔이 저자 양편에 자리 잡고 있고, 행인들이 그 중앙으로 난 길을 분주히 오가고 있었다.

　능파종도 행인들 속에 섞여 길을 걸었다. 노점상의 호객 행위를 제외하고는 그를 남달리 보는 시선은 없었다. 그는 지극히 평범했으며, 한편으로는 다른 지역에서 온 방문자처럼 허둥대거나 어색한 모습을 비추지 않았다. 그는 금릉에서 살아온 사람처럼 익숙한 눈으로 행로를 잡았으며 가끔씩은 노점상주를 돌아보며 먼저 알은척을 했다.

　사실 그는 금릉을 처음 방문한 것이 아니었다. 아니, 사실 그는 금릉과 떼려야 뗄 수 없는 연을 맺고 있었다. 금릉은 그가 나고 자란 곳이며 청춘 시절의 추억을 간직한 도시였다. 그는 이 순간 눈을 감고도 금릉의 지리를 파악할 수 있었다. 저자를 걸어갈 때 인사를 건넨 노점상주 중에는 그가 기억에 담아둔 이들도 있었다. 비록 그들은 그가 그때의 그라는 사실을 알지 못했겠지만.

　능파종은 저자 중심에 자리 잡은 낙원서점 앞에서 걸음을 멈추었다. 오랜 세월이 흘렀지만 이곳은 예전 그대로의 모습을 유지하고 있었다. 곧 떨어져 나갈 낡은 간판이 그랬고, 서점 앞 평상에 앉아 꾸벅꾸벅 졸고 있는 서점 주인이 또한 그랬다.

달라진 점이라면 당시 중년이었던 서점 주인이 어느덧 백발이 희끗한 노인으로 변했다는 것뿐이다.

"으음… 이보게, 뭐 찾는 책이라도 있으신가?"

능파종의 인기척에 서점 주인이 졸음에서 금방 깨어난 눈으로 물었다.

그는 말없이 고개를 저었다.

그러자 서점 주인이 다시 물었다.

"하면, 이곳에서 사람을 만나기로 약속한 건가?"

익숙한 물음. 예전에도 서점 주인은 항상 그렇게 물어왔다. 그는 서점 주인이 다음에 할 말을 예상해 보았다.

"그렇다면 그렇게 서 있지 말고 기다리는 사람이……."

"그렇다면 그렇게 서 있지 말그 기다리는 사람이 올 때까지 안에 들어와 책을 보고 있게. 굳이 서책을 사란 말을 안 할 테니 말이야."

서점 주인의 말은 그의 기억 속에 있던 말과 토씨 하나 다르지 않았다.

"여긴 그대로야. 변한 건 나뿐이야."

"응?"

뜻 모를 그의 중얼댐에 서점 주인이 눈을 끔벅였다. 그는 서점 주인을 가만히 마주 봤다. 서점 주인은 불편한 숨결을 흘리며 그의 시선을 회피했다. 붉고 거친 그의 눈동자. 평범한 서

점 주인으로서는 그 눈을 똑바로 마주하기가 힘들었을 것이
다.

그는 뒤돌아 저자를 묵묵히 걸어갔다. 추억은 공유되지 않
는다. 과거는 단절되었고, 청춘 시절은 그의 뇌리에만 남아 있
다. 그는 고개를 들어 금릉의 하늘을 올려다봤다. 착잡한 감정
은 점차 아련한 그리움으로 변해갔다.

금릉에서 살던 청춘 시절, 그는 석양 무렵이 되면 낙원서점
앞을 무작정 서성였다. 그가 관심을 두었던 여인이 낙원서점
에서 책을 찾아보는 것으로 하루의 일과를 마쳤기 때문이다.
차가워 보이는 용모에 살결이 유달리 하얗던 여자였다. 그는
그녀 앞에 나설 용기가 없었다. 그녀는 금릉에서 명성 드높은
유지의 딸이었고, 자신은 남들이 기피하는 백정의 아들이었
다. 그래서인지 그녀를 쳐다보기만 해도 그는 왜인지 모르게
주눅 든 심정에 빠졌다. 자신의 처지를 인정한 그는 그녀를 멀
리서 지켜보는 것으로 자신의 감정을 달랬다. 그런 나날이 백
오십 일째가 되던 날이었다.

그날 그녀는 밤이 깊도록 낙원서점에서 나오지 않았다. 그
는 혹여 그녀의 귀가에 문제라도 생길까 싶어 낙원서점 밖에
서 무작정 그녀가 나오기를 기다렸다.

그녀는 낙원서점이 문을 닫을 시각이 되어서야 밖으로 나왔
다. 그런데 뜻밖으로 곧장 집으로 가지 않고 그가 숨어 있는
곳으로 걸어왔다. 그때 그녀는 그를 진하게 응시하며 이렇게
말했다.

"언제까지 그럴 거예요. 난 이제 낙원서점에선 더 읽을 책도 없단 말이에요."

그는 그 말 이후로 그녀에게 좀 더 자신있게 다가설 수 있었다. 어떻게 보면 그 일은 그의 나머지 삶을 바꾼 계기가 되기도 했다.

"초혜… 초혜… 민초혜……."

그는 그녀의 이름을 나직이 블러봤다. 뇌리는 아련한 그리움에 젖지만 가슴은 여전히 차가웠다. 어쩔 수 없었다. 정파 천하와 맞선 검마의 삶은 그를 무감정한 살인 기계로 만들고 말았다. 아니, 따지고 보면 정파 천하가 원인이 된 것도 아니었다. 검마의 삶에서 연정은 불필요한 것. 마도련주의 선택을 받던 그날, 그는 그녀를 무정히 버렸고, 버린 다음에는 한 번도 그녀를 찾지 않았다. 오늘날 그의 모습은 전적으로 그에게 원인이 있다고 봐야 했다.

잠시 추억에 빠져든 그는 자신도 모르게 저자의 끝, 낙원교로 향했다. 낙원교 너머에는 작은 초가가 한 채 있었다. 그에게 아주 익숙한 집이었다.

민씨 가문의 반대를 무릅쓰고 그는 초혜와 이곳에서 가정을 꾸렸다. 가난한 시절이었지만 그땐 어려움을 모를 정도로 삶이 행복했다. 같이 살며 사랑의 결실도 꽃피웠다. 아이가 태어나 걸음마를 시작했을 때 그는 자신의 삶에서 그 이상의 행복은 없을 것이라고 여겼다.

그의 삶이 격동치기 시작한 것은 낙원교 아래에서 중상을 입고 사경을 헤매던 중년 무인을 구해주면서부터였다. 그는 그 무인을 집으로 데리고 와서 정성껏 간호해 주었는데, 중년 무인은 그 후로 놀라울 정도로 빠르게 신체를 회복했다. 중년 무인은 떠나기 전에 이런 말을 그에게 전했다.

"너의 골육은 무인으로서 최상이다. 어떠냐, 나를 따라갈 생각이 있느냐? 나를 따라오면 차후 너의 발아래에 중원의 모든 무인들이 무릎 꿇게 될 것이다."

중년 무인은 천하가 두려워하던 마도련주 사우적이었다. 그는 고민했지만 결국 무림 웅비라는 유혹을 떨치지 못하고 사우적을 따라나섰다.

그때 그녀는 다시 한 번 생각해 보라는 말을 건넸을 뿐, 그의 마도 입문을 강하게 반대하지 않았다. 어쩌면 그의 눈에 박힌 남아의 타는 욕망을 그녀가 이해했는지도 모른다. 그래서 아내로서 남편의 미래에 방해가 되지 않으려고 했는지도 모른다.

가끔 그는 그때의 결정을 자문해 볼 때가 있었다.

만약 그녀가 울면서 그의 바짓자락을 잡았다면 어떻게 되었을까?

가정의 행복을 위해 마도 입문을 포기했을까?

답은 언제나 같았다.

당시의 선택에서 가정의 행복은 문제 사안이 아니었다. 그녀가 어떤 말로 그를 붙잡았어도 결과는 변하지 않았을 터다.

마도의 호법사자.

정을 끊지 않고서는 쟁취할 수 없는 자리.

그녀가 끝내 보내주지 않았을 경우, 어쩌면 그는 사우적이 은밀히 전한 말처럼 남아의 욕망 달성을 위해 아내와 아이를 무정히 베고 떠났을지도 모른다.

도착한 초가의 담장은 낮았다. 그는 담장에 기대서서 집 안을 살펴봤다. 혹시나 기대했던 그녀의 모습은 역시 보이지 않았다. 집 안엔 난생처음 보는 중년의 부부가 살고 있을 뿐이었다.

그는 쓸쓸히 돌아섰다.

마도의 호법사자가 되기 위한 수련의 세월, 오 년.

검마를 인정하지 않는 마도 주류들과의 투쟁의 시간, 이 년.

무림공적으로 몰려 정파연합에 쫓겨 다니던 세월, 육 년.

십 년도 훨씬 넘게 흐른 단절의 세월.

예전 그대로의 그녀 모습을 기대한 자신이 잘못이다.

어디로 갔을까? 혹 죽어버린 것은 아닐까?

그녀의 삶을 생각하자 마음이 아주 착잡해졌다. 정파 천하가 된 후로 마도와 관련된 가정은 하나같이 무참히 짓밟혔다. 그런 점에서 보면 설령 살아 있더라도 그녀의 삶이 순탄했을

리가 없다. 어쩌면 삶이 너무도 버거워 과거를 지우고 다른 남자와 새 삶을 시작했을 수도 있다.

능파종은 하늘을 올려다보며 한숨을 흘려냈다. 앞만 보고 살아온 인생이지만 적어도 이 순간만큼은 후회가 밀려들고 있었다. 그때 차라리 마도련주와 만나지 않았더라면…….

그가 등을 돌려 서너 걸음 걸어갔을 때였다.

“……!”

그는 문득 뒤돌아 초가의 대문을 다시금 쳐다보았다.

“아!”

대문의 기둥에 칼로 깊이 새긴 글귀가 있었다.

혜(慧)와 종(種)과 비(悲)는 하나. 어떤 운명도 아무리 긴 세월도 이 셋을 갈라놓지 못하리라.

그건 그녀의 흔적이었다. 그녀가 그에게 은밀히 남기는 글이었다. 그는 붉어진 눈으로 한참 동안 글귀를 바라본 후에 뒤돌아섰다.

계획이 바뀌었다.

원래는 그녀를 찾는 것이 아닌, 지난 시절의 정리 차원에서 이곳을 찾았다.

하지만 이젠 그녀를 반드시 찾고 말겠다는 생각으로 바뀌었다.

第二章
마도의 후예

魔道宗師

마도종사

능파종은 그날 밤 다시 한 번 담을 넘었다. 이번엔 도둑으로서가 아닌, 과거의 인연과 접촉하는 방문이었다.

"자네가 능파종이라고? 정말로 내 죽마고우 파종이가 맞는가?"

늦은 밤, 갑작스런 친우의 방문에 감운생은 깜짝 놀란 반응을 보이며 자리에서 일어났다. 감운생은 삼 대째 금릉에서 살아가는 지역 토박이였다.

"놀라지도 말고 의문도 품지 마. 이유가 있어 이렇게 찾아왔으니 내가 묻는 말에 대답만 해줘. 그러면 아무 일도 없을 거야."

능파종의 말에 감운생은 상당한 압박을 받는 모습이었다.

늦은 밤 담을 넘어온 친구. 비록 친구라고는 하지만 안 본 세월이 무려 십 년도 넘었다. 게다가 그가 실종된 후에 안 좋은 소문이 많이 떠돌았다. 그중 하나는 능파종이 마도의 살수가 되어 무림에서 활약한다는 것이었다.

"무엇을 묻고 싶은 것인가. 참, 그보단 그간 어떻게 살아왔는가? 우리는 말이야, 자네가……."

"그냥 묻는 말에만 대답해. 그게 너에게도, 나에게도 좋아."

감운생의 말을 능파종이 끊었다. 일체의 감정이 담기지 않은 냉정한 음성이었다.

능파종의 물음은 바로 이어졌다.

"그녀는 지금 어디에 있지?"

"그녀라니 누구? 초혜?"

능파종과 민초혜의 관계는 감운생도 잘 알고 있었다.

감운생은 잠깐 생각하더니 이내 고개를 저었다.

"그녀는 금릉에 없네. 아니, 나도 실은 그녀가 중경으로 떠났다는 것만 알지 어디서 살아가고 있는지는 모르고 있네."

"언제 떠났지?"

"육 년 전으로 알고 있네. 당시 주변의 사람들에게 일절 알리지 않고 떠나 그녀의 친정에서도 전혀 모르고 있었지."

육 년 전이면 정천거사의 시점. 어쩌면 그녀는 정도 천하의 암울한 미래를 예견하고 미리 떠났는지 모른다. 그는 확인 차원에서 물었다.

"그녀가 왜 금릉을 떠나야 했지?"

"당시 천하의 분위기가 그랬듯 이곳 금릉에서도 연일 피바람이 불었네. 특히 마도와 연관된 가정은 하루하루를 불안 속에 살았네. 때론 누군가가 마도와 연관된 가정이 있다며 악의적인 유언비어도 터뜨렸네. 그중 자네에 관한 소문도 상당했는데, 이제 와 생각해 보면 그녀의 야반도주는 탁월한 결정이었네. 그냥 금릉에 머물렀으면 필시 정도연맹의 칼에 희생되었을 것이네."

감운생의 말을 들은 능파종은 착잡한 숨결을 흘려냈다. 떠난 사람은 잘 모른다. 남은 이가 얼마나 힘들게 살아가야 했는지. 그녀는 그가 고독하게 살았던 세월보다 더 외롭고 고단하게 살아갔을 것이다.

"자네 앞에서 이런 말을 하기 뭐하지만, 참 대단한 여인이었네. 자네가 실종된 후에 마을 사람들은 그녀의 삶이 몹시 고달파지리라 여겼네. 알다시피 그녀가 워낙에 곱게 자란 탓에 험한 일을 모르고 살았지 않은가. 한데 그녀는 누구의 도움도 받지 않고 생활해 나가더군. 남의 집에서 삯바느질을 했고, 때론 저자의 식당에 나가 궂은일도 마다하지 않았네. 한편으로 남편을 믿는 마음이 대단해서 누군가 가정을 버리고 떠난 자네에 대해 욕을 하면 그 고운 입으로 욕설을 해가며 대판 맞싸웠네."

감운생의 말을 들을수록 능파종은 가슴이 무겁게 아파왔다. 그가 알기로 그녀는 억척스러움과 거리가 먼 연약한 여성이었다. 무엇이 그녀를 변하게 했을까. 혹시 가정을 내버린 남편을 원망하며 독기 어린 삶을 살아간 것은 아닐까.

"아무튼 그녀를 찾고 싶으면 중경으로 한번 가보게. 내가 알기에 그녀는 자식을 두고 삶을 포기할 여인이 아니네. 어쩌면 중경에서 안정된 삶을 살고 있을지도 모르네. 그녀는 충분히 그럴 능력이 있는 어머니이네."

어머니란 말.

그 말이 능파종의 가슴에 진하게 박혀들었다. 어쩌면 답은 거기에 있을지도 모른다. 그녀는 남편에게 버림받은 여자가 아닌, 한 아이의 어미로서 살았기에 그렇게 강해졌을지 모른다.

감운생은 그쯤에서 그녀에 관한 말을 끝냈다. 그 이후로는 능파종에 관한 말들을 물어오기 시작했다. 대답해 줄 의무감을 느끼지 못한 능파종은 간다는 말도 없이 감운생의 집을 빠져나왔다. 감운생이 대문까지 따라 나와 뭐라고 소리쳤지만 그는 뒤돌아보지 않고 곧장 중경 방향으로 발걸음을 옮겼다.

중경 저자.

중경 저자는 금릉의 저자와 또 다르다. 당장 도시의 규모부터 차이가 난다. 금릉 저자의 열 배 정도 되는 규모의 저자가 중경에는 적어도 열 개는 자리 잡고 있다. 이 때문에 능파종은 중경으로 향할 당시 그녀의 행적 찾기를 상당히 비관하였다. 그런데 중경의 중심가에 도착한 그는 의외로 너무도 쉽게 그녀의 행적을 찾고 말았다.

　신혼 시절 그는 그녀와 함께 중경의 북로 저자를 방문한 적
이 있었다. 그때 그는 북로 저자의 중심에 위치한 중경객잔 삼
층에서 하루를 머물며 그녀와 장래의 꿈에 대해 대화를 나눴
다.

　"난 당신에게 백정의 아내라는 말을 들려주기 싫소. 내 아들에
게 그 직업을 물려주기란 더욱 싫소. 그래서 말인데, 이다음에 돈
을 많이 벌면 난 중경에서 포목상점을 열 생각이오. 그러면 내가
백정이었다는 것을 아무도 모르지 않겠소."
　"난 지금도 괜찮은데…… 하긴 뭐, 중경의 포목상점도 나쁘지
는 않죠. 참, 따로 봐둔 장소와 가게 상호는 결정했나요?"
　"장소는 바로 저기요. 그리고 상호는 당신과 나의 이름, 그리고
나중에 태어날 우리 아이의 이름을 합쳐 '혜종비'라 짓고 싶소."

　미래에 상점을 열 장소라고 지정했던 그곳. 솔직히 그땐 그
저 해본 말이었고 또 대충 지정한 곳이었다.
　그런데 그가 지난 추억을 떠올리고자 중경객잔의 삼층에 머
물며 무심코 그 장소를 내려다보다가 그만 그곳에서 혜종비라
는 포목상점을 발견한 것이었다.
　그는 감동에 젖었다.
　그녀는 그의 꿈을 하나도 잊지 않고 있었다.
　흘러간 십삼 년의 세월.
　과연 그녀는 어떤 모습일까. 그녀는 여전히 지혜로우면서도

기품있고, 우아하면서도 아름다울까.

　그는 떨리는 가슴을 진정시키며 혜종비라 쓰여진 포목점으로 향했다. 그곳까진 오십 장 이내의 가까운 거리였지만 기분으로는 대륙의 끝만큼이나 멀게 느껴졌다.

　혜종비 포목상점.

　가게는 굳게 문이 닫혀 있었다. 인기척도 없었다. 그는 가게를 이리저리 살펴봤다. 먼지가 곳곳에 쌓여 있었다. 족히 일 년은 문을 열지 않은 것 같았다.

　무슨 일일까?

　이곳을 떠난 것이 아닐까?

　혹시?

　불길한 생각이 뇌리를 스쳤다. 그와 함께 왠지 모르게 불안감도 음습했다. 그는 한참을 멍하니 서 있다가 포목상 바로 옆에 위치한 수제화 가게로 들어갔다.

　아니나 다를까, 그곳 주인에게서 그는 그녀에 관한 최악의 소식을 들어버렸다.

　"죽었소, 이 년 전에."

　뇌리가 텅텅 비워졌다. 손이 덜덜 떨리고 다리가 부들부들 떨렸다. 검마의 인생을 시작한 이후로 완전히 말라 버렸다고 생각했던 눈물까지 눈에 맺혔다.

　"그녀의 무덤은 비파산 중턱에 있소. 찾아가는 것은 어렵지 않을 거요. 효자였던 아들이 하나 있었는데, 모친이 죽은 이후로 이제껏 그 아들이 그곳에서 생활하며 무덤을 돌보고 있소. 꽤 유명한 녀석이니 비파산에 을라 아무나 붙잡고 효자 능비를 물어보시오. 뜨내기가 아니라면 능비가 어디에 있는지 잘 가르쳐 줄 것이오.”

가게를 나온 그는 중경 저자를 힘없이 맴돌았다. 거리를 배회하면서도 중경의 명산 비파산은 애써 외면했다. 그는 자신이 그녀의 무덤을 찾아갈 자격이 없다고 여겼다. 그냥 이렇게, 그녀를 가슴에 묻고 죄인처럼 살아갈 생각이었다.

하지만 그렇게 거리를 돌고 돌길 여러 번. 그는 문득 능비라는 이름을 기억해 내곤 비파산으로 바쁜 걸음을 옮겼다.

능비. 초혜의 아들.

능비라는 존재가 있는 한 그녀와 자신의 연은 아직 끝나지 않았다.

중경 비파산.

비파산은 중경 도심 중심부어 위치해 있다. 정상에는 아름다운 수목 공원이 있어 사시사철 산행객의 걸음이 끊이지 않는다.

능파종이 비파산에 오를 때도 산행객이 제법 되었다. 그는 그들 중에 아무나 붙잡고 능비에 관해 물어봤다. 대답은 어렵지 않게 들었다.

“능비라…… 물론 잘 알지요. 비파산에서 효자 능비를 모른다면 이 지역 산행객이 아니지 않겠소. 능비는 지금 비파산 중턱, 죽림에 있을 거요.”

그는 내심 적잖이 놀랐다. 능비의 나이 올해 열여섯. 단순히 부모의 묘를 지키는 효자라고 해서 이렇게 유명인사가 되진 않는다. 그렇다면 뭔가 일반인의 뇌리에 각인될 정도로 능비가 남다른 모습을 보여주었다는 것이다.

그는 능비에 관해 더욱 많이 알고 싶어졌다. 그래서 산을 오르는 동안 여러 산행객들에게 능비에 관해 물어봤다.

풍채 좋은 중년 산행객은 이렇게 말했다.

“능비는 현 시대에 보기 드문 진짜 효자요. 지난겨울이었소. 비파산에 불이 났는데 당시 산불은 바람을 타고 비파산 중턱의 죽림까지 확산되었소. 워낙에 큰 불로 번진 탓에 산사람들은 물론, 온갖 짐승들이 산불을 피해 산 아래로 뛰어내려 왔소. 산불은 아침 무렵에 겨우 꺼졌는데 그때 산불 진화에 투입됐던 사람들은 죽림 안에서 푸른 떼를 고스란히 보존한 무덤 하나를 발견했소. 그리고 무덤 옆에는 전신을 새까맣게 그을린 소년, 능비가 있었소. 그러니까 능비는 선모의 무덤을 지키고자 밤새 산불과 싸웠던 것이오.”

중년인과 동반한 여인 산행객은 또 이렇게 말했다.

“능비는 용맹한 장수입니다. 올해 봄에 금정산의 산적들이 비파산의 산세가 좋다며 죽림에 자신들의 진채를 무단으로 세웠지요. 산사람들은 그들의 칼이 두려워 함부로 나서지 못했는데, 그때 능비가 그들에게 선모의 묘가 있는 죽림에서 나가 달라며 맞섰지요. 용기는 가상했지만 열여섯 소년이 무슨 힘이 있었겠습니까. 산적들은 능비를 죽을 만큼 두들겨 패고 비파산 초입에 그를 내다 버렸지요. 하지만 다음날, 능비는 걸레가 된 몸으로 다시 죽림으로 올라갔지요. 그리고 그날 밤부터 산적들은 밤마다 비파산의 소년 귀신과 싸워야 했지요. 결국 산적들은 능비의 독기에 질려 금정산으로 전원 달아나 버렸지요.”

이런 말을 전한 산행객도 있었다.

“능비는 의협심이 대단한 소년입니다. 올해 여름에 갑자기 억수 같은 비가 쏟아져 비파산 계곡에 갇힌 사람이 제법 되었습니다. 그들이 엄청나게 불어난 계곡물에 고립되어 아무것도 못하고 발만 동동 구르고 있을 때 능비가 동아줄을 들고 계곡물에 뛰어들어 계곡 양편에 생명줄을 연결했습니다. 그 이후로 능비는 비파산을 지키는 의협이라는 말을 듣게 되었지요.”

효자이며, 용맹하고, 의기가 넘친다.

만나는 사람마다 능비에 관해 색다르게 말했다. 그는 점점 흥미가 생겼다. 자신의 아들이기 이전에 능비의 참된 실체를 알고 싶었다.

죽림 앞에서 만난 오십대 산행객은 이런 말을 남겼다.

“능비는 훌륭한 학사입니다. 얼마 전에 인근 지역에서 학문으로 명성이 자자한 남광선생이 죽림에 올라 능비를 만났지요. 남광선생은 그때 사서삼경과 육합전서를 달달 외는 능비에게 한눈에 반해 자신의 문하성으로 들어오라고 권유했습니다. 하지만 능비는 당시 이런 말을 하여 남광선생을 부끄럽게 하였지요."

"공맹은 잡서가 되고 참된 학자는 벙어리가 되니, 이 어찌 바른 세상이라 할 수 있는가. 백 가지의 정의는 배척되고 하나의 주장만이 정도가 되니 하늘의 이치를 깨친 학자인들 어찌 옳은 세상을 열 수 있겠는가. 남광선생께선 이런 세상에서 저를 훌륭한 학자로 키울 자신이 있으십니까?"

능비의 말은 현 정도 천하를 빗댄 말이었다. 주장의 곧고 바름을 떠나 열여섯 소년이 그런 논조를 펼칠 수 있다는 자체가 놀라운 일이었다.

그는 능비를 다시 생각해 봐야 했다. 이제까진 아비에게 버림받고 어미와 살아온 불쌍한 아들이라고만 생각했다. 하지만 그게 전부가 아니었다. 능비에겐 그가 모르는, 아니, 그의 가슴을 흥분되게 하는 다른 무엇이 분명 있었다.

비파산 죽림.

능파종은 어느덧 죽림에 들어섰다. 하늘을 빽빽이 찌르는 대나무, 푸른 햇살이 투영된 공간, 나뭇잎이 수북이 쌓인 땅. 죽림 안은 한적함과 쓸쓸함이 공유되어 있었다. 능파종은 나뭇잎을 사각사각 밟으며 죽림을 돌아다녔다. 무덤은 어렵지 않게 찾았다. 죽림 중심부에 사방의 대나무를 몽땅 잘라낸 원형 공간이 있었다. 그 안에 나무집 한 채와 아담한 무덤이 만

들어져 있었다.

　능비가 잠시 자리를 비운 모양인 듯 나무집에서는 아무 인기척이 없었다. 그는 무덤으로 걸어갔다. 무덤 앞에는 작은 비석이 세워져 있었다.

　"혜(慧)와 종(種)과 비(悲)는 하나. 그 무엇도 이 셋을 갈라 놓지 못하리라."

　비석에는 초가에서 본 예의 그 글귀가 적혀 있었다. 그는 그 글을 보며 낮게 울먹였다. 감정이 말라 버린 탓에 눈물은 나오지 않았지만 이 순간 그의 심정은 통곡하는 자의 그것과 차이가 없었다.

　"초혜, 이 무정한 놈을 욕하시오. 천하에서 오직 당신만이 나에게 그런 욕을 할 수 있소."

　그는 떨리는 손으로 무덤을 어루만졌다. 차갑다는 느낌은 전혀 들지 않았다. 이상하게도 따스한 온기가 손끝으로 전해져 오고 있었다.

　초혜는 그렇게 죽고 나서도 나를 용서하고 있는 것인가.

　"크윽!"

　그는 무덤에 얼굴을 깊이 묻었다. 그리고 눈을 감고 금릉 시절을 회상했다. 초혜의 모습이 뇌리에 그려진다. 초혜는 그를 향해 환한 미소를 짓고 있었다. 그는 이 순간 검마가 아닌, 금릉의 백정으로 돌아간 자신을 꿈꾸며 잠에 빠져들었다. 안락하고 포근한 잠. 검마의 심정으로 무덤을 접했다면 이렇게 쉽게 잠에 빠져들 일은 없었을 것이다.

반 시진 정도 잠을 잤을까.

"손님, 손님, 이제 그만 일어나 주시지요."

죽림을 울리는 맑은 음성이 그를 일깨웠다.

그는 눈을 뜨고 소리가 들려온 방향을 돌아봤다.

나무집 앞에는 상복을 입은 소년이 서 있었다.

소년이 다시 말했다.

"손님, 제 선모께 석식을 올릴 시간입니다. 하니 그만 선모의 묘에서 비켜주시지요."

능파종은 소년을 주시하며 무덤에서 일어났다. 초롱초롱한 눈, 오뚝한 콧날, 선명한 입술 윤곽. 소년은 남루한 상복이 어색하게 보일 정도로 영준한 용모를 소유하고 있었다.

이 소년이 능비인가?

그는 소년의 모습에서 자신의 아들이란 감정을 선뜻 느끼지 못했다. 그럴 수도 있었다. 그는 아들이 세 살이 되던 무렵에 집을 떠났다. 어린아이 때의 모습을 다 자란 소년에게서 기대하기란 어려웠다.

"미안하네. 이곳의 정취가 너무나 안락해 나도 모르게 깜빡 졸았던 모양이네."

그는 무덤 우측으로 서너 걸음 물러나며 말했다.

소년은 빙그레 웃었다.

"객지 생활을 하다 보면 그럴 수도 있겠지요. 아직 피곤이

풀리지 않으셨다면 누추하더라도 저의 나무집에 들어가 쉬다
가 가셔도 좋습니다."

그는 소년의 환대에 쓸쓸히 고개를 저었다.

"마음은 고맙지만 이 정도면 되었네. 처음 보는 객이거늘,
어찌 큰 신세를 지겠는가."

"하하, 자신하지 마십시오. 그 마음 곧 변하게 되실 겁니
다."

소년은 뜻 모를 말을 남기고 나무집으로 들어갔다. 잠시 후,
소년은 석식을 겸한 술상을 들고 나와 무덤 앞에 고이 차려놓
고 절을 올렸다. 소년은 이후로 무덤을 바라보며 마치 살아 있
는 사람과 대화를 하듯 정답게 이야기를 하였다. 무덤과의 대
화 말미에 소년은 이런 말을 하였다.

"아침에 까치가 죽림에 찾아왔다 싶더니, 오늘 우리 집에 귀
한 손님이 찾아왔습니다. 어떠십니까, 어머님도 지금 기분이
좋으시죠?"

소년의 말을 들은 능파종은 내심 당혹스러웠다. 좀 전엔 객
지 생활을 말하더니 이번엔 귀한 손님이 집에 찾아왔다고 말
한다. 마치 소년이 자신을 기다리고 있었다는 듯 들리고 있었
다.

소년이 그때 그를 돌아보며 불렀다.

"손님, 시장하실 테니 이리로 와서 같이 저녁 식사를 드시지
요. 부담은 갖지 마십시오. 손님이 드시지 않으면 어차피 땅에
묻을 음식입니다."

능파종은 좀 전의 생각을 뇌리에서 지워냈다. 그가 아들에 대해 잘 모르듯 소년도 그의 아비를 첫눈에 알아볼 수는 없는 일이었다.

"사양하지 않겠네."

마음을 굳힌 능파종은 무덤의 술상 앞으로 걸어가 앉았다. 소년이 술을 한 잔 따라 그에게 내밀었다. 그는 술을 비우고 소년에게 술잔을 건넸다.

"제가 그럴 수는 없지요. 그건 법도에 어긋납니다."

소년은 고개를 저었다. 그러면서 다시 술잔을 채워 그에게 밥과 함께 내밀었다. 능파종은 술도 마시고 밥도 먹었다. 찬은 변변찮았지만 그는 이렇게 맛깔난 식사를 근자에 해본 적이 없었다.

식사 도중에 능파종이 문득 물었다.

"자네는 왜 먹지 않나?"

소년은 희미하게 웃었다.

"저는 손님께서 먹는 것만 봐도 배가 부릅니다. 참, 저의 이름은 능비입니다. 앞으로는 능비라고 부르십시오."

식사가 끝났다.

소년 능비는 술상을 물리고 나무집을 정성스럽게 청소하기 시작했다. 청소가 끝날 무렵에 맞추어 해가 저물었다. 숲은 금세 어둠으로 물들었고, 능비는 나무집 앞에 모닥불을 피웠다.

"밤이 늦었습니다. 오늘은 여기서 보내고 가십시오."

능파종은 능비의 청을 거절하지 않았다. 그는 능비를 진하게 주시한 후에 나무집 안으로 들어갔다. 안에는 침상이 놓여 있었다. 그는 침상에 앉아 나무집 밖의 능비를 살펴봤다.

아들을 만나 무엇을 어떻게 해본다는 계획은 없었다.

아들에게 자신이 친부임을 밝힐 생각도 없었다.

단지, 초혜와의 끊긴 연을 잠시 이어본다는 생각으로 아들을 찾아왔다.

그러나 그는 지금 모든 것이 혼란스러웠다.

무엇을 어떻게 해야 옳은지, 무엇을 먼저 해야 하는지, 자신의 실체를 밝혀야 하는지, 아무것도 결정을 내릴 수 없었다.

능비의 음성이 들려왔다. 노래이자 한 편의 시였다.

우거진 언덕 위의 풀은
해마다 시들었다 다시 피어나네.
들불에 타도 다 없어지지 않고
봄바람이 불면 또 돋아나네.
아득한 향기, 옛길에 일렁이고
옛 성터에 푸른빛 감도는데
그대를 다시 또 보내고 나면
이별의 정만 풀처럼 무성하리라.

"누구의 시인가?"

"백거이의 부득고원초송별입니다. 선모께선 석양이 지는 시각이면 떠난 아버지를 그리워하시며 늘 이 시를 읊었지요."

떠난 부군.

능파종은 그 말에 잠깐 침묵하고 물었다.

"아버지는 어디로 떠난 건가? 그리고 떠난 이유는 무엇인가?"

"저는 잘 모릅니다. 아버진 제가 걸음마를 시작할 때 집을 떠나셨습니다."

"그런 아버지를 원망하는가?"

능비가 능파종을 묘하게 응시하며 말했다.

"미워하고 말고 할 게 없습니다. 저는 아버지의 얼굴도 기억에 없습니다. 그저 어머니를 통해 아버지에 관한 말을 전해 들은 것이 전부입니다."

이상하게도 능비의 눈길이 부담이 된다. 능파종은 능비의 시선을 피하며 물었다.

"그래, 선모께선 아버지에 대해 뭐라고 말씀하시던가? 원망하셨던가?"

"아닙니다. 어머니는 눈을 감으시던 그날까지 아버지를 한 번도 원망하지 않으셨습니다. 어머니는 떠난 부군의 심정을 이해한다고 하셨습니다. 제게 말하길, 백정의 삶이 싫어 가족을 떠난 것이 아닌, 백정보다 나은 아비의 모습을 가족에게 보이고자 집을 떠났다고 하셨습니다. 그러면서 아버지는 언제인가 분명 가족의 품으로 돌아오실 거라 말하셨습니다."

능비의 말에 능파종은 착잡한 숨을 내쉬었다. 초혜의 주장이 아주 틀린 건 아니었다. 그가 남아의 욕망을 태운 원인은 백정이란 천직에서 벗어나고자 했던 욕구에 있었다. 그리고 그는 가족을 완전히 버리지 않았다. 마도 입문 시절엔 무공 성취에 일념을 바친 터라 가족을 찾을 여유가 없었고, 정도연합에 쫓기던 시절엔 자신이 가족을 찾지 않아야 가정이 안전해진다는 생각에 의식적으로 가족을 피했다.

물론 돌이켜 생각하면 그 모든 게 전부 핑계일 수도 있었다. 초혜는 죽었고, 운명은 그를 비겁한 남자로 살게 하였다.

능파종은 침상에 드러누우며 말했다.

"실례가 되지 않는다면 자네 어머님에 관한 이야기를 더 듣고 싶군. 그래, 선모는 그간 어떻게 살아오셨지?"

능비가 그를 가만히 돌아보더니 모닥불 앞에 잠자리를 깔았다. 그리고 능파종처럼 바닥에 드러누워 잔잔한 음성으로 긴 말을 이어갔다.

아버지가 집을 떠나신 후, 어머니는 아들을 바르게 키우고자 참으로 억척스럽게 살아가셨습니다. 아버지에 관해 안 좋은 소문이 떠돌았지만 그땐 그래도 어머니의 삶에 직접적인 영향을 끼치진 않았습니다.

어머니의 삶이 고달파지신 것은 정천거사가 벌어진 이후였습니다. 금릉의 무가 단체에서 어머니를 찾아와 마도인의 계집이라고 욕을 하며 아버지의 행방을 물었습니다. 하지만 어머니께서는 아녀자로서 남편의 삶을 따라야 한다며 그들의 겁박에 고개를 숙이지 않습니다. 연일 이어진 겁박에 시달릴 대로 시달린 어머니는 결국 집을 버리고 중경으로 터전을 옮겼습니다.

　중경에 온 후, 어머니는 일벌레라는 소리를 들을 정도로 온갖 직업을 전전하며 돈을 모았습니다. 그리고 그 돈으로 중경 저자에 포목점을 열었습니다.

　중경 저자에서 포목점은 아무나 열지 못합니다. 여인네의 힘으로 큰 성공을 했다고 할 수가 있겠으나 오히려 그 때문에 본인의 삶은 더 힘들어져 버렸습니다. 이권을 두고 동종 업체와 피 말리는 경쟁을 하였고, 세금을 뜯으려는 왈패들과 연일 다툼을 벌여야 했습니다.

　게다가 어머니가 포목점으로 나름 성공하자 악의적인 소문이 저자에 퍼졌습니다. 금릉에서처럼 마도의 계집이란 소리가 다시 떠돌았던 겁니다. 중경연합에서 조사를 나왔을 때 집을 떠난 아버지를 욕하고 부정했다면 어머니는 정상참작이 되어 마도인의 가족이란 죄를 면할 수 있었습니다. 하지만 예전에도 그랬듯 어머니는 아버지의 삶을 부정하지 않았습니다. 어머니는 묵비권으로 그들과 맞섰습니다.

　결국 어머니는 중경연합의 감옥에 갇혀 집중 심문을 받았습니다. 보름 후에 풀려 나오긴 했지만 당시 어머니는 여인으로서 감내하기 힘든 수치를 심문 중에 받았다고 했습니다.

　감옥에서 풀려 나온 후에도 어머니의 삶은 나아지지 않았습니다. 중경연합의 간부 한 명이 어머니의 미모를 몹시 탐냈습니다. 육십 살도 넘게 먹은 인간인데, 이전에 어머니를 심문할 때 그자가 직접 했다고 합니다. 간부는 어머니에게 후실로 들어오면 마도의 계집이란 소리를 듣지 않도록 해준다고 하였습니다. 어머니는 당연히 일언지하에 거절했습니다. 그러자 그자는 혜종비로 매일 찾아와 행패를 부렸습니다.

그런 상황에서 포목점의 장사가 잘될 일은 없었지요. 생활은 갈수록 어려워졌는데 어머니가 그래도 고집을 꺾지 않자 간부는 왈패들을 동원해 혜종비의 문을 닫게 하였고, 급기야는 어머니를 강제로 욕보이려 했습니다. 그때 어머니는 자신의 가슴에 스스로 비수를 꽂았습니다. 당신께서 할 수 있었던 유일한 대항이셨지요.

어머니의 가슴 상처는 빠른 치료를 받지 못해 합병증을 불러일으켰습니다. 결국 어머니는 병석에 누웠고, 그런 상태에서 아버지를 매일 그리워하다가 백 일째 되던 날에 쓸쓸히 운명하셨습니다. 유언은 '아버지를 원망해선 안 된다'란 짧은 말이 전부였습니다.

능비의 이야기가 끝났다. 능파종은 소리 죽여 흐느꼈다. 검마의 삶이 또다시 후회되고 있었다. 아무리 천하가 벌벌 떤다는 검마이면 무엇을 하는가. 자기 여인 하나 못 지켜준 비겁한 남자에 불과하지 않은가.

"초혜……."

그는 그녀의 이름을 낮게 부르며 말문을 닫았다. 능비도 아무런 말을 하지 않았다. 밤은 점점 깊었고 잠은 오지 않았다.

그는 나무집 밖을 내다봤다. 어둠 속에서 능비의 눈이 빛났다. 능비가 그를 묘하게 응시하고 있었다.

"밤바람이 차네. 안으로 들어와 잠을 자게."

"그럴 수는 없지요. 그러고 싶어도 이젠 내가 너무 컸으니까……."

무슨 말인가.

그는 능비의 모호한 말뜻을 생각하며 눈을 감았다.

＊　　　＊　　　＊

새벽 무렵에 겨우 수면을 취한 능파종은 밥 짓는 내음에 다시 눈을 떴다. 모닥불 위에 밥솥이 올려져 있었다. 그는 나무집을 나와 능비를 찾았다. 능비는 무덤 옆의 공간에서 마보 자세로 권법을 수련하고 있었다.

"얍! 얍!"

주먹은 힘차고 하체는 안정되어 있다. 일견하기에도 제대로 배운 권법이며, 어린 나이치고는 상당한 수준에 올라 있었다.

하룻밤을 같이 보낸 터라 그는 능비에게 편하게 말을 건넸다.

"제법이구나. 그래, 무술은 누구에게서 배웠지?"

능비가 권법을 멈추고 능파종을 돌아봤다.

"중경의 무관에서 배웠습니다. 흉내만 낼 정도이니 너무 칭찬 마십시오."

"천만에. 흉내로는 그렇게 힘이 실리지 못한다. 그 정도 수준이면 무관의 네 또래에서 상당한 실력을 자랑했을 것이다."

"훗."

능비가 피식 웃었다.

웃음의 의미는 긍정도, 부정도 아니었다.

능파종은 능비의 수준을 제대로 알아보고 싶어졌다. 그래서 아무런 말 없이 능비에게 달려들어 일권을 내질렀다.

팍!

능비가 어렵지 않게 팔을 들어 막았다. 능파종은 의외라는 눈으로 능비를 쳐다봤다. 내공을 사용하지 않았다고 해도 실전으로 단련된 주먹이다. 어린 나이의 능비가 이렇게 쉽게 막기에는 무리가 있다.

"제법이야."

능파종은 이번엔 능비의 하처를 걷어찼다. 능비가 피할 틈은 없었다. 그의 발은 능비의 허벅지에 그대로 꽂혔다.

"응?"

의외의 연속. 아픈 표정만 살짝 지을 뿐, 능비가 쓰러지지 않았다. 허벅지가 돌처럼 단단한 능비였다.

능파종은 한 발 뒤로 물러나 말했다.

"좀 전의 평가를 수정해야겠다. 너는 무관에서 네 또래가 아닌 성인까지 포함하여 일 순위 실력을 소유했다."

그는 그렇게 말하고 난 다음 문득 떠오른 의문에 고개를 저었다.

"이상하구나. 내 알기로 마도와 관련된 핏줄은 현 천하에서
정식 무관 수업을 받을 수 없다고 알고 있는데……."

능비가 그를 주시하며 답했다.

"무관에서 승단 심사를 하면 항상 꼴찌였습니다."

"왜?"

"어머니가 그렇게 시켰습니다. 절대로 무술 실력의 삼 할 이
상을 보이지 말라고."

실력을 숨겨왔다면 이해가 된다. 다만 어머니가 시켰다는
점에서 또 의문이 생긴다.

"어머니가 왜? 아니, 그것보다 네 어머니가 무술 수련을 반
대하지 않았더냐?"

"그렇지 않습니다. 실은 무술도 어머니의 권유로 시작하게
되었습니다. 언제인가 찾아올 분을 위해 무술의 기초를 충분
히 다져 놓아야 한다고 말입니다."

의문의 연속이다. 언제인가 찾아올 분이란 말. 이를테면 초
혜가 아들의 미래를 대비했다는 말이 된다. 그는 생각나는 점
이 있어 다시 물었다.

"내가 듣기로 너는 학문에도 조예가 깊다고 하였다. 혹시 학
문을 배운 것도 어머니의 권유로 인해서이냐?"

"네. 어머니께서 말하시길, 학문을 모르는 무인은 절세의 무
공을 성취해도 바른 칼을 사용하지 못하다고 하였습니다. 그
래서 글을 알던 시절부터 종아리를 맞아가며 어머니 앞에서
학문을 배웠습니다."

명문가의 딸인 초혜는 학문에 뛰어났다. 능비를 가르칠 능력이 충분히 되었을 것이다. 아들에게 상승무공의 초석이 되는 무술과 학문을 가르친 초혜. 이유는 무엇일까? 그녀가 오늘처럼 검마가 된 아비와의 만남을 예상했다는 것은 무리가 있다. 검마의 정체를 알고 있던 위인은 천하에서 사우적이 유일했다.

능파종은 아무리 생각해 봐도 선명한 결론을 내릴 수 없자 대화를 대충 얼버무렸다.

"그래, 너는 참으로 훌륭한 어머니를 두었구나."

대화를 하고 있던 사이에 밥이 다 되었다. 능비는 어제처럼 무덤 앞에 조식을 겸한 술상을 차렸다. 능비가 능파종을 무덤으로 불렀다. 둘은 같이 조식을 먹었다. 능파종의 심정으로는 초혜도 같이 식사를 하는 기분이었다.

조식이 끝난 다음 능파종은 앞으로의 일을 어떻게 처리해야 할지 심각히 고민했다. 그때 능비가 간단한 해결 방식을 제시했다.

능비는 조식 후에 나무집 안으로 들어가 옷가지를 담은 등짐을 꾸려 밖으로 나왔다. 능파종이 보기에 집을 떠나고자 하는 모양새였다.

"어디를 가는가?"

"이제 산을 내려갈 때가 되었다고 봅니다. 어머니께서도 기다렸던 날이니, 저의 하산을 반대하지 않으실 겁니다."

초혜와 아들의 이별, 그리고 겨우 만난 아비와의 이별. 능파종은 내심 섭섭한 심정으로 말했다.

"그래, 산을 내려가면 중경의 집으로 갈 생각인가?"

"아닙니다. 중경에서의 연은 예전에 끝났습니다."

"하면 갈 곳은 있는가? 자네를 반겨줄 마땅한 친지가 없는 것으로 알고 있는데."

이 물음에 능비는 능파종을 진중히 바라봤다.

"제가 어디를 가든 무엇을 하든 그건 제 앞에 계신 분께서 결정해 주실 겁니다."

"으응? 내가 왜?"

그의 반문에 능비는 바닥에 무릎을 꿇었다.

"제자 능비가 사부님을 뵈옵니다."

갑작스런 사부란 말.

능파종은 당혹스런 심정으로 물었다.

"이게 무슨 행동이냐? 내가 왜 너의 사부가 되느냐? 나는 네 절을 받을 수 없다."

능비는 능파종을 곧은 시선으로 올려다보며 말했다.

"준걸은 떠날 때와 머물 때를 안다고 하였습니다. 일생에 한 번 찾아온 기회를 제가 어찌 놓치겠습니까. 제자 능비는 사부 지연의 뜻을 잘 아는바, 앞으로 사부님을 하늘처럼 모시며 살아가겠습니다. 하니 저를 부디 제자로 받아주십시오."

"네가 나를 어찌 안다고 제자가 되려 하느냐. 너는 내가 누구인지 알고 있느냐?"

능비는 능파종이 들고 온 자루를 가리키며 답했다.

"사부님께서 잠을 자고 있을 때 자루 안의 물건을 몰래 훔쳐보았습니다. 일곱 개의 검. 무림에서 칠색칠검을 사용하는 무인은 오직 칠종검마 한 분이십니다."

능파종은 능비의 안목에 내심 감탄했다. 단순히 칠종검을 보고 검마를 추정했다? 그건 해답이 되지 못한다. 능비는 평소에 무림의 인물들에 관한 공부를 충실히 하였을 것이다. 어쩌면 이 또한 초혜의 수업 가운데 하나였을지 모른다.

"네 자질은 나도 인정한다. 너는 천생이 무골이며, 또한 상승의 무공을 익힐 문무의 기초가 충분히 되어 있다. 허나 너는 알아야 할 것이 있다. 나는 정도 천하에서 공적으로 몰린 몸이다. 나를 사부로 두면 너 역시도 무림공적으로 몰릴 것이다."

그의 말에 능비는 맑고 힘찬 음성으로 답했다.

"지난 세월 제자는 정도 천하의 폐단을 직접 몸으로 겪어왔습니다. 하니 무림공적으로 몰린다고 한들 그것이 무에 두렵겠습니까. 또한 저는 마도인의 후예입니다. 아비가 마도인이거늘, 제가 어찌 정도 천하에 기생하는 삶을 살 수 있겠습니까."

능파종은 능비를 진중히 쳐다봤다.

아들과 맺는 사부지연.

생각하기에 따라 나쁜 일은 아닌 듯했다. 그는 솔직히 아들과 좀 더 같이 있고 싶었다. 이 경우 신분을 바로 밝히기는 부담되니 어쩌면 이게 최선일 수 있다.

능파종은 결정했다.

"두 가지를 약속하면 내 너를 제자로 두겠다."

"하명하십시오."

"첫째, 너는 마도의 영광을 위해 기꺼이 너를 희생할 수 있 겠느냐?"

"약속합니다. 제자는 마도의 영광을 목숨보다 중히 여기며 살아가겠습니다."

"둘째, 검마의 후예로서 어떤 적들 앞에서도 굴복을 하지 않 을 자신이 있느냐?"

"약속합니다. 제자는 굴복을 하느니 스스로 목을 잘라 버리 겠습니다."

"좋다. 하면 이제 내 너를 마종검문의 십일대 후인으로 삼겠 다."

"제자 능비가 사부님께 인사드립니다."

능비가 구배지례를 올렸다. 능파종은 능비가 절을 하고 있 을 때 흐뭇한 미소를 지었다. 아들과 맺는 사부지연. 후회없는 선택이었다. 아니, 이보다 더 좋을 수 없는 결정이었다.

능비가 절을 끝내고 일어나자 능파종은 본래의 무거운 표정 으로 돌아갔다.

"능비는 어머니께 하직 인사를 하거라."

능비가 무덤 앞으로 걸어가 큰절을 올렸다. 능파종도 능비 의 절에 맞추어 조용히 고개를 숙였다. 가슴 아프지만 지금은 떠나야 했다. 중경 지역에는 이미 검마 출현에 대한 비상이 걸 려 있을 터, 그 경우 죽림은 계속 머물 안전한 장소가 되지 못한다.

하직 인사를 끝낸 능비는 무덤을 천천히 한 바퀴 돈 후에 능파종의 앞으로 걸어왔다.

"사부님, 부탁이 있습니다."

"부탁? 무엇이지?"

"중경에 잠시 들를 일이 있습니다."

"일?"

"네. 떠나기 전에 세 사람을 만나야 합니다. 그들을 만나지 않고 떠난다면 제자의 가슴에 평생 멍에로 남을 것입니다."

잠시 중경에 들르는 것은 어렵지 않다. 그는 고개를 끄덕여 승낙을 표시했다. 그런데 능비가 다시 어려운 기색을 보이며 말을 이었다.

"하지만 어쩌면 그 때문에 사부님의 행보가 힘들어질 수 있습니다. 그래도 괜찮으시겠습니까?"

힘들어진다는 것은 정체가 노출될지 모른다는 뜻.

능파종은 그런 뜻을 알고도 개의치 않는다는 표정을 보였다. 제자 앞에서, 아니, 아들 앞에서 나약한 모습을 보이고 싶지 않음이다.

"물론이다. 내가 정체를 드러내기로 마음먹은 이상, 누가 감히 내 앞을 막을 수 있겠느냐? 꺼려하지 말고 당장 중경으로 가자."

第三章
중경삼연(重慶三緣)

魔道宗師

마도종사

감운생은 깊은 고민에 빠져 지난밤 한숨도 자지 못했다. 정확히 말해 늦은 밤에 만난 죽마고우 능파종을 떠나보낸 후부터였다. 얼마든지 낮에 방문해도 되거늘, 굳이 한밤에 도둑처럼 몰래 찾아온 능파종의 의도가 석연치 않았다. 게다가 다시 만난 능파종은 이전과 다르게 분위기가 아주 살벌했다. 그는 능파종과 대화하는 내내 등줄기에 식은땀을 흘렸다. 예전, 능파종이 마도의 살수가 되었다는 소문이 있었다. 어쩌면 그게 거짓이 아닌 사실일지도 몰랐다.

감운생의 고민은 마도의 살수일지 모른다는 바로 그 추정에 있었다. 그게 진짜라면 이것은 중경연합에 고발을 심각하게 고려해 봐야 할 일이었다. 태만히 대처하다가는 자칫 마도인을 숨긴 죄를 뒤집어쓸 수도 있었다. 요즘이야 뜸하지만 정천 거사 직후만 해도 이와 비슷한 일로 험한 일을 당한 이들이 한 둘이 아니었다.

옛 친구와의 우정과 가족의 안위.

고민하던 감운생은 결국 날이 밝자마자 중경연합 금릉 지부로 향했다. 가족의 안위. 지금의 그에게 이 선택은 당연한 일일 수 있었다.

"십삼 년 전에 사라졌던 친구라고?"

"마도의 살수가 되었다는 소문이 있었다고?"

"성이 능 씨라고?"

금릉 지부로 들어가 담당 취조관를 만날 때만 해도 으레 그렇듯 형식적인 심문 과정을 거치면 고발이 끝나리라 생각했다. 그런데 막상 심문이 시작되자 그게 아니었다. 담당자는 전에 없이 까칠하게 물었고, 그러다가 고발 대상자의 성이 능 씨라는 것을 알고부터는 마치 죄인을 문초하듯 엄하게 조목조목 캐물었다.

"능파종의 나이는?"

"올해 마흔입니다."

"당시 직업은?"

"금릉의 백정이었습니다."

"능파종은 정확히 언제 자취를 감추었지?"

"그게 그러니까… 하도 오래되어 날짜가…….."

"뭐야! 제대로 답변 못해! 송장이 되어 나가고 싶은 거야!"

시간이 갈수록 심문 과정은 살벌하게 진행됐다. 답변을 머뭇거릴 때는 주먹과 발길질이 예사로 날아왔다. 감운생이 뒤늦게 후회했지만 이미 그땐 안전한 귀가를 장담 못할 처지가 되어버린 후였다. 그의 고발 사안은 금릉 지부 차원이 아닌 중경연합의 일급 사안으로 확대되어 있었다.

오전에 시작된 취조가 오후를 넘기고도 계속됐다. 그동안 취조관이 다섯 번도 넘게 바뀌었고, 바뀔 때마다 취조관의 신분이 높아졌다. 그러다가 여섯 번째로 취조관이 바뀌었을 때는 금릉 지부의 모든 무인들이 기립하여 취조관에게 예를 올렸다. 그 취조관은 중경 지역에서 신분의 높고 낮음을 감히 따질 수 없는 존재였다.

"나는 유가양이라고 하네. 자네는 내 이름을 들어본 적이 있는가?"

"물, 물론입니다. 중경의 지역민으로서 어찌 용호방주님의 함자를 모를 수 있겠습니까."

"다행이군, 나를 안다니……. 하면 내 청춘 시절의 별호가 천심호리(千心狐狸)란 것도 아는가?"

천심호리, 천 개의 마음을 가진 여우.

무림인이 아닌 감운생이 그 별호를 알고 있을 리는 만무했다. 물론 알았더라고 해도 감히 안다고 말할 수는 없었다. 서른을 넘긴 이후로 유가양은 그 별호를 듣는 것을 아주 싫어했다. 그래서 누군가 그 별호를 말하면 무슨 수단을 사용해서라도 해당자의 인생을 중경에서 지워 버렸다.

"지금은 아니지만 천심호리로 불리던 그땐 누군가의 말을 듣는 순간 진실과 거짓말을 가릴 정도로 머리가 아주 비상했지. 물론 칼질도 누구 못지않게 성급하게 사용했고. 그래서 하는 말인데, 난 오늘 간만에 자네를 상대로 청춘 시절의 기분을 내볼 생각이네. 자, 내 말을 알아들었으면 우리 재밌게 이야기를 시작해 보세. 능파종에 관해 처음부터 끝까지……."

감운생은 결국 유가양의 앞에서 초인적인 기억력을 발휘해 능파종의 과거사를 낱낱이 읊었다. 자신의 기억력이 이렇게 좋았으리라곤 감운생 자신도 몰랐던 일이다.

감운생의 취조가 끝난 후에 유가양은 중경연합 수장의 이름으로 공식적인 명을 내렸다.

"이 시각부터 대정 특급 천라지령을 중경에 발동한다. 중경의 모든 무파 단체원은 일체의 사유를 막론하고 전원 검마 척살 상황에 투입될 것이며, 아울러서 능파종이란 중년인의 행적을 찾기에 전력을 다한다. 작전에 예외는 없다. 불복하거나 작전에 태만히 대처하는 무인들은 발견 즉시 대정맹의 명으로 처단한다!"

*　　　*　　　*

살아가다 보면 기억에 소중히 남는 은인들이 있다. 능비가 만날 사람이 있다고 말했을 때 능파종은 당연히 그런 범주에 해당되는 인물인 줄 알았다. 그런데 만나야 할 사람 중에 능비가 첫 번째로 지목한 이는 그의 생각과 정반대되는 인물이었다.

대정맹 중경연합 추포관주 노백.

중경에서 마도인들을 소탕하는 대정맹의 추포무관으로 악명을 날리는 노백이 바로 그 대상인 것이었다.

추포무관이라고 해서 전부 악명을 날리지는 않는다. 실제 어떤 지역에선 바른 신념으로 공명정대하게 일 처리를 하여 존경을 받는 이들도 있다. 하지만 세상사가 그렇듯 맑은 물이 있으면 탁한 물도 있는 법, 노백은 존경과는 거리가 먼 추포무관으로 중경에서 악명을 날리고 있다. 노백의 주변엔 청탁과 뇌물이 끊임없이 오간다. 그리고 이유없는 인신 구속과 폭행이 빈번하게 벌어진다. 노백의 작당에 마도인으로 몰려 처단된 억울한 지역민들이 한둘이 아니었다고 알려져 있다.

"노백은 그간 나이에 걸맞지 않은 악행을 무수히 저질러 왔습니다. 특히 자신의 특이한 성적 욕망을 충족시키고자 남의 가정을 파괴하는 비열한 수작질도 서슴없이 일삼았습니다."

"특이한 성적 욕망?"

"노백은 성적 욕구를 해결함에 중년의 미부들을 고집해 왔습니다. 어린 여성이나 청춘 여성들은 거들떠보지도 않습니다. 그런 노백의 수작질 안에 제 어머니도 포함되었습니다. 노백은 어머니가 포목점을 연 이후로 집요하게 어머니의 몸을 요구했고, 요구가 받아들여지지 않자 온갖 짓거리로 어머니를 괴롭혔습니다. 어머니가 당시 노백에게 당했던 수치스러운 일들은 차마 제 입에 담지 못하겠습니다. 결국 어머니는 그 비열한 인간에게 정조를 잃지 않고자 당신 스스로 가슴에 칼을 찌르게 되었습니다.”

능비의 설명을 들은 능파종은 무감정한 눈으로 전방의 추포관 건물을 바라보았다. 겉으로 보기엔 평정심을 유지한 것 같지만 감정을 완전히 지워낸 그의 이런 모습은 그가 가장 분노했을 때 나타내는 모습이었다.

“어젯밤에 내게 했던 이야기, 네 어머니를 심문하고 나아가서는 죽음에 이르게 했다던 정도연합의 간부가 바로 노백인 거냐?”

“네. 악행을 일삼았지만 노백이 중경연합의 수장이자 용호방주인 유가양의 외숙인 터라 이 지역 내에선 누구도 그자를 단죄하지 못하고 있습니다.”

능파종은 잠깐 침묵하고 능비에게 물었다.

“그래, 너는 어떻게 할 생각이냐? 추포관에 들어갈 생각이냐, 아니면 여기서 노백을 부를 생각이냐?”

능비는 고개를 저었다.

“아닙니다. 그냥 이대로 돌아갈 생각입니다.”

“왜? 노백을 만나야 한다고 하지 않았더냐?”

“그것은 노백의 악행을 잊지 않는다는 의미였습니다. 현실적으로 내가 부른다고 나올 노백도 아니며, 추포관의 경비를 뚫고 들어가 노백을 만날 무력도 내게는 없습니다. 저는 중경

의 추포관을 가슴에 꼭꼭 담아두는 것으로 노백과의 만남을
대신할 생각입니다."

"듣고 보니 그렇구나."

능파종은 능비의 말뜻을 이해했다. 능비에겐 그게 최선의
방책일 터였다. 그는 능비가 어깨에 메고 있는 자루, 칠종검을
넣어둔 자루를 턱짓하며 말했다.

"거기 보면 도부수들이 사용하는 참형도를 닮은 황검이 있
을 것이다. 그것을 지금 내게 다오."

뜻 모를 말. 능비가 자루 속에서 황검을 찾아 능파종에게 건
네며 물었다.

"황검은 갑자기 왜요?"

"내게도 노백과 풀어야 할 악연이 있다. 이 경우, 나는 너처
럼 가슴에 담아두지 못한다."

말뜻을 알아들은 능비가 염려된다는 얼굴로 말했다.

"쉽게 해결할 일은 아니라고 봅니다. 용호방에서 파견된 일
급 무사들이 추포관을 경비하고 있습니다. 그리고 노백 또한
중경에서 내로라하는 일급 고수입니다."

"내 눈에는 모조리 개잡부로 보인다. 제자는 지금부터 숫자
백을 헤아려라."

말과 함께 능파종은 추포관의 정면을 향해 돌아섰다.

추포관을 노려보는 능파종의 눈.

무감정했던 그의 눈동자에서 드센 불꽃이 일렁댔다.

곧 능비가 숫자를 헤아리기 시작했다.

“하나!”

휙!

능비의 눈앞에서 능파종이 사라졌다. 능파종은 추포관 정문으로 곧장 달려가고 있었다.

“둘!”

쾅!

능파종은 추포관의 육중한 정문을 깨부수고 들어갔다. 황검을 사용하고 말 것도 없었다. 그냥 몸으로 뚫고 들어갔다.

“셋!”

정문을 뚫고 들어간 그는 추포관의 중앙로를 곧장 가로질렀다. 달려가면서 그의 눈은 본관 건물을 전체적으로 쭉 살펴보고 있었다.

“여섯!”

추포관 본관 입구가 확인됐다. 그는 달려가면서 황검을 허리 뒤로 돌렸다.

“아홉!”

“하아아압!”

능파종은 고함 같은 기합을 지르며 황검을 휘둘렀다.

쾅! 우즈즉!

그가 날린 검기에 본관 입구가 박살 났다. 입구 건물이 와르르 내려앉아 형체만 남았으니 붕괴라고 해야 마땅하리라.

“열둘!”

“뭐, 뭐야!”

갑작스런 건물 붕괴에 경비 무인들이 추포관 안에서 쏟아져 나왔다. 그중에는 붕괴의 원인을 유성이라고 생각해 멍청히 하늘을 올려다보는 무인들도 있었다.

"열다섯!"

"누, 누구냐?"

경비 무인 중에서 일부가 능파종을 발견했다. 그러나 거기 까지. 그들이 다른 어떤 대응을 하기 전에 능파종의 황검이 그 들의 눈앞에서 번쩍였다.

"열일곱!"

경비 무인들을 일검에 도륙한 능파종은 달리던 속도 그대로 건물 안으로 쳐들어갔다. 노백의 집무실을 확인하는 방법은 단순하고 무지막지했다.

쾅! 쾅! 쾅! 쾅!

그는 추포관의 모든 문을 깨부수며 내달렸다.

"스물아홉!"

능파종이 추포관 밀실의 문을 황검으로 가르고 들어섰다. 밀실의 침상에서는 장년 남자와 중년 여자가 정사를 치르고 있었다. 정확히는 갑작스런 밖의 소란에 정사를 막 중단하고 있었다.

휙!

실내로 난입한 능파종은 곧장 침상으로 뛰어올랐다. 그리고 알몸의 남녀가 둘로 갈라지기 전에 발로 남자의 뒷목을 잔인 하게 밟아 동작을 고정시켰다. 남자의 아래에 깔린 여자가 놀란 입을 쩍 벌렸다. 비명은 없었다. 능파종의 싸늘한 물음이 여자의 비명을 막아버렸다.

"묻겠다. 이 인간이 노백이란 잡놈이 맞느냐?"

여자는 대답 못했다. 무서워서 덜덜 떨고만 있었다.

"노백이란 잡놈이 맞느냐고 물었다."

능파종이 다시 물었다. 이번엔 눈빛을 사납게 번뜩였다.

"으으."

여자는 반은 실성한 얼굴로 머리를 끄덕댔다.

확인은 끝났다.

능파종은 노백의 뒷머리를 움켜잡아 일으켰다.

그제야 능파종을 제대로 볼 수 있게 된 노백. 노백이 제딴에는 노한 얼굴로 말했다.

"뭐 하는 놈이야! 여기가 감히 어디라고…… 으흑!"

말 중간에 능파종이 노백의 복부를 사정없이 발로 걷어찼다. 얼마나 세게 맞았는지 노백은 붕 날아가 맞은편 벽에 등을 부딪쳤다. 노백에겐 바닥에 뻗을 자유도 없었다. 능파종이 타격과 동시에 어느새 벽으로 뛰어가 노백의 목을 잡아버리고 있었다.

능파종이 말했다.

"묻는다. 초혜를 알고 있느냐?"

"누, 누구?"

일순 말뜻을 몰라 노백이 눈을 끔벅댔다. 창자가 터진 것 같은 복부의 고통에 바른 대답을 할 상태도 아니었다.

뻑!

노백의 복부에 능파종의 발이 다시금 꽂혔다. 맞은 부위에 또 맞았고, 이번엔 뒤로 밀려갈 공간도 없다. 노백은 그만 입에서 게거품을 토해냈다.

"다시 묻는다. 초혜가 생각나느냐?"

"으으으."

노백이 고통 속에서 질문의 답을 찾느라고 끙끙댔다. 의문을 가질 여유란 없다. 답을 말하지 않으면 처참하게 죽는다.

뻑! 뻑!

노백이 떠듬거리자 능파종이 내지른 두 방이 복부에 연속해서 꽂혔다.

너무 고통스러워 노백은 혼절도 못할 입장이었다.

"마지막으로 묻는다. 혜종비의 초혜를 기억하느냐?"

"혜종비?"

노백이 능파종을 힐끗 쳐다봤다. 드디어 답을 찾은 모양이다.

"알, 알고 있소. 한데 왜?"

"초혜를 심문하여 그 남편을 찾았다고 들었다. 그것이 맞느냐?"

"그, 그렇소."

노백의 대답에 능파종은 황검을 단검처럼 잡아 세웠다.

"너희가 찾던 초혜의 남편이 바로 나다."

"으으으."

아내의 복수를 하러 온 마도의 살수. 노백은 그제야 상황 파악이 된 눈빛을 비쳤다. 죽을 때 죽더라도 왜 죽는지 알았으니 조금은 속편할 심정일 터다. 그러나 죽음을 앞둔 노백의 그런 심정은 능파종의 다음 말에 산산조각 나고 말았다.

"내가 바로 능파종이다. 너희가 찾던 초혜의 남편, 칠종검마 능파종이란 말이다!"

"으헉!"

노백이 입을 딱 벌렸다.

칠종검마란 말이 왜 여기서 나오는가? 뇌리에 일대 혼란이 발생했을 터다.

능파종은 노백의 놀란 입에 황검을 무자비하게 박아 넣었다. 노백은 혼란을 정리해 볼 시간도 가져보지 못한 채 부릅뜬 눈 그대로 삶을 마쳤다.

"아흔아홉."

툭.

백을 앞둔 시점에서 능비의 발아래로 피투성이가 된 모가지 하나가 떨어졌다.

입이 뚫린 모가지. 노백의 인두였다.

능파종이 말했다.

"네 한이 풀릴 때까지 저 잡놈을 난도질하거라."

능비는 고개를 저었다.

"이미 충분합니다. 더는 의미가 없습니다."

우지직.

능비의 말이 끝나기 무섭게 능파종은 노백의 머리를 발로 밟아 짓이겼다.

"나는 이렇게 해도 분이 풀리지 않는다."

바닥엔 이제 살점과 핏물만 남아 있다.

능비가 그것을 한참 내려다보고는 착잡한 숨을 내쉬었다.

능파종이 물었다.

"왜 그러느냐? 후련하지 않느냐?"

"후련하기보다는 화가 납니다."

"왜?"

"사부님께는 잡놈에 불과했던 하찮은 인간이었거늘, 저런 잡놈에게 제 어머니가 당했습니다."

"……."

능파종은 말문을 닫았다.

초혜의 복수를 하고도 분이 풀리지 않던 이유.

바로 이것 때문이리라.

능파종은 한참을 침울하게 있다가 능비에게 말했다.

"너도 그러냐? 나도 그렇다. 그래서 화가 난다, 내 자신에게 더욱더."

*　　　*　　　*

대정맹 중경연합 선우세가 오남 선우환.

선우환은 중경의 이대실권자인 선우세가 가주의 막내아들

이다. 어린 시절부터 문무에 걸쳐 천재적 자질을 선보였는데, 현재는 대정맹 백룡검대의 무장으로 발탁되어 있다. 능비보다 한 살 더 많은 열일곱의 나이지만 체격은 이미 성인 남자의 그것과 차이가 없고, 무공 수준 또한 일급에 능히 준한다고 알려져 있다.

능비의 두 번째 만남 대상은 바로 그 선우환이었다. 노백의 경우만큼 능파종의 예상에서 많이 빗나간 만남이었다.

선우세가에 당도한 능파종과 능비는 선우세가의 저택 지붕 위로 올라갔다. 능비가 그곳으로 올라간다고 끙끙댈 필요는 없었다. 능비의 손을 잡은 능파종은 가벼운 도약으로 지붕까지 단숨에 올라가 버렸다.

"저 어린놈도 너와 네 어미를 괴롭혔느냐?"

능파종은 선우세가의 본가 건물의 앞뜰을 내려다보며 물었다. 그곳에서는 선우세가의 가족들이 거창한 연회를 열고 있었다. 연회의 주인공은 대정맹 백룡검대로 발탁된 선우환이었고 선우세가의 가주 선우강은 현재 보이지 않았다.

"아닙니다. 선우환은 어머니의 고단했던 삶과 직접적인 관련이 없습니다. 저는 이제껏 선우환과 같은 자리에서 딱 한 번만 대면했을 뿐입니다."

"그럼 왜?"

"선우환과 직접적인 연은 없었지만 그 대신 저는 금릉에서 살던 시절부터 선우환의 생활 방식을 그대로 흉내 내며 살아가야 했습니다."

"저놈의 생활 방식을 따라 했다? 무슨 뜻이었지?"

"선우환은 일찍부터 중경제일의 천재로 명성을 날렸습니다. 하지만 그 실상을 보면 그건 그가 천재적 자질을 타고났다기보다 그의 후천적 노력으로 인해서 얻은 결과입니다. 그는 여섯 살 무렵부터 하루에 두 시진만 겨우 수면을 취할 정도로 문무 공부에 노력을 다했습니다. 때론 홀로 산속으로 들어가 극한 수련으로 자신을 채찍질하며 성장했습니다. 저는 선우환의 그런 생활 방식을 따라서 그가 학문을 공부할 시간에는 같이 책을 보았고, 그가 무공 수련을 할 때는 나름의 무술 수련을 하며 시간을 보냈습니다. 그리고 그가 산으로 들어가 초인 수련을 하면 나 역시 홀로 산에 들어가 극한 수련을 했습니다."

남의 생활 방식을 따라 한다.

능파종은 잘 이해되지 않는다는 눈으로 능비를 돌아봤다.

"굳이 그렇게 따라 해야 했던 이유가 뭐지?"

"그건 어머니가 시켰기 때문입니다."

"왜?"

"어머니는 저를 선우환만큼 강하게 키우고자 하였습니다. 하지만 어머닌 아들을 강하게 키울 의지만 가득했지 무림인의 체계적인 공부에 대해서는 잘 알지 못했습니다. 그래서 차선책으로 선우환의 생활 방식을 모방하여 아들을 교육시킨 것입니다."

"흐음."

능파종은 비로소 능비의 기초가 나름 탄탄했던 이유를 알게 되었다. 한편으로는 아들을 강하게 키우고자 했던 초혜의 의지가 어느 정도였는지 알 것 같았다.

"그래, 지금의 네 심정은 어떠하냐? 네 성장에 큰 도움이 되었다고 생각하느냐?"

능비는 무겁게 고개를 저었다.

"그렇지 않습니다. 내가 하나를 알면 선우환은 열을 깨쳤고, 내가 일 초식의 무술을 터득하면 선우환은 십 초식의 무공을 대성했습니다. 세월이 흐를수록 그와 나의 성취도는 하늘과 땅만큼이나 차이가 벌어졌습니다. 솔직히 저는 선우환을 생각하면 왜인지 모르게 움츠러듭니다. 어쩌면 나는 그를 영원히 따라잡을 수 없을지 모릅니다."

능비의 말을 능파종은 이해했다. 흉내는 결국 흉내일 뿐이다. 개인의 특성을 살리지 못한 흉내 공부는 장기적 차원에서 오히려 수련자의 발전에 방해적인 요소가 된다.

선우환과 비교된 탓인지 능비의 얼굴엔 전에 없이 침울함이 가득했다. 능파종은 아들에게 무언가 희망적인 말을 해주고 싶었다.

"너는 실망할 필요가 없다. 그건 자질의 문제가 아니다. 네가 만약 선우환과 같은 조건, 같은 환경에서 공부했다면 결과는 또 달라졌을 것이다. 그리고 너는 살아온 세월보다 살아갈 나날이 훨씬 더 많이 남아 있다. 미래에는 너와 선우환의 처지가 반대될 것이다. 이건 내가 확신한다."

능파종의 확신에 능비의 얼굴이 밝아졌다.

"정말요? 제자에게 그런 시절이 정말 올까요?"

"후후, 녀석."

능파종은 잔잔한 미소를 보이며 선우세가의 만찬장으로 시선을 돌렸다.

"그래, 어떻게 해줄까? 이곳에 온 기념으로 좌절을 모르고 살았던 저놈의 행복한 세계를 파괴시켜 버릴까? 이왕이면 놈의 사지라도 하나 잘라올까?"

능비는 곧바로 답했다.

"아닙니다. 선우환은 제자가 상대할 겁니다. 저는 선우환이 정파의 최고 고수가 되길 바랍니다. 그러면 제자에게도 분명한 목표가 생기지 않겠습니까?"

"핫핫핫! 네 말이 맞다! 저놈은 이제부터 너의 몫이다!"

능파종은 자리에서 일어나 기분 좋게 웃었다.

웃음소리가 아주 큰데다 모습도 활짝 드러냈다.

"사부님!"

능비가 놀란 모습을 보이며 주변을 급히 돌아봤다.

발각될지 모른다는 능비의 놀람은 기우였다. 선우세가의 무인들이 웃음의 방향을 찾아 시선을 돌리기 전에 능파종은 능비를 잡고 선우세가의 담장 바깥으로 뛰어내려 버렸다.

*　　　*　　　*

능비가 만날 세 번째 대상은 전자의 두 경우보다 훨씬 더 능파종의 예상에서 빗나갔다.

대정맹 중경연합 용마무관 관주의 차녀 이가진.

나이 십육 세에 중경삼미의 한자리를 차지한 미모의 여성을 세 번째 대상으로 가리킨 것이다.

"이가진과 저는 올해 동갑으로, 공교롭게도 태어난 생일까지 같습니다. 노백의 수작으로 인해 제자가 마도인의 핏줄이라는 말이 무관에 떠돌았습니다. 무관의 관원들은 그 후로 제자의 아비를 모욕하였고, 때론 무리를 지어 저를 폭행했습니다. 저는 참고 또 참았지만 그들이 어머니까지 입에 담자 더는 인내할 수 없어 그들과 맞서 싸웠습니다. 결국 저는 갈비뼈가 부러지는 중상을 입고 무관의 후원에 버려졌습니다. 그때 저를 발견하고 간호해 준 여인이 바로 이가진이었습니다."

능파종과 능비는 용마무관의 담장에 기대서서 그 안을 살펴보고 있었다. 연무장 안에는 관원들이 단체 무술 수련에 임하고 있었다. 관원들을 가르치는 사범 중에는 산뜻한 청의를 입은 미모의 여인도 있었다. 능비는 그 여인을 바라보며 지난 시절을 이야기하고 있었다.

"그 후로 이가진과 저는 친밀한 사이가 되었습니다. 관주의 딸인 이가진은 또래의 관원 중에서 남녀를 통틀어 무술 실력이 가장 뛰어났습니다. 그녀는 저에게 마도인의 피가 흐른다는 것을 알고도 용마무관의 관원들로부터 저를 보호해 주었고, 그러면서 남들 모르게 용마권의 진수를 전수해 주었습니다. 현재 저의 용마권이 나름의 수준에 오른 것도 알고 보면 그때 그녀가 전수해 준 영향이 컸습니다. 저는 그녀와 남모른 사연을 공유하는 것이 아주 기뻤습니다. 어머니에게 미안한 말이지만 언제부터인가 아침에 일어나면 그녀를 제일 먼저 생각하게 되었습니다.”

능파종은 이가진을 향한 능비의 심정을 알 것 같았다. 능비는 지금 청춘의 시작점에 접어들고 있었다. 그 또래는 이성을 향한 감정이 특별난 법이었다. 능파종 자신도 그 나이 무렵에 초혜를 만나서 연정의 열병을 앓았었다.

“그녀는 정도의 핏줄이며 제자는 마도의 핏줄입니다. 저는 남녀 사이에서 그쯤의 차이는 그다지 문제되지 않는다고 생각했습니다. 그러나 그것이 저의 착각이며 또한 그녀를 향한 저의 감정이 혼자만의 착각이었다는 것을 나중에 알게 되었습니다. 제자는 그녀에게 동정심의 대상일 뿐이었습니다. 게다가 그녀가 마도인들을 바라보는 시각은 단호했습니다. 그녀는 저에게 아비의 삶을 부정하고 정도인으로 살아가라고 종용했습니다.”

이야기가 반전을 맞이하자 능파종은 능비를 돌아봤다. 능비의 눈엔 그렁그렁한 물막이 스미어 있었다.

능파종은 한 가지 사실을 뒤늦게 알았다. 능비는 아주 슬픈 눈을 소유하고 있었다. 지금 같은 분위기 속에서 마주하는 대상이 여성이라면 누구라 해도 능비에게 빨려들지 않을 수 없을 것이다.

“정파이든 마도이든 중요한 건 네 마음이다. 네가 원하면 그

녀를 데리고 떠나 버려. 그렇게 살다 보면 널 바라보는 그녀의
마음도 변해. 그게 여자의 마음이야."
　"그런 생각을 안 해본 것도 아닙니다. 하지만 그녀의 숨겨진
연인이 누구인지 알게 된 후로 전 그녀에게 다가설 수 없었습
니다. 어머니에게 혼나는 것을 각오하고 용마무관을 그만둔
것도 바로 그 때문입니다."
　"그녀의 숨겨진 연인이 누구인데?"
　"선우환."
　능비는 그녀의 연인을 밝힌 다음 입을 다물었다.
　능파종은 눈살을 지그시 찌푸렸다.
　"그것참, 여러모로 너의 삶에 영향을 끼치는 놈이구나."
　침묵의 시간이 잠깐 흘렀다. 능비는 침묵 속에서 이가진을
줄곧 주목했다. 이윽고 능파종이 침묵을 깼다.
　"그래, 어떻게 할 생각이냐? 그녀를 만나서 작별의 인사라
도 할 생각이냐?"
　능비는 대답 대신 뒤돌아섰다. 그리고 곧장 앞으로 터벅터
벅 걸어갔다. 능파종이 재빨리 그 뒤를 따라붙었다.
　"작별없이 떠난다면 나중에 후회할지 모른다. 지금이라도
늦지 않았다. 네가 원한다면 내가 만남의 자리를 만들어줄 수
있다."
　"아뇨."
　능비는 단호히 고개를 저었다.
　"후회는 내가 아닌 그녀가 하게 될 겁니다. 제자의 운명은

이제 정해졌습니다. 제가 그 길에서 뒤돌아서는 일은 없을 것입니다."
 "으응?"
 능비의 말에 능파종은 걸음을 멈추었다.
 아들 능비.
 의외로 상당히 독한 성격이다.
 그는 문득 피식 웃었다.
 "역시, 피는 못 속이는가."

第四章
대정 특급 천라지령

魔道宗師

마도종사

대정 특급 천라지령!

대정맹의 특정 지역 비상 동원령을 말함이다. 천라지령이 발동되면 해당 지역의 모든 무인들은 개인 활동을 중단하고 전원 대정연합의 천라지령 작전에 뛰어들어야 한다. 작전에서 예외는 없다. 열외도 없다. 동원령을 어기면 대정맹의 반도로 탄핵받아 무림에서 퇴출된다.

정도 천하에서 천라지령은 이제껏 스물두 번 발동됐다. 작전이 실패로 돌아갔던 적은 총 여덟 번이며, 그중 다섯 번은 동일 인물에 의해 깨졌다.

오늘, 대정맹의 스물세 번째 천라지령이 발동됐다.

천라지령이 걸린 지역은 중경.

척살 대상은 대정맹을 다섯 번이나 수치스럽게 했던 주인공, 마도의 호법사자 칠종검마 능파종이다.

천라지령의 첫 상황 발생지는 중경 남로의 중심부에 위치한 노백의 추포관이었다. 거리가 가까운 터라 중경연합의 무인들이 그곳으로 급히 모여들었는데, 아쉽게도 추포관의 상황은 그들이 도착하기 한참 이전에 끝나 있었다.

노백은 죽었고, 흉수는 잠적한 상태.

중경연합의 무인들은 추포관에 깔린 시신들의 상태를 살피며 흉수 추적에 나섰다. 흉수가 중경에 잠입한 검마라는 것엔 이견의 여지가 없었다. 검마가 아니고서는 대낮에 이렇게 정도연합의 지부로 쳐들어올 놈도 없고, 검마 수준의 무력이 아니고서는 추포관의 방어가 이렇게 또 쉽게 깨질 이유가 없었다.

의문스런 점이라면 검마가 왜 하필 추포관을 기습했느냐는 것이다. 그들이 알기로 추포관주 노백과 검마는 어떠한 원한 관계도 없었다.

추포관주 노백의 시신을 보면 목이 잘린 사인을 포함해 일곱 군데의 칼질이 육신에 난자되어 있었다. 그리고 잘린 목은 아예 형체를 알아볼 수 없을 정도로 짓이겨져 있었다.

계획적이자 명백한 원한 관계의 살인.

대체 무슨 원한인가.

중경연합의 무인들은 이 의문을 풀 수 없어 그저 막막하게 시간만 보냈다. 중경연합의 감찰단이 출동해 조사해 보았지만 실마리가 풀리지 않기는 마찬가지였다.

　의문의 실마리를 푼 이는 추포관에 가장 늦게 도착한 삼 인의 청의인들이었다. 그들은 중경연합에 속한 무인이 아닐뿐더러 정파 출신 무인들도 아니었다. 그들은 지난날 정찰과 추적, 저격과 암살에서 타의 추종을 불허했던 마도의 고수들이었다. 별호는 혈우삼포였으며 현재는 대정맹 마정단에 소속되어 있었다.

　저격, 암살의 일급 무인. 혈우일포 탈혼신궁 적양.
　추적, 수사의 일급 무인. 혈우이포 백보귀장 곽방.
　정찰, 수색의 일급 무인. 혈우삼포 반월검삭 마요성.

　그들이 추포관에 들어섰을 당시 주변의 정파 무인들은 하나같이 시선을 돌렸다. 대정맹에 소속되어 있다고 하지만 출신성분이 다른 터라 그간 알게 모르게 마정단을 폄하해 온 것이다.

　혈우삼포도 그런 정파 무인들의 반응을 무시했다. 그들을 향한 냉대와 질시는 언제 어디서나 받아온 것. 그들에겐 정파 무인들의 무관심이 차라리 속편하다고 할 수 있었다.

　"극한에 이른 황살검초야. 검기는 더 강해진 것 같아. 이젠 징그럽다 못해 소름이 돋아."

　붉은 소궁을 네 개나 등에 착용한 삼십대 남자, 혈우일포 적양이 박살 난 추포관 입구 건물을 살펴보며 말했다. 곽방과 마요성도 그 말에 동의의 빛을 보였다. 그들은 정파 무인들과 사뭇 다르게 검마 추적에 임했다. 정파 무인들은 시신의 검흔을 먼저 조사했지만 그들은 바닥에 널린 시신들엔 눈길도 주지 않았다.

"큭, 멍청한 짓이야. 저런 놈들을 상대로 검마가 칠종검법을 사용할 까닭이 없어."

혈우삼포 마요성이 시신 조사에 열중인 정파 무인들을 돌아보며 조소를 지었다. 마요성은 한 눈에 검은 안대를 착용하고 있었다. 알려지길 오래전 소림사의 장경각에 잠입했다가 한쪽 눈을 잃었다고 한다.

"시간 낭비하지 말고 어서 추포관 밀실로 들어가. 검마가 노백을 살해할 당시 현장에 목격자가 있다고 했어."

적양이 지시하듯 말했다. 곽방과 마요성은 적양의 이런 말투에 반발하지 않았다. 적양은 십리대궁으로 명성을 떨친 마도 명문 대활금의 후예로서 마정단에 투신한 후로 혈우삼포의 대형 역할을 해오고 있었다. 알려지길 적양은 마정단에 투신하기 직전까지 자신의 진로를 심각히 고려했다고 한다.

적양의 말에 따라 혈우삼포는 추포관 안으로 곧장 들어갔다. 그들이 최종적으로 당도한 곳은 중경연합의 감찰단이 모여 있는 추포관 밀실이었다.

"놈이 어떻게 추포관주를 죽였지?"

"……"

“왜 죽였지?”

“……”

“어서 말해! 추포관주를 죽일 때 놈이 무슨 말이라도 했을 것 아냐!”

“……”

밀실 안에서는 감찰 무인들이 반라의 중년 여성을 심문하고 있었다. 다만 문제라면 어떤 질의를 해도 여인이 넋 나간 얼굴로 덜덜 떨고만 있다는 것이다.

“미치겠군! 말이 통해야 뭘 어떻게 해보지! 검마가 대체 무슨 수작을 부린 거야!”

심문이 지체되자 감찰단 무인들이 짜증을 부렸다.

혈우삼포가 앞으로 나섰다.

“비켜보시오, 우리가 한번 해브겠소.”

“으음.”

감찰 무인들이 혈우삼포를 힐끗 돌아보고는 마뜩찮은 기색으로 물러섰다. 마정단에 적극 협조하라는 상부의 명이 없었다면 이렇게 순순히 물러나진 않았을 것이다.

“본부로 데려갈 예정이오. 되도록 간단히 끝내주시오.”

간단히 끝내달라는 그들의 말. 그 말속엔 혈우삼포라고 해서 여인의 입을 열게 할 방책이 있겠느냐는 뜻이 담겼다. 일종의 괄시인데, 그런 정파 무인들의 심정은 얼마 지나지 않아 반전을 맞이하게 되었다.

중년 여인의 상태를 살펴본 혈우삼포는 의미심장한 눈길로 서로를 돌아다봤다.

주고받는 눈길 속의 뜻은 하나의 마도 용어로 집약됐다.

혼마인(魂魔印).

대상자의 심신을 제압하는 마도 수법이다. 주로 사건의 기밀 유지를 위해 사용되는데, 화경에 오른 무인이 사용할 경우 대상자는 두려움에 빠져 그 사건에 관한 일을 평생토록 기억하지 못한다.

적양이 낮은 음성으로 물었다.

"어때? 풀 수 있겠어?"

마요성은 고개를 저었다.

"검마의 혼마인이야. 대정삼왕 정도의 고수가 아니고선 혼마인을 풀지 못해."

곽방은 마요성과 다르게 전향적으로 나섰다.

"혼마인을 풀 순 없겠지만 사령마혼법으로 혼마인이 걸린 당시의 상황은 알아볼 수 있어."

곽방의 사문은 섭혼술로 유명한 마도의 구밀류.

곽방은 말과 동시에 짙은 묵색의 동공으로 여인을 마주 봤다. 사령마안의 발휘인데, 여인은 사령마안을 접하고도 여전히 혼마인에 사로잡혀 있는 모습이었다.

곽방은 사령마혼법의 수준을 더 높여 사령마안에 이은 사령마소를 펼쳤다.

"후후후."

곽방이 여인을 마주 본 자세에서 가늘게 웃었다. 이번엔 효력이 없지 않았다. 사령마소를 접한 여인이 몸을 가늘게 떨어 대기 시작한 것이었다. 아직도 부족하다고 느낀 곽방이 사령마혼법의 수준을 한 단계 더 높였다.

[여인, 나를 보라. 나는 너의 주인, 너는 내 말을 거역할 수 없다!]

혼을 파고드는 음성. 사령뇌혼의 수법이었다.

[말하라. 너는 무엇을 보았느냐?]

"눈! 짐승의 눈! 악마의 눈!"

여인이 한껏 공포에 물든 얼굴로 답했다.

눈이란 대답만으로는 당시 상황을 알아볼 수 없다. 곽방이 섭혼술의 단계를 더욱 높여 다시 물었다.

[말하라, 너는 그때 무엇을 들었느냐?]

"초혜, 초혜를 아느냐?"

여인이 갑자기 굳어진 표정과 딱딱한 어조로 말했다. 당시 상황을 재연함이다.

[초혜라니? 무슨 뜻이냐? 더 분명히 말하라!]

"너희가 찾던 초혜의 남편이 바로 나다!"

여인은 모호한 대답 이후 다시 말문을 닫았다. 아직 의문을 풀지 못한 곽방이 사령마혼법을 극성까지 끌어올려 물었다.

[전부 말하라! 누가 그런 말을 했느냐!]

"우우!"

[말하라! 말하지 않으면 네 혼을 당장 찢어버리겠다!]

여인이 마침내 입을 열었다.

“내가 바로 능파종이다. 너희가 찾던 초혜의 남편, 칠종검마 능파종이란 말이다! 아악!”

여인은 고함치듯 대답한 후에 혼절해 버리자 곽방도 탈진한 모습으로 제자리에 털썩 주저앉았다. 곽방이 사령마혼법을 이 정도로 사용한 적은 없다. 다시 말해 검마의 혼마인이 그만큼 강력했다는 것이다. 사령마혼법을 조금만 더 사용했다면 아마도 곽방은 심각한 내상을 입고 말았을 것이다.

“수고했다, 곽방. 네 덕분에 검마의 진짜 이름을 알게 되었다.”

적양이 말과 함께 뒤돌아섰다. 돌아선 그를 중경연합의 무인들이 다소 떨떠름한 얼굴로 바라보자 그는 피식 웃었다.

“원하신 대로 간단하게 끝냈소이다. 우리는 먼저 가겠으니 뒷일을 부탁드리오. 이름이 확인됐으니 검마의 본적을 찾는 것은 어렵지 않을 게요.”

말과 함께 혈우삼포가 밀실을 빠져나가자 남은 정파 무인들은 한동안 입을 열지 못했다.

무인의 능력을 출신 성분으로 폄하해선 안 된다.

그들은 그 점을 실감하고 있었다.

추포관을 나온 혈우삼포는 장강 방향으로 곧장 향했다. 중경 도심에 출현한 검마의 추적을 포기한 것은 아니었다.

그들은 마도인 출신으로서 대정맹의 어느 누구보다 검마에 대해 잘 알았다. 검마는 쫓는다고 해서 잡을 수 있는 존재가 아니었다. 검마의 검은 화산파의 검공보다 더 날카로우며 검마의 신법은 무당파의 제운종보다 더 빨랐다. 중경연합에서 그런 검마의 행보를 잡아낼 정파 무인은 없었다. 어설픈 추적은 오히려 검마를 자극할 뿐이었다. 혈우삼포 역시 그 점에선 마찬가지인데, 그래서 그들은 검마를 상대함에 있어 추적, 척살이 아닌 원거리 저격을 준비했다.

오십 장 저격은 자살행위다.

그 정도 거리라면 저격을 하기도 전에 검마의 감지력에 발각되어 역습을 당한다.

백 장 저격도 안 된다.

검마의 칠종검공은 어지간한 위력의 화살 공격은 모두 막아낸다.

검마가 저격을 전혀 짐작 못하는 거리, 그러면서 저격을 성공시킬 가장 효율적인 저격 거리는 최소 삼백 장이다.

삼백 장 저격.

표적을 맞히는 정확성은 둘째 치고, 일반 무인들은 삼백 장에 이르는 거리까지 화살을 날리지를 못한다. 아무리 일급 무인들이 쏜다고 한들 삼백 장을 가로질러 표적을 뚫어낼 힘을 화살에 담진 못한다. 무림에서 삼백 장 저격을 성공시킬 무인은 정파와 마도를 통틀어 겨우 세 명 정도이다.

대활금의 후예 적양.

적양이 바로 그중 하나이다.

나이 십사 세에 소년 신궁으로 궁사의 이름을 떨쳤고, 나이 이십에 탄강법이란 내력격발술로 자타가 공인하는 마도제일

궁사에 올랐다. 대활금의 명궁인 십리대궁을 사용할 경우, 그는 삼백 장 저격 성공률을 팔 할까지 자랑한다고 한다. 마정단주가 혈우삼포를 중경으로 급파한 뜻에는 그런 장거리 저격을 염두에 둔 뜻이 들어 있었다.

"적양, 이참에 너의 최고 기록을 세워봐."

"난 걱정 안 해. 달리 마도신궁이겠어? 표적이 누구이든 적양은 반드시 성공시킬 거야."

잠복지로 걸어갈 때 곽방과 마요성이 적양의 자신감을 북돋워 주었다.

적양은 이때 아무런 답을 하지 않았다. 그는 허리 아래로 삐져나온 소궁의 끝을 어루만지며 그저 무겁게 한숨만 내쉬었다.

거리는 문제가 아니다. 경우에 따라선 그는 삼백 장이 넘는 저격도 성공시킬 자신이 있다. 문제는 표적이 마도의 마지막 남은 영웅 검마라는 것. 과연 그런 검마를 저격, 척살하는 것이 옳은 일인가. 그 점이 이 순간까지 그를 고민스럽게 하고 있었다.

*　　　*　　　*

용마무관을 다녀온 후, 능파종은 능비에게 자루를 건네받아 칠종검을 등에 장착했다. 아직 중경 도심을 벗어나지 못한데다 날도 저물지 않았다. 이렇게 칠종검을 장착한 모습으로 다

닌다면 그것은 스스로 칠종검마임을 선언하는 것과 같다.

"이미 꼬리가 붙었다. 난 이제부터 제자의 눈에 당당한 사부의 모습으로만 남고 싶다."

능비가 걱정된다는 듯 어두운 안색으로 물어왔을 때 능파종은 그렇게 대답했다. 아들이자 제자인 능비가 동행하고 있었다. 그랬기에 구차하게 변장을 하여 사지를 탈출하는 모습을 보여주기 싫었다.

또한 예전과 다르게 그는 목숨을 건 싸움을 망설일 필요가 없었다. 그는 사우적이 남긴 유명(遺命), 마도의 후예들을 찾아 백마총으로 데려가라는 마도의 사명을 완수한 상태였다. 중경에 올 수 있었던 것도 그 사명을 완수했기에 가능했던 일이다.

'이건 나의 일이야. 마도의 사명이 아닌 하늘이 내게 준 사명 같은 거야.'

능파종은 보행 중에 능비를 자주 훔쳐봤다. 부정이란 이런 것인가. 그는 능비를 볼 때마다 자신의 청춘 시절을 보는 것 같아 가슴이 괜히 흐뭇했다. 솔직히 외모는 그다지 그를 닮지 않았다. 능비는 그의 평범한 얼굴이 아닌 어미의 고운 용모를 고스란히 빼닮았다. 대신 능비는 성향이나 버릇에서는 어미보다 그를 더 많이 닮아 있었다. 그는 능비에게서 그런 점을 발견할 때마다 깜짝깜짝 놀라워했다.

이런 경우가 있었다. 그는 길을 걸을 때면 한 팔만 흔드는 버릇이 있었는데 능비가 바로 그랬다. 걸을 때 흔드는 팔, 그게 왼팔이란 것도 같았다.

'후후, 녀석.'

"참, 사부님, 우린 이제 어디로 가죠?"

능비가 문득 그를 돌아보며 물었다.

그는 흐뭇했던 표정을 재빨리 감추고 무거운 어조로 답했다.

"장강으로 간다."

"장강으로요?"

"정확히는 장강을 타고 백마총으로 간다."

"백마총……. 그곳으로 가는 연유를 물어봐도 되겠습니까?"

"그건…….."

능파종은 답하다 말고 전방 우측을 노려봤다.

"나중에 말해주마. 분명한 것은 그곳에 가면 너의 미래가 달라진다는 사실이다."

스릉!

능파종은 말과 함께 흑검을 뽑아냈다. 갑작스런 그의 발검에 능비가 무언가를 깨닫곤 전방을 살펴봤다.

우측 전방에서 빠르게 달려오고 있는 무인들.

족히 백 명은 되는 그들을 바라본 능비는 초조한 모습을 비추었다. 비파산의 산적들과는 수준이 다른 무림인들. 긴장되지 않는다면 거짓말일 것이다.

능파종이 능비를 힐끗 쳐다보고는 말했다.

"고수이든 하수이든 실전 상황에 접어들면 누구나 긴장되게 마련이다. 허나 육체에는 긴장감을 주되, 정신에는 긴장감을 주지 마라. 정신이 긴장되면 육체가 제대로 동작 반응을 하지 못한다."

산속에서 사부의 가르침 아래 무공을 닦는 것만이 수업의 전부가 아니다. 때론 현장에서 직접 겪는 실전 수업이 어떤 가르침보다 소중할 수도 있다.

"사부님의 말씀을 명심하겠습니다."

능비가 뜻을 알아듣고 포권했다. 능파종은 그런 능비를 대견스럽게 쳐다봤다. 하나를 말하면 둘 이상을 알아듣는다. 아들이기 이전에 그야말로 마음에 드는 제자였다.

전방의 무인들이 어느덧 능파종의 십 장 앞에 다다라 있었다.

능파종은 그들을 가리키며 말했다.

"너는 저들이 누구인지 알겠느냐?"

능비는 그들의 복장과 용모를 살펴보곤 어렵지 않게 답했다.

"용호방의 무인들, 용호일백조입니다. 조장은 용호방주의 열두 번째 기명제자인 거연상인데, 그는 실전에 임하면 한 자루 대감도를 돌풍처럼 사용한다고 해서 돌풍대도라는 별호를 얻고 있습니다."

"호!"

능파종은 감탄의 표정을 비쳤다. 용호일백조나 거연상의 명성이 아닌, 그런 자들의 면면을 사전에 파악한 능비의 정보력에 놀라워서였다. 준비가 없고서는 이런 정보를 알지 못한다. 이건 분명 과제 수업의 성과이다.

"핫핫! 네 어머니께서는 실로 대단하신 분이로다. 너에게 그런 수업까지 시키다니!"

능파종은 기분 좋게 웃으며 전방으로 걸어갔다.

아들이 등 뒤에서 그를 지켜보고 있다. 아비로서 사부로서 나약한 모습을 보여주어선 안 된다. 어차피 그에겐 상대도 되진 않겠지만.

두두두두!

능파종의 걸음은 곧 전방을 질주하는 달리기로 변했다. 전방의 무인들이 그의 돌진을 보고는 뭐라고 소리치며 좌우로 갈라졌다. 능파종은 그들이 갈라진 중심으로 뛰어들어 흑검을 꺼내 좌우로 획획 베어냈다.

툭! 툭! 투투툭!

그가 움직일 때마다 용호일백조의 신체가 잘려 나갔다. 병기 간의 충돌은 거의 없었다. 능파종은 표범처럼 날랜 신체 동작으로 용호일백조의 도검을 피했고, 곧이어 매 같은 눈으로 빈틈을 찾아 상대의 육체를 잘랐다.

흑검만 사용하는 것도 아니었다.

스룽! 스룽! 스룽!

그는 상대의 도검 종류에 맞추어 자신의 칠종검을 다르게 사용했다. 흑검이 검광을 번쩍인 다음엔 황검이 휘돌았고, 녹검이 검음을 터뜨리면 곧이어 홍검이 차디찬 검기를 뿌렸다. 검과 검을 연결하는 동작은 번개처럼 빨랐고 군더더기는 일절 없었다. 그는 마치 연환 검법의 진수를 보여주듯 칠종검을 하나의 검처럼 연결해 사용했다.

"후, 후퇴!"

용호일백조가 기세를 꺾고 빠르게 뒤로 물러났다.

당연한 과정.

용호일백조의 임무는 검마의 척살도 아니요, 저지도 아니었다. 그들은 어디까지나 검마의 행보를 잠시 늦추는 임무로 천라지령 작전에 투입된 무인들이었다.

적들이 물러서자 능파종은 이내 뒤로 돌아 능비 앞으로 달려왔다.

"경신법을 아느냐?"

능파종의 물음에 능비는 다소 맹한 얼굴로 답했다.

"일 보에 오륙 장씩 쭉쭉 나아가는 신법 말입니까? 그런 것은 배운 적도 없고 가르쳐 줄 만한 스승을 만나본 적도 없습니다."

"비거리가 일 보에 오륙 장이라면 그것은 경공술의 경지이다. 내가 말한 것은 경신, 즉 몸을 가볍게 하여 빠르고 오래 달리는 주행법이다."

"달리기라면 자신있습니다. 하루 일과의 시작은 늘 그런 하체 단련 수업이었으니까요."

"좋다. 하면 지금부터 나를 앞서 달려라. 달릴 때 적의 칼날은 염려하지 마라. 내가 너의 목숨을 보호해 준다. 단, 적의 칼이 두렵다고 하여 경신을 멈추거나 물러선다면 그땐 내가 너를 앞질러 달려간다는 것을 명심해라. 그 경우, 나는 너의 안전을 보장해 주지 않는다. 알겠느냐, 내 말뜻을?"

"네, 사부님."

능비가 말뜻을 알아듣고 능파종의 앞으로 나섰다.

"참, 어디로 달리죠?"

"장강으로."

"언제 달리죠?"

"지금, 바로 지금!"

지금이라는 말이 끝나자마자 능비가 앞으로 내달렸다. 살아남은 용호일백조가 전방에 포진해 있건만 그다지 두려움이 없는 모습. 능파종은 아들의 그런 모습을 흐뭇하게 지켜봤다.

보면 볼수록, 알면 알수록 대단한 녀석이었다. 단순히 아들이라는 정 때문만은 아니었다. 정천거사가 벌어지기 하루 전, 그는 한 통의 밀지를 받았다. 사우적이 보낸 것인데, 그 안에는 한 가지 밀명이 적혀 있었다.

마도 재건의 날을 대비하여 천하의 인재들을 찾아서 백마총으로 보내라!

그 밀명은 그날부터 그의 사명이 되었다. 그는 정파 무림인들의 끈질긴 추적 속에서 천하를 떠돌았고, 결국 마도의 사명을 완수하기에 이르렀다.

그를 포함한 마도삼마가 백마총으로 보낸 마도의 기재들은 전부 구십구 명. 그들 중엔 마검후로 예정된 사미진 같은 백년기재가 셋이나 되었다. 백년기재들을 처음 접할 당시, 그는 이들보다 뛰어난 기재를 더는 찾을 수 없으리라 여겼다.

그러나 그 판단은 능비를 만나본 후에 수정됐다. 능비에게는 출중한 자질과 더불어 외관으로 파악되지 않는 자질이 하나 더 있었다. 그것은 근육으로도, 골격으로도, 오성으로도 판단할 수 없는 사안이었다. 능파종은 그것이 무엇인지 모르지 않았다. 오 년의 초인 수련과 이 년간의 마도 투쟁으로 검마의 자리에 오른 그 자신을 보면 알 수 있었다. 그것은 집념, 목표와 목적이 정해지면 반드시 끝을 보고 만다는 집념이었다.

"내가 어리석었어. 내 가까이에 마도의 희망이 있었건만 그것도 모르고 천하를 떠돌았으니……."

능파종은 씁쓸히 중얼대며 전방으로 걸어갔다. 전방의 용호일백조가 능비를 덮치고 있었다. 그의 걸음 속도가 한순간 화살처럼 빨라졌다. 이십 장을 단숨에 달려간 그는 능비의 등 뒤에 바짝 붙어 청검을 휘둘렀다.

카각! 카각!

"크윽!"

능비를 공격하던 용호일백조원들의 신체가 잘려 나갔다.

눈앞에서 잘려 나가는 적의 신체! 신체에서 분출되는 피!

이제껏 잘 달리던 능비가 그 장면을 보고는 그만 주춤거렸다. 피와 살이 잘리는 난전은 능비에겐 처음 접하는 일이었다. 두려움 이전에 피를 꺼리는 인간의 본능일 것이다.

능파종이 말했다.

"적의 죽음에 동요하지 마라. 칼을 든 무인의 심정은 배고픈 늑대의 그것과 같아야 한다. 서툰 동정심으로 한 걸음 물러나면 적은 그 순간 너의 가슴에 칼을 꽂을 것이다."

능파종은 말을 전하는 중에도 칠종검을 계속 사용했다.

달릴수록 치열해지는 전투! 그럴수록 늘어나는 사체!

능비는 어느 순간부터 이런 상황에 적응하였고, 그때부터는 눈을 부릅뜨고 전방을 내달렸다.

"우아아앙! 마도의 개들! 네놈들을 죽여 버리겠다!"

용호일백조의 저지선을 거의 뚫고 나왔을 때 십 보 전방에서 칠 척의 거한, 용호일백조의 조장 거연상이 대감도를 세워 들고 드세게 달려왔다.

"으음."

거연상의 무지막지한 돌격에 능비가 다시 주춤했다. 그러자 능파종은 능비의 등을 잡고 곧장 앞으로 밀고 나가며 말했다.

"고개를 숙이지 말고 눈을 부릅떠서 적을 노려봐라. 싸움은 칼날에서 시작되지 않는다. 상대를 죽일 듯이 노려보는 눈. 그리고 적과의 눈싸움 이전에 적을 죽여 버리고 말겠다는 나의 결연한 각오. 싸움은 바로 거기에서부터 시작된다."

"네! 사부님!"

능비가 크게 답했다. 순간 상대 거리 삼 보로 다가온 거연상이 능비의 눈앞에서 대감도를 번쩍 들었다. 그리고 그것과 동시에 능비의 손에도 녹검이 잡혔다. 능파종이 등 뒤에서 능비에게 건넨 것이다.

"죽엇!"

거연상의 대감도가 능비의 이마 위로 떨어졌다. 하지만 대감도가 능비의 머리에 미처 닿기도 전에 능비의 뒤에서 갈고리 같은 손이 쭉 뻗어 나와 거연상의 목을 움켜잡았다.

일수제압.

능파종의 응조수였다.

"비야, 찔러라! 적의 살을 가르는 감각을 직접 느껴라!"

푸―욱!

녹검이 거연상의 복부를 뚫었다. 능비가 찔렀지만 실은 능파종이 그렇게 능비의 손을 밀어낸 것이다. 복부가 관통된 거연상은 능비의 눈앞에서 피를 울컥 토하며 바닥에 쓰러졌다.

"으음."

능비는 거연상의 사체를 보며 거북한 숨결을 흘렸다.

첫 전투. 첫 살인.

기분이 묘하지 않다면 그게 더 이상하리라.

"죽은 놈은 잊어라. 진짜 상황은 지금부터다. 자, 가자, 장강으로."

능파종이 계속 달려갈 것을 주문했다.

능비는 머리를 한차례 흔들고 다시 달려가기 시작했다. 능파종이 능비의 옆으로 따라붙었다. 능비가 그를 돌아보자 그는 피식 웃으며 말했다.

"나보다 낫다. 난 첫 실전을 겪고 난 후에 한나절 동안 아무것도 못했으니 말이다."

용호일백조를 돌파한 능파종은 그 길로 곧장 북쪽을 향해 달렸다. 장강까지는 대략 백 리. 무인의 경신법으로 따지자면 그다지 먼 거리가 아니지만 현재는 중경 일대에 천라지령이 걸린 터라 그곳까지 도달하기가 만만치 않았다.

북로 돌파 한 시진.

능비와 능파종은 장강을 칠십여 리쯤 앞둔 중남산 초입에서 경신을 멈추었다.

"여기서 반 각 동안 머물겠다. 제자는 그동안 가장 편한 자세로 쉬도록 하라."

능파종은 고목나무 앞에서 짧은 휴식을 명했다. 그 말을 들은 능비는 바닥에 벌렁 드러누워 고된 숨을 달랬다.

짧은 시간에 최상의 휴식.

능비에겐 운기조식보다 이게 더 체력 회복에 효과적일 터다.

'내가 너무 심하게 굴린 건가?'

능파종은 사주경계를 하는 와중에 능비의 상태를 은근히 살펴봤다. 용호일백조를 통과한 후로 삼십 리를 줄곧 주파했다.

아마도 능비는 지금 하늘이 노랗게 보일 것이다.

　'아니지. 이런 경험은 돈 주고도 살 수 없어. 더욱 독하게 능비를 가르쳐야 해.'

　능파종은 아들을 측은히 생각하던 심정을 거두었다. 일반인으로 살아간다면 모를까, 일단 마도의 칼을 들었다면 능비는 앞으로 무림 최강의 단체와 싸워야 한다. 이 경우, 무림 입문 시절의 고된 실전 경험은 보약이 되는 법이었다.

　능비가 누운 채로 말했다.

　"사부님, 죄송합니다. 괜히 저 때문에 이런 수고를 끼치게 되어서……."

　수고란 말의 뜻을 능파종은 모르지 않았다. 만약 그 홀로 적진을 돌파했다면 그는 벌써 장강에 다다랐을 것이다. 지난 세월 능파종이 대정맹의 천라지령을 번번이 깨뜨릴 수 있었던 첫째 이유는 그가 적들의 대응보다 훨씬 더 빠르게 움직였기 때문이다. 지금은 능비의 느린 움직임 때문에 그가 빠른 속도전을 펼칠 수 없었는데, 능비는 바로 그 점을 이야기한 것이었다.

　능파종은 능비의 심정을 가볍게 해주고자 강한 음성으로 말했다.

　"네가 상관할 바가 아니다. 조금 늦게 간다고 해서 결과가 달라지진 않는다. 놈들은 우리를 막지 못한다."

　"과연 사부님이십니다. 제자가 평소에 생각했던 모습 그대로입니다."

"평소라니? 하면 이전에도 나에 관한 생각을 했다는 말이냐?"

"하하, 뭐, 그게 그렇다는 거지요."

능비는 생글 웃으며 말을 대충 얼버무렸다. 능파종이 찜찜한 눈으로 쏘아보자 능비는 대화의 화제를 아예 돌려 버렸다.

"참, 사부님, 물어볼 것이 있습니다.'

"무엇이냐?"

"저는 아직 정과 마의 차이점을 잘 모르겠습니다. 책에서 보면 정은 옳은 것이고, 마는 그른 것이라고 나와 있습니다. 하지만 제가 겪어본 강호 현실은 그렇지 않았습니다. 정파 무인들은 이권이 걸린 일에는 협잡과 계략을 일삼았고, 때론 무력으로 자신들의 목적을 달성했습니다. 그런 자들이 악의 무리와 무엇이 다릅니까? 또한 그들이 선의 탈을 쓴 악이라면, 전날의 마도인들은 대체 무엇입니까? 마도인들이 진짜 선이라는 말입니까?"

능비의 물음은 정과 마의 근원에 접근하는 것. 쉽게 답할 사안이 아니었다.

능파종은 신중히 생각한 다음 답했다.

"정과 마를 단순히 선과 악으로 결정지을 수는 없다. 정파인들 중에 악한 무리가 있다면 상대적으로 마도인들 중에도 곧고 선한 정신을 가진 이들이 있다. 하니 네가 책에서 보고 배운 정과 마의 관점은 무림인의 성분이 아닌 인간의 본성을 놓고 접근해야 할 문제이다."

능비가 바로 물었다.

“그렇다면 무림에서 해악을 끼친 악인들은 어떤 부류입니까?”

“네가 묻는 악의 무리는 따지자면 사파인들이라 할 수 있다. 사파는 무력을 앞세워 폭행, 살인, 강간 등 강호 정의에 위배되는 악행을 일삼는 부류를 말함이다.”

“마도인들은 사파가 아니란 말입니까?”

“물론이다. 비록 후대로 내려오며 패도 지향으로 변하긴 했지만 마도의 근원은 대륙의 권력에 맞선 의기협사들의 정신에 있다. 따지자면 예전엔 마도인(魔道人)이라는 모호한 명칭도 없었다. 그때 정파와 사파로만 무림인의 성분이 구분됐다.”

“허나 현실은 마도와 사파가 동일하게 취급당하지 않습니까?”

“그것은 사주(四主)의 시대에서 권력을 잡은 이들의 공작으로 인한 결과이다.”

“사주? 사주라면 근대 무림을 군림했던 일황일패이성을 말함입니까?”

“그렇다, 바로 그 군림사주다. 정마로 갈린 현재의 무림 구도를 이해하자면 사주의 강호 군림 과정을 먼저 알아야 한다. 이 자리에서 그 이야기를 전부 할 수는 없다. 군림의 시대는 백 년에 걸친 무림의 긴 역사이다. 나랑 같이 백마총에 가보면 그 역사에 대해 잘 알 수 있다. 절대권력이 군림을 목적으로 강호인들을 얼마나 공작했는지도.”

철권군주 일황(一皇) 독고적.
폭정군주 일패(一悖) 관두척.
정무군주 검성(劍聖) 희자청.
마도군주 도성(刀聖) 소무백.

군림사주는 워낙에 유명한 인물들이기에 능비도 대충은 알고 있었다. 능비는 여운을 남긴 능파종의 말을 간추려 본 다음 다시 물었다.

"외람된 말씀이지만, 군림사주의 문제가 아니더라도 사부님의 말씀은 마도의 입장에서 바라본 것입니다. 정파의 입장에서 보면 마도는 악적의 무리이며, 또한 현재의 정도 천하를 마도 천하보다 낫다고 주장하지 않겠습니까?"

"물론, 마도 천하가 정도 천하보다 옳은 것이라고 단정할 수는 없다. 문제는 현재의 천하가 올바른 정도 천하가 아니라는 것에 있다. 정확히는 대정맹은 정도 천하를 주장할 자격이 되지 못한다."

"그 말씀은 대정맹의 인물들에게 문제가 있다는 뜻입니까?"

"그렇다. 정파인들은 대정맹 이전에 정무연합으로 통합되어 활동했다. 당시 정무연합의 대표는 독고선이었는데, 대정맹주는 사조직을 비밀리에 동원해 독고선의 정무련을 깨버리고 정파를 장악하였다."

"권좌 다툼은 조직 내에서 늘상 있어온 일이 아닙니까? 비판받을 일이 아니라고 보이는데요?"

"물론 정상적인 내부 경쟁이었다면 비판받을 일이 아니다. 하지만 대정맹은 정파의 권력을 쟁취함에 사파인들과 다름없는 비열한 음모와 술수로 정적들을 제거했다. 단적으로 대정맹주 주명상의 전적을 보면 그들이 얼마나 정파인답지 못한지 잘 알 수 있다."

"대정맹주의 전적?"

"주명상은 군림의 시대에서 황하 수로 공사로 명성을 얻은 위인이다. 삶의 초창기엔 권력에 항거하는 협사의 모습을 보였지만, 그 후로는 줄곧 절대 권력에 편승해 출세가도를 달렸다. 그의 성분이 의심스러워 마도인들이 후에 조사해 보니 주명상이 명성을 얻은 황하 수로 공사도 실은 황하선단주 장주엽의 공적을 가로챈 것이었다."

"그런 자가 어찌 정파의 수장, 나아가서는 무림의 권좌에 오를 수 있었습니까?"

"주명상은 조직 장악력과 더불어 위기관리 능력이 아주 뛰어났다. 그는 무림 인생에 위기가 닥치면 정면 돌파를 하기보단 거짓말과 암수, 그리고 주변인들을 현혹하는 정책을 마구 남발하여 그 위기를 교묘히 비켜갔다. 그 정책은 대부분 지켜지지 않는 것들인데, 그런 교활함이 의외로 정파인들에게 잘 먹혀들었기에 지금의 대정맹주가 된 것이다. 마도였다면 주명상 같은 인간은 열두 번도 더 진즉에 폐기되었을 터다."

"대정맹주가 공적에 눈먼 정파인들의 성향을 이용했군요."

　사파인들이 물욕에 사로잡혀 있다면 정파인들은 공적과 명성에 눈이 멀어 있다. 능비의 판단은 주명상이 정파 인사들의 그런 성향을 십분 이용하여 오늘의 자리에 올랐다는 것이었다.

　"또한 말했듯 주명상은 대정맹주로의 등극 과정까지 그야말로 기회주의적 처신으로 일관하였다. 정무련이 마도련과 강호의 주도권을 놓고 치열하게 다툴 때, 그는 자신의 세력을 강호에 일절 노출시키지 않았다. 그러다가 정파와 마도의 힘이 분산, 약화된 시점에서 자기 세력을 마도련이 아닌 정무련과의 내전에 집중 투입하였다. 정무련주 독고선의 입장에서는 뒤통수를 맞은 것이라고 할 수 있는데, 그 점에선 마도인들도 나중에 마찬가지의 일을 당했다."

　주명상은 마도인들에게도 쓰린 배신감을 맛보게 하였다. 정무련이 분열되어 내란을 겪을 당시 마도인들은 개혁을 표방한 대정맹을 지지하며 전폭 지원해 주었다. 그러나 대정맹의 개혁 뒤에는 정파 독재의 칼이 감추어져 있었다. 정파를 장악한 주명상은 내부 반발을 마도련과의 전쟁으로 돌렸고, 결국 마도인들은 무림사에서 유례가 드물게 무참히 짓밟혔다.

　"마도는 건전한 정파 연합이라면 얼마든지 공생할 생각이 있다. 허나 대정맹주 같은 위정자를 떠받드는 무리가 정파 연합이라면 우리는 절대로 그들과 공존하지 않는다. 이미 돌아올 수 없는 강을 건넜다. 이에는 이! 눈에는 눈! 피의 복수만이 남았을 뿐이다!"

능파종은 강하게 말을 마치며 시선을 우측으로 돌렸다. 우측 들판에서 일단의 흑의인들이 달려오고 있었다. 숫자는 아홉. 표범 같은 질주 속도로 보아 반 각이면 도달할 것 같았다.

"사부님, 다시 달리지요. 제가 앞장서겠습니다."

능비가 일어나며 앞으로 나섰다.

그러나 능파종은 홍검을 빼들며 그런 능비의 걸음을 막았다.

"제자는 물러서라. 이번의 적은 무조건 뚫고 나갈 만한 대상이 아니다. 놈들을 후방에 두고 달리면 뒤통수에 칼날이 박힐 것이다."

말뜻을 알아들은 능비가 이내 능파종의 등 뒤로 물러섰다.

실전 속의 가르침은 다시 시작된다.

능파종은 달려오는 흑의인들을 눈짓하며 물었다.

"제자는 저들이 누구인지 아느냐?"

능비는 흑의인들을 잠시 주시하곤 고개를 저었다.

"중경의 정파 무인들이 아닌 것 같습니다. 사부님께선 저들이 누구인지 아십니까?"

능파종은 곤혹한 눈빛을 잠깐 비치곤 말했다.

"저들은 흑천구살이라 불리는 무인들이다."

"흑천구살? 어느 문파 소속입니까? 정파인답지 않게 별호가 상당히 거칠군요."

"정파인답지 않은 게 아니다. 저들은 마도의 명문 무파인 흑암벌 출신들이다."

"마도? 그럴 수가!"

능비의 놀란 반응은 당연했다. 마도의 위계질서는 매우 엄격하다. 능파종의 신분이 마도의 호법사자인 점을 감안하면 이것은 하극상이요, 배신이라고 할 수 있었다.

"정파 천하가 된 후로 일부 마도인들이 대정맹에 회유되었는데, 주명상은 그들을 마정단이란 단체로 묶어 마도의 무인들을 추적, 척살하게 하였다. 비정하고 비열한 짓거리였지."

"저들은 사부님 앞에서도 칼을 세우려 듭니까?"

"저들은 나를 마도의 호법사자로 인정하지 않는다. 물론 나 역시도 저들을 마도의 형제들이라고 생각하지 않는다. 저들은 마도의 배신자! 나는 저들을 절대로 용서하지 않는다. 비야, 십 보 뒤로 물러서라!"

능파종이 말을 마치며 앞으로 뛰쳐나갔다. 그와 동시에 전방의 흑천구살도 도검을 세워 들고 허공으로 훌쩍 뛰어올랐다.

흑천구살의 수괴, 일지금살 도요상이 소리쳤다.

"능파종! 근본도 모르는 놈에게 마도의 호법 자리는 과분하다. 오늘 네놈의 목을 잘라 사우적의 선택이 잘못되었음을 증명하겠노라!"

"하아아아!"

도요상의 고함에 뒤이어 남은 흑천구살이 일제히 도검을 길게 세워 능파종의 머리를 향해 내려쳤다.

한 곳을 타격한 아홉 개의 병기!

쿠아아앙!

폭음과 함께 대지가 흔들렸다. 능파종은 타격 지점에 그대로 위치해 있었다. 정확히는 허리를 숙인 채 홍검을 등 뒤로 돌려 흑천구살들의 도검을 막고 있었다.

"으아압!"

흑천구살의 공격을 막은 능파종은 고함 같은 기합을 터뜨리며 숙였던 허리를 일으켰다. 그러자 그의 등을 누르고 있던 아홉 개의 도검이 사방으로 튕겨 나갔다. 능파종의 눈이 흩어진 도검의 궤적을 빠르게 뒤쫓았다.

적은 아홉!

그중 그가 노리는 표적은 흑천구살의 수괴 도요상.

그는 도요상을 향해 소리치며 달려들었다.

"배신자들은 마도련주의 선택을 논할 자격이 없다!"

*　　　*　　　*

능파종의 교전 지역에서 오 리 떨어진 언덕.

끼리리릭!

삼 인의 청의인이 일반 활의 세 배 크기가 넘는 거대한 묵궁을 언덕 위에 수평으로 세워놓은 채 조준하고 있었다. 그들은 다름 아닌 검마를 저격하려는 혈우삼포인데, 십리대궁이 워낙에 커서 표적을 조준함에 곽방과 마요성은 활의 좌우쪽 끝을 단단히 받치고 있고, 중앙의 조양은 대궁의 크기에 걸맞은 일

장 길이의 붉은 쇠전을 시위에 걸어 길게 당기고 있었다.

"멍청한 것들! 정면 대결을 피하라고 그토록 말했건만!"

"그러게 말이야. 차라리 현장을 피해주던가. 지금 저들은 저격을 방해하는 행위를 하고 있다고!"

곽방과 마요성은 전방을 노려보며 짜증을 토하였다. 그들의 눈동자는 현재 완연한 은색이었다. 십 리까지 훤히 내다볼 수 있다는 마주천안공이 극성으로 발휘된 탓이었다.

"흑천구살의 잘못만은 아니야. 흩어져도 죽고, 뒤돌아서도 죽어. 검마와 맞서면 누구든지 정면 승부를 할 수밖에 없어."

적양은 두 사람보다 좀 더 정확하게 현장 상황을 주시했고, 변수 상황 대처에도 두 사람보다 더 능동적으로 대처했다. 그는 말을 하는 와중에도 검마의 표적 조준에 집중을 다하고 있었다.

"첫 격돌에서 암묵혈이 검마의 등에 뿌려졌어. 그러면 된 거야. 흑천구살은 자신들의 몫을 다한 거야."

적양의 말.

흑천구살은 검마의 상의에 암묵혈을 뿌리고자 첫 격돌에서 칼날에 암묵혈을 바른 상태로 검마를 일격했다.

암묵혈이 중요한 이유는 그것이 십리대궁의 표적 척살에 중요한 역할을 하기 때문이다.

십리대궁은 최대사거리가 오백 장에 이르는 저격용 화살 병기이다. 살상이 가능한 유효사거리는 삼백 장 정도 되는데, 궁수에겐 이마저도 실제로는 아득하기 그지없는 거리가 된다.

고금제일의 궁수라도 이 거리에선 열 발 중 다섯 발 이상이 표적을 빗나간다. 이에 십리대궁을 만든 대활금은 명중률을 높이고자 암묵혈과 수묵혈을 별도로 창조해 냈다. 암묵혈과 수묵혈은 서로를 끌어당기는 인력이 있다. 원리는 극비다. 대활금 내에서도 극소수만 그 원리에 대해 알고 있다.

사용 방법은 대략 이렇다.

암묵혈은 표적에 바르고 십리대궁의 화살촉, 십리혈시엔 수묵혈을 바른다. 그리고 최대 오차 일 장 거리 이내로 쏜다. 그러면 궁수의 역할은 끝이다. 암묵혈과 수묵혈은 서로의 인력에 이끌려 자동으로 명중된다. 물론 삼백 장 밖에서 일 장 거리 이내로 쏜다는 것도 엄청난 실력을 소유한 궁사라야 가능하다.

대활금은 이런 방법으로 역대 무림에서 기념비적인 저격을 많이 성공시켰다. 알려지길, 대활금의 최고 기록은 백 년 전의 명궁 적가소가 쏜 이백구십삼 장 사 척 거리이다. 이는 무림 최고의 기록이었기도 한데, 오늘 적양은 그 기록을 능가하는 거리에서 십리대궁을 표적 조준했다. 지금 그의 표적 거리는 이백구십육 장 팔 척이다.

흑천구살이 소임을 다했다는 말에 곽방이 되물었다.

"그럼 이제 어떡할 건데?"

적양이 표적 조준에 다시 들어가며 말했다.

"처음부터 다시 한다. 표적 능파종! 거리 이백구십육 장 팔 척! 저격 시점은…… 검마가 흑천구살들을 척살한 즉시!"

적양의 냉정한 끝말에 곽방과 마요성이 움찔했다.

미끼.

흑천구살이 졸지에 검마를 잡는 미끼로 변한 것이다.

마요성이 전방을 내다보며 투덜댔다.

"하! 미치겠군. 우리가 언제까지 이런 짓거리를 해야 돼!"

*　　　*　　　*

흑천구살과의 결투.

이번 싸움에서 능파종은 공격보다 방어에 우선했다. 공세를 늦춘 이유가 있었다. 그는 흑천구살의 공격을 받는 가운데 능비에게 전음을 보내었다.

[마종검문은 삼백 년 전, 백 인의 검객이 모여 만든 백종검파에서 시작된다. 일대 조사는 백검 중에서 일검을 쟁취한 백두신검 구자심이었다. 당시 구자심 조사는 검의 종파가 너무 많고 또 복잡하여 후인들에게 바른 검을 전하기 곤란하다고 판단하여 백검의 수를 줄이는 공부에 매진하셨다. 그 결과, 구자심 조사께선 생을 마치기 전에 백검을 이십사검으로 줄일 수 있었다. 당시 구자심 조사께선 이십사검도 너무 많다며 백종검파의 후인들은 대를 이어 검의 숫자를 줄이라는 사명을 내리셨다. 백종검파는 그 후 후대 조사들의 피나는 노력 끝에 검의 숫자를 열 개 안쪽까지 줄일 수 있었다.]

능파종이 능비에게 전해주는 마종검문의 역사.

이 또한 사부로서 제자에게 전하는 가르침이다.

[군림사주의 시대에서 백종검파의 형제들은 사명의 완수를 뒤로 미루고 무림 권력과 맞서 싸웠다. 그 결과, 백종검파는 마도로 몰렸고, 결국 일패의 진압에 무참히 짓밟혔다. 백종검파, 아니, 마종검문은 그때부터 일인전승으로 이어져 강호를 떠돌게 되었다. 이 사부는 마종검문의 십대 문주이다. 구대 문주께선 마도칠검을 사용하셨는데, 천생이 아둔한 나로선 사부의 집중적인 교육을 받고서도 칠검까지의 성취만 겨우 맛볼 수 있었다. 마종검문의 사명은 이제 능비, 너에게로 이어진다. 마종검문의 당대 문주로서 후인에게 사명을 전하노니, 제자는 백검이 일검이 되는 날까지 검의 숫자를 줄이는 공부에 매진하라. 그리하여 하나의 검만 남게 되면 당당히 마종검문의 검을 천하에 높이 세워 들어라. 아울러 그땐 대상이 정파맹주이든 마도종주이든 누구 앞에서도 고개를 숙이지 말라.]

마종검문의 사명을 전하는 전음이 끝났다.

스릉!

능파종은 칠종검 중에서 백색의 검을 빼내 들었다. 이 검은 칠종일검 백두검으로서 어지간히 위급한 상황이 아니면 사용하지 않는 것이었다.

"비야! 이것은 마종검문의 일대 조사께서 남기신 백두신검이다. 조사께서 이르기를, 백두신검의 다섯 가지 숨은 힘을 아는 후인은 강호제일의 검존이라 불리게 된다고 하셨다."

말을 끝낸 능파종은 백검을 전방으로 천천히 내밀었다. 검

신이 웅웅댔고, 이어서 신령스런 백광이 검신을 타고 휘돌았
다.

"어엇!"

"으읍!"

괴이한 현상.

능파종을 공격하던 흑천구살이 일제히 백검으로 빨려왔다.
흑천구살이 검력의 영향에서 벗어나고자 안간힘을 써보았지
만 소용이 없었다.

쯔즈즈즈즈즈!

검력의 힘이 더욱 강해졌다. 흑천구살은 백검의 사정권으로
모조리 빨려들었고, 그 순간 백검의 검봉에서 찬란한 백광이
분출됐다.

쾅!

공간을 찢어발기는 폭음!

태초의 폭발음이 바로 이와 같으리라.

*　　　*　　　*

곽방이 흥분한 어조로 외쳤다.

"검마 동작 고정! 검마 대적 몰입! 됐어! 검마는 지금 완벽하
게 저격에 걸렸어. 적양, 쏴! 어서!"

곽방이 굳이 저격 시점을 말해주지 않아도 되었다.

적양은 지금 전방 상황에 완전히 집중되어 있었다. 숨도 내

쉬지 않았다. 숨죽인 침묵이 흐르길 한순간. 시위를 당기는 적양의 손가락이 꿈틀댔다. 그 손가락에 그의 내력이 몽땅 실렸다.

끼이이이—

끊어질듯 팽팽해지는 시위!

"격발! 십리대궁!"

파아아앙!

적양이 당긴 시위를 놓았다.

슈우우우욱!

붉은 화살은 가공할 속도로 능파종을 향해 날아갔다.

*   *   *

대지를 뒤흔든 빛의 폭발 다음으로 동작 정지의 정적이 잠깐 찾아왔다. 능파종과 흑천구살의 격전을 뒤에서 지켜본 능비까지 바위처럼 동작이 고정됐다.

"으으으."

정적을 먼저 깬 이는 흑천구살이었다. 그들은 정지된 자세 그대로 일제히 괴로운 신음을 흘렸다. 그런 그들의 얼굴엔 붉은 거미줄이 쭉쭉 그려지고 있었다.

"제자는 보았느냐?"

능파종이 백검을 거두고 뒤돌아섰다.

거미줄 같은 혈선의 자국 그대로 신체가 쩍쩍 갈라져 나가는 흑천구살.

능비는 그 처참한 모습을 보며 가늘게 떨고 있었다.

"제자는 무엇을 보았느냐?"

능파종이 다시 물었다.

"……."

감정을 억제시킨 능비가 가만히 눈을 감았다. 그렇게 한참을 생각한 능비는 밝은 눈을 깜짝이며 입을 열었다.

"백룡의 환영을 보았습니다."

"백룡환(白龍幻)?"

능파종이 멈칫하며 다시 물었다.

"그뿐이냐?"

"공간을 휘도는 소용돌이 물결도 보았습니다."

"백검파(白劍波)! 네가 진정 백검파를 보았다고?"

능파종은 불신의 눈으로 능비를 쳐다보았다. 아직 검문지로에 들어서지 않은 능비다. 검결도 모르고, 검초도 모른다. 그런 백지 상태에서 백두신검의 오검력 중 두 가지, 백룡환과 백검파를 능비가 접했다면 이건 마종검문의 개파 이래로 최고의 제자를 맞이한 것이라 할 수 있었다. 백두오검력은 본다고 해서 보이는 것이 아니다. 가슴과 혼이 일체된 심득이 없고서는 백두신검의 어떤 검력도 보지 못한다. 그저 백두검의 광선 분출만 눈에 보일 뿐이다.

불신은 이내 아주 흡족한 심정으로 변했다.

"핫핫핫! 과연 천하는 넓도다! 마검후만이 마도종사가 될 재

목이라고 여겼거늘, 오늘 이곳에 미래의 마도를 밝힐 또 다른 종사가 출현했음이야!"

기뻐하는 능파종에게 능비가 포권을 해 보였다.

"칭찬이 과분합니다. 제자는 백두신검의 다섯 가지 검력 중에서 겨우 둘을 보았을 뿐입니다."

"하하, 녀석. 하는 말하곤!"

출중한 자질에 겸양까지 갖춘 능비다. 능파종은 그런 아들이 너무도 대견스러워 능비의 어깨에 한 손을 올려 부드럽게 두드려 주었다.

그렇게 어깨를 두드리길 서너 번.

"응?"

능파종은 문득 자신의 옷소매를 찌푸린 눈매로 쳐다봤다. 검붉은 액체가 소매 부분에 묻어 있었다. 끈적임의 농도가 아주 짙었는데, 피는 분명 아니었다. 그는 자신의 옷을 급히 살펴봤다. 소매뿐만이 아니라 옷자락 곳곳에 검붉은 액체가 묻어 있었다.

"이건?"

상황 파악보다 대처가 먼저다. 감지력 발동 이전에 위험신호가 뇌리를 마구 자극한다.

누군가가 자신을 노리고 있다.

"저격이다! 엎드려라! 당장!"

능파종은 능비의 어깨를 와락 밀치며 소리쳤다.

쿵!

능비가 바닥에 엉덩방아를 찧던 그 순간이었다.

콰아아아아아아!

무언가가 공간의 파장을 무섭게 갈랐다. 그것이 무엇인지 확인할 시간은 없었다. 보았다 싶은 순간 그것은 능파종의 눈앞으로 쭉 빨려들어 왔고, 뒤이어 그의 상체에 사정없이 박혀들었다.

퍼어억!

그것의 정체가 밝혀졌다. 그것은 붉은 화살. 일반 화살의 두 배 크기가 넘는 붉은 철시였다.

능파종은 화살이 어깨에 박힌 모습 그대로 삼 장을 뒤로 주르륵 밀려났다. 저격의 위력이 대단했지만 그는 이를 악물고 선 채 직립 자세를 유지했다. 고통스럽다고 아무렇게 쓰러질 수는 없었다. 그가 부상당한 모습을 보이면 곧바로 이차 저격이 날아올 터였다.

"어떤 놈이냐! 쥐새끼처럼 숨어 있지 말고 당장 내 앞으로 나와라!"

능파종은 쩌렁쩌렁하게 소리쳤다. 대답은 들려오지 않았다. 그는 백검을 겨눈 자세 그대로 사방을 쭉 돌아봤다. 동서남북 백 장 거리에는 저격수들이 은신할 만한 곳이 없었다.

이차 저격이 없다고 판단되자 그는 왼쪽 어깨에 박힌 붉은 화살을 내려다봤다. 어깨뼈가 박살 난 것 같은데, 그곳에 박힌 화살촉이 손가락보다 굵었다.

"십리대궁! 혈우삼포, 이 죽일 놈들!"

그는 붉은 화살과 또 그것을 쏜 저격수들의 정체에 대해 뒤늦게 알게 됐다.

"사, 사부님! 괜찮으십니까!"

능비가 놀란 음성을 토하며 달려왔다. 능파종은 일체의 표현 없이 어깨에 박힌 화살촉만 남기고 화살대를 부러뜨렸다.

"대체 어디에서 날아온 것일까요?"

능비가 초긴장한 얼굴로 주변을 돌아보며 말했다.

능파종은 고개를 저었다.

"찾지 마라. 가시거리 안에 놈들은 없다. 놈들은 적어도 삼백 장 밖에서 십리대궁을 쏘았다."

"삼백 장 밖이라고요? 그게 정말 가능한 일인가요?"

저격 거리가 삼백 장이나 되는 화살. 일반인들은 그런 저격술을 감히 상상 못한다. 능비도 마찬가지였다.

"대활금이란 궁사 단체가 무림에 있다. 원래는 마도 문파였는데 정천거사 직후로 대정맹에 회유되었다. 나를 저격한 놈은 아마도 대활금에서 십리대궁을 사용하는 탈혼신궁 적양이란 놈일 것이다."

"그렇다면 곧 놈들이 모습을 드러내겠군요."

능비가 걱정스런 얼굴로 물었다.

능파종은 저격 지점으로 예상되는 동쪽 들판을 노려보며 냉소했다.

"흥! 검마의 칠종검이 두려워 삼백 장 밖에서 화살을 쏜 놈들이다. 내가 이렇게 건재하거늘, 놈들이 무슨 용기가 있어 감히 내 앞에 나타나겠느냐. 제자는 아무런 염려 말고 장강으로 길을 잡아라."

능파종은 능비를 앞세워 장강 방면으로 곧장 보행했다. 보행 중에 저격을 대비하는 움츠린 모습은 일절 보이지 않았다. 쏠 테면 쏘아보라는 식의 보행. 자만도 아니요, 오만도 아니었다. 검마 능파종은 그런 자신감을 표현할 자격이 충분히 있었다.

*　　　*　　　*

"제길, 저건 인간도 아냐! 십리혈시에 박히고도 저렇게 움직일 수 있다니!"

곽방과 마요성은 허탈한 표정이 되어 있었다. 이차 저격은 생각도 못했다. 한 발 더 날린다면 저격 위치가 발견될 것이고, 그땐 검마의 칠종검에 도리어 자신들의 목이 날아가게 될 것이다.

"돌발 반응도 인간의 한계를 넘어섰어. 장거리 저격은 완벽했어. 난 다시 저격한다 해도 그보다 더 잘 쏠 자신이 없어. 한데도 검마는 본능적인 반응으로 십리혈시를 자신의 어깨로 돌려 받아냈어. 멋져. 정말로 멋진 순간 반응이었어. 저격은 비록 실패했지만 난 그 장면을 본 것만으로도 전혀 아쉽지가 않아."

두 사람의 심정과 다르게 십리대궁을 직접 쏘았던 적양은 오히려 감탄한 표정이 되어 있었다. 십리대궁을 격발했을 당시, 적양은 저격 성공을 십 할에 가깝게 자신했다. 하지만 결과적으로 십리혈시는 검마의 육체가 아닌 적양의 뇌리를 관통해 버렸다.

무산된 저격.

적양의 무림 인생 처음으로 맛본 저격 실패. 적양 자신도 이해할 수 없는 일이라면 저격이 무산되던 그때 그가 쓰라린 좌절감이 아닌 짜릿한 환희를 맛보았다는 것이다.

"이제 어떡할까? 기회를 봐서 다시 저격을 할까?"

마요성이 곤혹스런 얼굴로 물었다.

적양은 하등의 미련 없이 십리대궁을 해체했다.

"아니, 우린 최선을 다했어. 나머지는 이제 정파 무인들의 몫이야. 자, 그만 철수하자고."

철수한다는 말에 곽방과 마요성이 빠르게 주변을 정리했다. 그들은 저격 현장을 떠나기 전에 마지막으로 표적의 종적을 살펴보았다. 표적은 여전히 장강 방면으로 달려가고 있었다.

"검마가 이번에도 천라지령을 돌파할 수 있을까?"

"이번엔 쉽지 않을 거야."

"왜?"

"연유는 잘 모르지만 검마는 지금 누군가와 동행하고 있어. 아무리 검마라도 보호할 대상이 있다면 천라지령을 뚫기가 여의치 않아. 어쩌면……."

“어쩌면?”

“중경에서 검마의 신화가 끝날지도…….”

삼 인은 그 대화를 끝으로 뒤돌아 걸어갔다. 걸어갈 때 그들의 표정은 그다지 밝지 않았다. 정도 천하에서 검마의 행보는 곧 마도의 신화이다. 상부의 강제된 명이 아니었다면 그들이 검마를 저격할 일은 없었을 것이다.

*　　　*　　　*

능파종과 능비는 십 리를 더 달린 다음, 인근의 야산으로 들어가 몸을 숨겼다. 이동을 중단한 원인은 능파종에게 있었다. 십리혈시가 박힌 능파종의 어깨에서 검은 피가 뒤섞인 고름이 새어나왔기 때문이다.

수묵혈 중독의 현상이었다.

“놈들이 화살촉에 독을 발랐나 봅니다. 사부님, 어서 치료를 하십시오. 제가 깨끗한 물을 떠오겠습니다.”

능파종은 수묵혈 중독 현상임을 알고도 그다지 표정 변화를 보이지 않았다. 그는 능비가 물을 구하러 자리를 떠난 사이에 가부좌를 틀었다. 해독단 같은 것은 없었다. 그는 사문의 심법으로 운기행공에 들어갔다.

곧 능비가 돌아오자 능파종은 운기행공을 중단하고 능비에게 다가오라고 눈짓을 보냈다. 능비가 앞에 서자 그는 칠종검 중에서 길이가 가장 짧은 녹검을 건네주며 명했다.

"치료는 네가 하도록 해라."

"사, 사부님?"

"내 걱정은 하지 마라. 살을 파내는 고통 따위는 내게 아무 것도 아니다. 어서 시작해라."

능파종이 다시금 치료를 명했다. 능비는 떨리는 손으로 능파종의 상의를 벗겼다. 옷을 벗겨낸 능파종의 상반신은 혈투의 현장, 그 자체였다. 흉터가 없는 곳보다 있는 곳이 더 많았다. 어떤 곳은 뼈마디의 흔적이 그대로 보일 정도로 살이 깊게 파여 있었다.

"……"

능비가 문득 능파종의 등 뒤로 돌아갔다. 능비는 그곳에서 잠깐 동안 무겁게 침묵했다. 십리혈시가 박힌 부분은 능파종의 전면 어깨다. 능비가 능파종의 등 뒤로 돌아간 것은 치솟는 감정을 억제시킬 필요가 있었기 때문이다.

잠시 후, 능비가 다시 능파종의 전면으로 나왔다.

"헤헤, 사부님의 신체는 정말로 강철처럼 단단합니다. 이런 몸이시라면 십리대궁이 아닌 백리대궁이라 할지라도 사부님의 몸을 뚫지 못할 것입니다."

능비의 얼굴은 웃지만 눈은 그렇지 못했다. 능비의 눈엔 그렁그렁한 물막이 맺혀 있었다.

"흐음."

능파종은 능비를 잠깐 응시하곤 지그시 눈을 감았다.

능비의 치료가 시작됐다. 능비는 십리혈시가 박힌 능파종의 어깨 부분을 깨끗이 닦아낸 다음 녹검으로 상처 부분을 조금씩 도려냈다. 능파종은 가끔씩 움찔할 뿐, 일절 입을 열지 않았다.

"좀 아플지도 모릅니다."

능비가 녹검을 내려놓고 십리혈시를 손에 잡았다. 능파종은 묵묵히 고개를 끄덕였다. 능비는 입술을 질끈 깨물곤 십리혈촉을 드세게 뽑아냈다. 구멍 난 상처에서 검은 피가 콸콸 쏟아졌다. 하지만 능파종은 이때도 일체 신음을 흘리지 않았다.

"수고했다. 이제부터는 내가 하마."

능파종은 능비를 뒤로 물린 다음 상처를 직접 지혈했다. 지혈이 끝나자 그는 바닥의 흙을 한 움큼 잡아 상처에 두어 번 문지르고는 곧바로 상의를 걸쳤다.

"자, 가자. 시간을 많이 지체했다."

능파종이 일어나 길을 걷자 능비가 조용히 뒤를 따라왔다. 그렇게 십여 보 걸어갔을까. 능비의 침울한 음성이 능파종의 걸음을 잡았다.

"언제나 그러셨습니까?"

"……."

능파종은 조용히 뒤돌아섰다. 능비가 다시금 그렁그렁한 눈으로 그를 올려다보고 있었다.

"언제나 그렇게 혼자서 상처를 치료하며 강호를 돌아다녔습니까? 꼭, 꼭, 그렇게 살아가야만 했습니까?"

　능비의 울먹대는 물음에 능파종은 쓸쓸한 미소를 보이며 등을 돌렸다. 전방으로 걸어가는 그의 입에서는 무거운 읊조림이 흘러나왔다.

　"그게 검마의 삶이었다. 가족을 버린 나의 운명……."

第五章

장강혈전

魔道宗師
마도종사

검마! 중경 백제성 대정맹 일선 방어 돌파!
검마! 중경 중양산 대정맹 이선 방어 돌파!
검마! 중경 대주평 대정맹 삼선 방어 돌파!
장강까지 앞으로 삼십 리!

대정맹 중경연합 최종 방어선 장강 중주 포구.
용호방주 유가양은 포구의 가장자리에 위치한 정자 안에서
느긋이 차를 마시고 있었다. 찻잔이 놓인 탁자 위에는 검마의
행적을 뒤쫓은 보고서가 순서대로 펼쳐져 있었다.
"생각보다 늦군. 지금쯤이면 장강에 다다랐으리라 보았는
데… 검마의 실력이 줄어든 것인가, 아니면 우리 애들이 예상

보다 더 강한 것인가?"

유가양은 정자의 난간을 쳐다봤다. 어깨가 듬직한 한 남자가 그곳 난간에 기대어 장강의 물결을 감상하고 있었다.

"둘 다 아닙니다. 그건……."

남자가 등을 돌려 유가양을 마주 봤다. 눈매가 매서운 사십 대 중년인, 마정단주 철리금파 하욱상이었다.

"검마가 지금 어떤 소년과 동행하고 있기 때문입니다. 검마 홀로였다면 벌써 장강에 다다랐을 겁니다."

유가양도 검마의 옆에 동행자가 있다는 것을 모르지 않았다. 실은 소년의 정체를 알아보라고 이미 명령을 내린 상태였다.

"그래, 마정단주께선 그 아이와 검마의 관계에 대해 파악한 사안이 따로 있으시오?"

"우린들 이번 사안에서 갑작스레 출현한 그 소년에 대해 어찌 알고 있겠습니까."

"후후후."

유가양이 하욱상을 응시하며 묘하게 웃었다. 하욱상이 시선을 피하자 유가양은 식은 찻잔을 들며 중얼거렸다.

"대정맹은 지난 육 년 동안 검마를 추적하며 검마에 관해 많은 정보를 파악했지. 검마의 사문을 비롯해 검마의 생활 방식, 버릇… 하다못해 식사 습관까지도 파악해 놓았지. 그런데 무수한 정보 중에서 유독 검마의 본적에 관한 것은 능 씨라는 성 외에 조금도 알 수 없었지. 천하를 장악했던 대정맹이 검마의 본적을 왜 알 수 없었을까?"

유가양이 말끝에 물음을 던졌다. 하욱상은 머뭇거릴 뿐, 답하지 않았다. 유가양의 말이 이어졌다.

"그건 말이지, 신상에 관한 정보보다 검마의 두려운 명성이 먼저 강호에 크게 알려진 때문이지. 마도 내에서도 감히 검마의 본적을 조사하지 못할 만큼. 그렇지 않소?"

하욱상은 스물셋의 나이에 마도 서열 십위 안에 들어갔던 거물로서 강북마도의 명문 적포방의 당대 수장이다. 검마의 갑작스런 출현이 아니었다면 마도의 호법사자 자리는 그에게 돌아갔을 공산이 아주 컸다. 이는 또한 하욱상이 대정맹에 회유된 이유 중 하나이기도 했다.

"용호방주의 말씀 의도는 무엇입니까?"

"후후, 그러니까 이번의 중경 천라지령 작전에서 검마의 본적이 밝혀졌다는 거요. 검마와 동행한 소년은 아마도 검마와 깊은 관계가 있을 거요. 아이의 이름이 능비란 것을 몰랐다고 말하지는 마시오."

하욱상이 낮게 신음했다. 유가양의 청춘 시절 별호가 천심호리다. 그런 그에게 속내를 감춘다는 것은 애초에 불가능했으리라.

"마정단이 검마 척살에 전력을 다하지 않은 이유를 모르는 바가 아니오. 백마총은 마도의 절대 비전. 검마의 생로를 열어주어 백마총의 위치를 알고자 함이겠지. 하나 그것은 당신들 같은 마도인의 입장일 뿐이오. 정파인들에게 검마는 특급 척살령이 떨어진 존재요. 하니 마정단도 이제부턴 전력을 다해 우리에게 협조하시오. 난 대정맹주에게 시시콜콜한 보고까지 올리긴 싫소이다."

유가양은 명령하듯 말을 마치며 자리에서 일어섰다. 전날의 무림 명성은 서로 비등하지만 대정맹의 서열로는 유가양이 하욱상보다 한참 더 높다.

일어선 유가양은 장강의 물결을 크게 돌아보며 물었다.

"장강은 넓소이다. 마정단주가 예상하기에 검마가 어디로 도강하리라 보시오?"

검마는 현재 장강에 거의 다다랐다. 이 때문에 넓은 강변임에도 불구하고 도달 지점이 백 장 이내의 오차로 추정되고 있다.

하욱상이 잠깐 생각한 후에 답했다.

"화천."

유가양도 생각이 같았다.

"화천이라… 후후, 물놀이를 하기엔 참 좋은 곳이지. 자, 검마의 최후를 보려면 우리도 어서 그곳으로 갑시다. 남천으로 갔던 선우세가와 동주 강변에 포진했던 아미파가 조금 전에 화천으로 위치 이동을 했다는 보고가 있었소이다."

*   *   *

장강 화천.

능파종과 능비는 화천 벌판을 달리고 있었다. 그들의 이백 장 뒤로는 대정맹의 무인들이 떼를 지어 따라붙고 있었다. 장강까지는 앞으로 십여 리. 달리는 속도를 감안해 전방에 변수만 없다면 장강 도착 이전에 후방의 무인들과 충돌은 벌어지지 않을 듯했다.

"하아, 하아."

전방 상황 이외에 다른 변수가 있다면 그건 바로 능비의 상태였다. 장강을 십 리 앞둔 지금, 능비는 체력이 완전히 고갈되어 있었다. 내공도 없고, 경신법도 잘 모르니 체력 소진은 당연한 경우일 터였다.

"비야, 속도를 줄여라. 여기서부터는 걸어가도록 하자."

"저, 저는 괜찮습니다. 계속 달리겠습니다."

달릴 의지를 보였지만 능비는 말을 하는 와중에도 숨을 연방 헐떡이고 있었다. 능파종은 능비의 상태를 살피곤 제자리에 멈추었다. 능비도 곧 뒤따라 달리기를 중단했다.

"체력의 힘과 내력의 힘은 일견 비슷하면서도 다른 성질이다. 표현하자면 고인 물과 흐르는 물의 차이와도 같다. 고인 물은 쓰면 쓸수록 바닥을 드러내지간 흐르는 물은 원천이 막히지 않는 한 일정량을 꾸준히 순환해서 사용할 수 있다. 무인들이 외공 수련과 더불어 내공을 부단히 단련하는 것도 바로 그런 이유 때문이다."

능파종은 사부로서 능비를 가르침에 형식을 정하지 않았다. 그는 지금의 경우처럼 때론 달리는 도중에 때론 휴식 중에 때론 적과 싸우는 과정에서 능비를 가르쳤다. 가르침의 내용도 고상하거나 거창한 것이 아닌, 일상과 연관된 사안으로 쉽게 비유를 들어 가르쳤다.

"내공을 흐르는 물로 비유하셨는데, 그렇다면 그것은 닫힌 힘이 아닌 열린 힘이란 뜻일 겁니다. 그 경우, 소위 말하는 단전이 물을 담는 그릇이 되는 겁니까?"

능비는 영민했다. 같은 질문을 두 번 이상 묻는 법이 없었으며, 때론 능파종이 하나를 말하면 둘을 되물었다.

"단전이 기를 담는 그릇이란 비유란 말은 일견 그럴듯하지만 그건 정답이라고 할 수 없다. 너는 내공의 개념을 오해하고 있다. 내공은 보이거나 만져지는 것이 아니다. 그런 접근으로 내기 수련을 해서는 백날을 공부해도 상승의 내공을 발휘할 수 없다."

"그렇다면 무인은 어떻게 축기를 하여 내력을 향상시키는 것입니까?"

"너는 아직도 오해하고 있다. 내공은 담는 것이 아닌, 채워서 사용하는 것이다. 바른 심법으로 내면을 정화하고 바른 호흡법으로 신체를 안정시키면 마음과 몸이 기의 순환을 타고 단전에서 하나로 일체화된다. 내공은 바로 그때 우리에게 찾아온다. 그릇은 필요없다. 그릇 같은 의식의 이해만이 필요할 뿐이다."

의식의 이해. 어려운 말이다.

능비는 한참을 골똘히 생각하고는 말했다.

"어렵군요. 아무래도 그건 생각이 아닌, 체험을 해봐야 이해
가 될 것 같습니다."

"체험! 이해! 그렇다. 내공은 아는 것이 아닌, 느껴야 하는
것이다! 핫핫핫!"

능파종은 기분 좋게 웃으며 능비의 손목을 잡았다.

"조급해하지 마라. 백마총에 도착하면 내 너에게 그것을 직
접 체험하게 해줄 것이다."

"네, 사부님."

능비가 빙그레 웃었다.

능파종도 비슷한 미소를 지어 보였다. 언제부터인가 능비는
능파종의 모든 것이 되어 있었다. 그는 이제 확실히 알 수 있
었다, 마도의 사명 완수보다 이 순간의 부정이 훨씬 더 소중하
다는 것을.

"사부님, 적들이 가까이 접근했습니다. 다시 달리시죠."

능비가 앞서 달리기 시작했다. 능파종은 후방을 힐끗 돌아
봤다. 대정맹의 무인들이 어느덧 백 장까지 거리를 좁히고 있
었다.

능파종은 곧 바람 같은 속도로 전방을 질주했다. 그는 앞서
달리고 있는 능비의 허리를 감아 잡고 자신의 가슴에 안았다.
동행을 시작한 후로 이런 신체 접촉은 처음이다. 능비는 감정
을 표현하기보다 능파종의 가슴에 얼굴을 깊이 기댔다.

장강까지 앞으로 오백 장, 능파종은 능비를 한 손에 안은 채
청검을 빼들었다. 일단의 적들이 전방에 나타나 있었다. 적의

정체는 중요하지 않았다. 무공의 수준도 중요하지 않았다. 길을 막는 대상은 적. 전부 베어버릴 참이었다.

"막으면 모조리 벤다!"

능파종은 일갈하며 청검을 휘둘렀다. 검기가 공간을 가르며 비명이 줄을 이었다. 가르고, 베고, 자르고, 깨부순다. 적들은 그의 돌파를 저지하지 못했다. 그는 이 순간 들소 떼를 관통하는 야수와도 같았다. 간혹 그의 육체에 상처를 입히는 무엄한 놈들이 있었다. 그러면 그는 그놈들을 철저히 응징했다. 도망가면 뒤따라가 뒤통수를 갈랐고, 바닥에 엎드리면 잔인하게 발로 밟아 육체를 걸레로 만들었다.

"우우!"

능파종의 강력한 응징에 적들이 두려운 얼굴로 전투를 중단했다. 하지만 그는 그것만으로 흡족하지 않았다. 그는 눈을 부릅뜨고 사자후를 터뜨렸다.

야만적이고도 압도적인 기세!

마침내 적들이 병기를 대지로 내리고 길을 열어주었다.

"하하하! 하하하!"

그는 크게 웃었다. 그러면서 당당히 적진을 통과했다.

장강까지의 거리는 일백 장.

강바람이 머리칼을 세차게 휘날렸다. 저 멀리로 푸른 물결이 보이고 있었다. 그는 능비를 바닥에 내려놓았다.

"정신을 집중하여 내 뒤를 따라와라. 낙오되면 그것으로 너와 나의 인연은 끝이 난다. 알겠느냐?"

"네."

능비를 바닥에 내려놓은 것은, 더는 능비를 안고 적진을 돌파할 수 없기 때문이다. 전방의 강변에 백의여검사들이 전투검진을 갖추고 있었다. 그들의 정체는 어렵지 않게 알았다.

"아미파 십팔모니검진!"

아미파의 모니검진 선두에는 중년 여성이 고풍스런 사인검을 세워 들고 있었다. 아미파의 장문 화청이었다. 여자라고 얕보면 안 되었다. 검을 들면 화청은 대정맹 서열 십 위 안팎의의 절정고수이지, 더는 여자가 아니었다.

"검마! 당신의 악행도 오늘로 끝이야! 당신의 목을 잘라 강호의 정기를 바로 세우겠어!"

"닥쳐! 늙은 계집! 너는 아미파의 정신을 대정맹에 팔아먹은 요부에 불과해!"

능파종의 대꾸에 화청이 얼굴을 붉혔다. 언제 어디서나 여중제일고수로 존대받던 그녀로서는 이런 거친 말을 들어본 적이 없다.

"악행만큼 입도 썩은 사람이군. 아미파! 모니검진을 발동하라!"

화청이 공격 지시를 내렸다. 아미파의 여검사들이 검을 들고 일제히 하늘로 날아올랐다. 원진을 형성해 허공을 너울너울 휘도는 백의여검사들. 검 대신 부채를 손에 들었다면 선녀의 하강이라고 말할 수도 있으리라.

"흥! 남아의 눈을 홀리는 요부들의 춤일 뿐이로다!"

　능파종은 모니진의 환영에 아무런 영향도 받지 않았다. 그는 청검을 녹검으로 바꿔 들고 하늘을 크게 갈랐다. 천둥 같은 검명이 울리며 그와 동시에 녹검에서 빛살이 번쩍였다.

　"모니낙화검진!"

　능파종이 반격에 나서자 아미파의 여인들이 다시금 하늘로 솟구쳤다. 이어지는 모니검진의 수법은 그야말로 한 편의 그림. 하늘로 솟구친 아미파의 여인들은 신형을 거꾸로 뒤집어 능파종을 향해 일제히 내리꽂혔다.

　츄츄츄츄츄츄!

　능파종의 정수리를 향한 열여덟 자루의 검봉! 검봉에서 발출된 검기가 빗발치듯 대지를 직격했다.

　"훙! 끝장을 봐주마!"

　능파종은 모니낙화검진에 맞서 녹검을 하늘로 세워 들었다.

　일 합 승부!

　수직으로 세워 올린 녹검에서 강렬한 기파가 발산되며 폭발을 일으킬 듯 윙윙댄다. 이 폭발은 추정도 아니요, 가상도 아니었다. 그것은 실제이며 곧바로 닥칠 현실이었다.

　"녹―기―검―탄!"

　콰앙!

　능파종의 외침과 동시에 녹검의 검봉이 폭발했다. 녹검의 빛살은 수백 조각으로 갈라져 모니낙화검진을 펼치던 여검사들을 일순 뒤덮었다.

　콰콰콰콰! 콰콰쾅!

빗발치는 검기와 녹검탄의 빛살! 두 검공의 격돌에 대지가 들썩이며 먼지구름이 하늘 높이 피어올랐다. 격돌의 결과는 곧 드러났다. 능파종은 원래 위치에 우뚝 서서 하늘을 올려다보고 있었고, 공중 부양했던 아미파 여검사들은 피를 토하며 대지로 곤두박질치고 있었다.

"이, 이럴 수가!"

화청의 입에서 승부 결과를 불신하는 음성이 흘러나왔다. 모니검진은 소림사의 십팔나한진과 비교되는 아미파의 최절정 검진으로서 아미파의 오랜 역사에서 오직 다섯 번만 패했다. 그런데 오늘, 마도종주도 아닌 마도의 호법사자에게 치욕의 패전을 당해 버렸다. 그것도 단 일 합 승부에.

"악적! 죽여 버리겠다!"

분노와 불신으로 범벅된 화청이 사인검을 짧게 휘돌리며 달려들었다. 검봉에서 붉은 꽃잎이 쭉쭉 발출됐다.

난화수미검.

정천거사 당시 화청은 이 검공으로 마도의 특급 고수들을 수없이 저승으로 보냈다.

물론 그때의 상대와 지금의 상대는 질적으로 달랐다.

"갈! 수치도 모르는 년이로다!"

능파종은 녹검을 황검으로 바꾸어 드세게 내려쳤다.

콰앙!

폭음과 함께 화청이 날린 검화가 두 갈래로 나뉘었다.

갈라진 검화 사이에서 화청이 잠깐 비틀대다가 다시 달려들었다. 이미 거리가 삼 장 이내로 좁혀진 상태였다. 이 거리라면 기검이 아닌 진검 승부가 가능하다. 달려들던 화청이 검을 눕혀 들고 원을 그리듯 크게 베어냈다. 검날의 최종 도착지는 능파종의 목이었다.

캉!

화청의 검이 목표 지점에 도달하긴 했다. 하지만 더 이상의 진행을 하진 못했다. 능파종이 황검을 목에 바짝 붙여 화청의 검을 막아내고 있었다.

"으으음!"

능파종과 화청은 검을 맞붙인 채 서로를 노려봤다.

검력 싸움!

한순간 화청이 한 발 뒤로 밀렸다.

그리고 그것을 시작으로 화청은 순식간에 다섯 걸음도 넘게 뒤로 밀려 나갔다.

검력 싸움에서도 한 수 아래인 것이다.

자존심을 상한 화청이 빠르게 확 물러났다. 거리가 벌어지자 화청은 자줏빛이 휘도는 검봉을 능파종에게 맞추었다. 검강에 근접한 검공. 기검으로 다시 싸움을 할 태세였다.

"홍! 누구 맘대로!"

한 가지 의아한 점은 화청의 재공격에 맞선 능파종의 대응이었다.

그는 황검을 등 뒤로 돌려 넣고 제자리에 우뚝 섰다. 무방비에 가까운 모습인데, 대응 수단을 굳이 하나 찾자면 이 순간 그가 화청을 녹여 버릴 듯 무섭게 노려보고 있다는 것이었다.

손뼉도 마주쳐야 소리가 나는 법.

"대, 대체 왜?"

화청이 공격을 보류하고 의문의 시선으로 능파종을 쳐다봤다.

능파종은 준열히 말했다.

"수치도 모르는 계집! 너는 진정 아미파의 전통을 네 손으로 망치고 싶은 게냐? 정말로 그렇다면 다시 덤벼라. 내 기꺼이 너를 상대해 주마!"

능파종의 이 말에 화청이 그만 가늘게 몸을 떨었다. 그럴 이유가 있었다. 일찍이 아미파의 조사들은 이렇게 강호에 공언했다.

모니검진은 아미파의 자랑이자 전부이다. 만약 승부에서 모니검진이 깨져 버리는 일이 벌어진다면 아미파는 그 즉시 삼 년 봉문에 들어간다. 삼 년 이전에 봉문이 풀리는 길은 이전보다 더 강력한 모니검진을 완성해 아미파의 치욕을 되갚는 경우뿐이다.

실제 아미파는 이런 전통 때문에 일황과 일패의 시대에 두 번이나 삼 년 봉문에 들어갔다. 화청은 순간의 격분을 참지 못해 아미파의 그런 전통을 어기려고 한 것이다.

"으음."

화청이 곤혹한 눈으로 검마를 쳐다보곤 사인검을 요대로 돌려 넣었다. 그런 뒤 그녀의 입에서는 한탄스런 음성이 흘러나왔다.

"전부…… 전부 내 잘못이로다. 나의 자만으로 아미파의 역사에 큰 치욕을 남기고 말았도다."

좀 전에 화청은 대결 상황의 흐름을 파악하고자 모니검진의 바깥에 머물렀다. 보다 더 좋은 조건에서 검마를 일격하기 위함이었는데, 착오가 있었다면 그녀가 무엇을 어떻게 해보기도 전에 검마가 모니검진을 깨버렸다는 것이다. 검마의 무력이 그 정도인 줄 알았더라면 그녀는 처음부터 모니검진에 적극 참진했을 것이다.

"검마! 아미파를 위해서라도 부디 살아남아라! 우리는 삼 년 이전에 반드시 강호로 돌아온다!"

화청이 싸늘한 음성을 남기고 뒤돌아 걸어갔다. 바닥에 쓰러져 있던 아미파의 여검사들도 하나둘 일어나 화청을 뒤따랐다.

휘우우우!

여검사들이 떠난 현장으로 강바람이 불어왔다. 능파종은 하얗게 탈색된 얼굴로 바닥에 쓰러졌다. 모니검진과의 승부 여파인데, 능비가 그 모습을 보고는 놀라서 뛰어왔다. 능파종은 능비의 부축을 거부했다. 그는 초인의 인내력을 발휘해 자신의 힘으로 대지에 다시 우뚝 섰다.

열여덟 군데의 검상.

부러질 듯 덜렁거리는 왼팔.

갈비뼈 함몰.

내력 탈진.

보통의 무인이었다면 일어서기는커녕 혼절해 버리고 말았을 것이다.

일어선 능파종은 능비를 깊이 건너다보며 물었다.

"보았느냐?"

모호한 질문이다. 그러나 자질구레한 설명은 필요치 않았다. 능파종은 깊은 눈빛으로 뜻을 전했고, 능비는 그것을 알아들었다.

"보았습니다."

"무엇을?"

"모니검진을 일격에 깨어버린 녹기검탄의 위력을 똑똑히 보았습니다."

"그뿐이냐?"

"또한 보았습니다."

"무엇을?"

"승부에서 최선을 다하지 않은 정파 무인의 자만을 보았습니다. 그리고 사문의 명예를 망각한 정파 무인을 준엄히 혼내는 마도의 용사를 보았습니다."

"핫핫핫! 과연! 과연!"

능파종은 화통하게 웃었다. 육체는 나락으로 떨어졌지만 기분은 어느 때보다 좋았다. 그는 능비를 마주한 채 모니검진과의 전투에 대해 말했다.

"화청이 참가한 모니검진은 나로서도 승리를 장담할 수 없었다. 그래서 중상을 각오하고 승부를 서둘렀다. 결과적으로 이 사부가 승리했지만, 너는 오늘의 결과에 자만해선 안 된다. 당금의 아미파는 역대 최강이다. 아미파는 천하에서 활약하는 진성제자들을 아미산으로 불러 최강의 모니검진을 구축해 강호로 다시 나올 것이다. 그땐 또 명예를 되찾고자 필사적으로 마종검문의 후인을 상대하려 할 것이다."

"제자는 사부님을 믿습니다. 아미파는 또 한 번 봉문을 당하게 될 것입니다."

"아니."

능비의 대답에 능파종은 고개를 저었다.

"그것은 이제 나의 몫이 아니다. 아미파가 좌절을 겪게 된다면 그건 바로 너의 검에 의해서일 것이다."

능비가 뜻을 바로 알아듣고는 포권하며 답했다.

"저에게 양보해 주서서 감사합니다."

"후후, 녀석."

능파종은 능비의 머리를 부드럽게 쓰다듬어 주곤 장강으로 향했다. 걸어가는 동안 그의 흐뭇한 미소는 착잡한 미소로 바뀌었다. 단순히 능비에게 양보를 한 것만은 아니었다. 그는 검마의 고독한 여정이 어쩌면 중경에서 끝날지도 모른다는 불길한 예감에 빠져들고 있었다.

이윽고 화천 포구에 다다랐다. 전면의 장강을 기준으로 좌우 강변에서 대정맹의 무인들이 새까맣게 몰려왔다. 도달 시간은 일각 정도인데 능파종은 그다지 염려하지 않았다. 일각이면 장강에 빠져들고도 남을 시간이었다.

"배가 없습니다. 어떻게 건너갈 생각이십니까? 수영을 해야 합니까?"

포구에서는 한 척의 배도 보이지 않았다. 이미 예상했던 일이다.

"훗."

능파종은 피식 웃곤 앞가슴에서 고동색 화통을 꺼내 하늘로 들어 올렸다. 마도련에서 만들어 사용했던 원거리 연락 기물, 천리화통이었다.

푸지지지, 콰쾅!

천리화통에서 푸른 불꽃이 격발됐다. 격발된 불꽃은 십 리 밖에서도 확인될 정도로 장강의 하늘을 찬란히 수놓았다.

"가자, 비야."

불꽃이 사그라지자 능파종은 능비의 손을 잡고 선착장으로 뛰었다. 장강에 바로 빠져들지는 못했다. 선착장 끝에 일단의 무인들이 포진해 있었다. 일견하기에도 일급 수준은 넘어 보였는데, 그들의 맨 앞에는 은색 부채를 손에 든 중년인이 자리해 있었다.

"중경미학 선우강!"

능파종은 중년인의 정체를 바로 알아챘다. 능비 역시 어렴지 않게 알았다. 그 중년인은 별호에 중경이란 단어가 들어갈 정도로 중경 지역에서 가장 많은 칭송을 받는 인물이었다.

중년인이 포권을 해 보이며 말했다.

"선우강이오. 당대의 마도 영웅을 이렇게 만나게 되어 실로 영광이오."

선우강은 검마를 마주하고도 아주 여유롭게 행동했다. 이런저런 이유를 떠나서 그의 성향이 원래 그랬다. 중경제일의 가문에서 태어난 그는 이제껏 급한 모습을 보인 적도 없고, 노한 모습을 보인 적도 없었다. 길이 아니면 돌아갔고, 머리가 복잡한 일은 천만금을 준다고 해도 거부했다. 알려지길 그는 가문의 절학인 조화선법을 극성에 가깝게 성취했다고 하는데, 유유자적한 삶을 살고자 중경연합의 총수 자리도 자진해서 유가양에게 넘겼다고 한다.

"검마께선 이쯤에서 고단한 인생을 정리하시지요. 순순히 포박을 받는다면 당신의 명예에 누가 되지 않도록 내가 예를 갖추어 조치하겠소이다."

선우강이 자신의 성격 그대로 느긋이 말했다.

포박 강요가 아주 잘못된 것은 아니다. 검마는 지금 누가 보아도 정상적인 상태가 아니었다. 게다가 전방에는 장강, 좌우엔 온통 대정맹의 무인들. 활로는 눈을 씻고 찾아봐도 없었다.

"흥! 잡놈 주제에 감히 나에게 이래라저래라 명하느냐!"

능파종은 대화 시작부터 막말을 퍼부었다.

"잡놈? 내가 잡놈이라고?"

잡놈.

선우강에겐 아주 생소한 말.

선우강은 다소 떨떠름한 눈으로 능파종을 쳐다봤다.

능파종은 더 거칠게 몰아붙였다.

"솔직히 말하자면, 넌 잡놈보다도 못한 가식 인생이야. 선우강이란 이름에서 가문을 빼버리면 뭐가 남지? 그때도 사람들이 너를 중경미학이라고 칭송할 것 같아? 웃기지 마! 넌 한 번도 참된 인생을 평가받아 본 적이 없어. 넌 인생이 온통 가식 덩어리야!"

"으음."

선우강의 얼굴이 구겨졌다.

이런 대접, 이런 치욕.

아무리 중경미학이라지만 그도 승부를 피하지 않는 무인이거늘, 어찌 참을 수 있을까. 선우강은 능파종을 매섭게 노려보고는 섭선을 펼쳐 들며 앞으로 나섰다.

"내가 가문의 위세를 믿고 나대는 잡놈인지 아닌지는 귀하께서 직접 확인하시구려."

"가주님, 안 됩니다!"

선우강이 단독으로 검마와 맞싸울 태세이자 선우세가의 무인들이 급히 앞을 가로막았다.

"어느 누구도 이 싸움에 개입하지 말라. 이건 가주로서 내리는 명령이다."

선우강의 뜻은 확고했다. 세가의 무인들은 하나둘 길을 비컸다. 가주가 걱정되긴 하지만 그들은 한편으로 믿는 구석도 있었다. 검마가 지금 제대로 싸울 형편이 아닌 것이다. 어쩌면 선우강도 그 점을 잘 알기에 단독 승부를 고집했는지 모른다.

"오라, 잡놈!"

"오냐! 끝을 봐주마!"

대결 직전까지 조롱당하자 선우강이 더는 참지 못하고 능파종에게 달려들었다. 부채가 활짝 펼쳐지며 선풍이 획획 불어댄다. 선우강의 성명 절학, 조화선법의 발휘였다.

파팟, 파파팟!

순식간에 이십 합이 교환됐다. 격돌 과정에서 선우강과 능파종은 일절 퇴보를 밟지 않았다. 이건 기세의 격돌이자 자존심의 싸움이었다.

"검마! 대단하긴 하다만 아쉽게도 오늘은 네가 주인공이 아니다!"

삼십 합을 넘겼을 무렵, 선우강이 일갈과 함께 능파종의 가슴 안으로 부채를 찔러 넣었다.

파악!

드센 타격음이 선착장을 울렸다. 그와 동시에 능파종이 휘청휘청 뒤로 물러났다.

상대 거리 칠 보!

기공 발휘의 거리가 벌어졌다. 선우강은 눈빛을 번뜩이며 부채를 원반 날리듯 하늘로 내던졌다.

휘리리리릭!

공간을 가르는 부채. 십 장 밖의 고목도 싹둑 잘라 버린다는 조화선법의 비공술, 조화비선이었다.

퍼어억!

부채는 능파종의 가슴에 정확히 직격됐다. 능파종은 피를 울컥 토하며 선착장 바닥에 쓰러졌다. 가슴엔 부채가 깊숙이 박혀 있었다.

남은 것은 확인 척살!

"하아아아아!"

선우강은 허공으로 뛰어올라 능파종의 얼굴을 향해 곧장 떨어졌다. 발에는 내공이 가득 실렸다. 제대로 밟힌다면 능파종의 얼굴은 형체도 보존하기 어렵다.

콰악!

밟았다. 얼마나 세게 밟았는지 선착장의 바닥 구조물이 와르르 흔들렸다.

이 정도 위력이면 능파종의 얼굴은 떡이 되었을 터.

선우강은 확인 차원에서 발을 내려다보았다.

"으응?"

선우강의 표정이 굳어버리는 것은 한순간이었다.

능파종이 선우강의 발을 손으로 잡은 채 비릿한 미소를 짓고 있었다. 상황을 되돌릴 시기는 이미 지났다. 상대는 한번 승기를 잡으면 실패를 모르는 승부사. 선우강이 발을 빼내고자 요동칠 때, 능파종은 누운 모습 그대로 황검을 빼들어 횡으로 그었다.

“아악!”

무처럼 잘려 나가는 발.

선우강의 발이 뎅강 잘렸다.

능파종이 벌떡 일어났다.

“맞아, 오늘의 주인공은 너야! 비극의 주인공!”

그는 절뚝대는 선우강에게 다가가 사정없이 황검을 휘둘렀다.

픽!

인두 하나가 선착장의 하늘로 날아올랐다.

“아, 아, 안 돼!”

“공, 공격!”

선우세가의 무인들이 뒤늦게 달려왔지만 그들은 주군의 생사에 아무런 도움을 주지 못했다. 중경의 미학군자라 불린 그들의 주인은 이미 목 잘린 사체가 되고 말았다.

남은 것은 주군의 복수!

“우우우! 죽여! 저놈을 죽여 버려!”

무인들이 칼을 세워 들고 능파종에게 몰려갔다. 능파종은 물론이요, 능비까지 그들의 살수에 포함되었다.

“비야, 엎드려라!”

능파종이 소리쳤다. 그는 음성에 이어 황검을 거꾸로 잡고 선착장 바닥에 강하게 내리찍었다.

쾅!

폭음과 함께 선착장 구조물이 통째로 박살 났다. 사람도, 구조물의 파편도 전부 장강에 잠겨들었다. 예외는 오직 능파종. 능파종은 수면 위에 둥둥 떠 있었다. 정확히는 넓은 나무판자 위에 올라서 있었다.

능파종은 능비를 찾았다. 능비는 능파종이 올라선 판자 끝을 잡고 있었다. 별다른 부상을 입지 않은 모습. 능비의 상태를 확인한 능파종은 손에 든 황검을 수면에 획획 내려쳤다. 그러자 나무판이 쾌속선처럼 강물을 가르기 시작했다.

"검마! 그렇게 갈 순 없다! 하아아아아!"

나무판을 배처럼 몰아가는 능파종의 모습에 선우세가의 무인들은 추적을 중단했지만 이 사람, 용호방주 유가양은 달랐다. 그는 후방의 무인들 속에서 질주하는 표범처럼 뛰쳐나왔다. 파괴된 선착장에 다다른 그는 지체없이 장강으로 훌쩍 뛰어들었다.

촤촤촤촤촤촤!

수면을 밟고 달리는 발. 수상비의 경공이 시전됐다. 그뿐만이 아니었다. 능파종과의 거리가 오륙 장으로 좁혀지자 그는 짧은 기합과 함께 수면을 박차고 올라 그 상태로 능파종을 향해 쭉 날아갔다.

"건곤마리장!"

유가양의 쌍장에서 폭풍 같은 기파가 발출됐다.

수면을 때리는 장풍!

파아! 파아!

강물이 크게 출렁였다. 큰 파도가 형성됐고 파도의 머리 부분에서 능파종을 태운 판자가 아찔하게 넘실댔다. 능비는 필사적으로 판자를 잡았지만 능파종은 아무런 흔들림 없이 판자에 우뚝 서 있었다. 그는 백검을 들어 검봉을 허공의 유가양에게 맞추었다.

팟!

검봉에서 한 줄기 빛이 발출됐다.

빛의 방향은 건곤마리장을 발출 중인 유가양.

쿠콰콰콰!

기공의 격돌이 있었다. 엄청난 폭음이 울렸고, 그와 동시에 높이 삼 장에 이르는 재앙 같은 해일이 장강 중심으로 밀려들었다.

슈우우우우우!

능파종을 태운 판자는 해일의 반발력을 타고 하류 방향으로 빠르게 흘러갔다. 유가양이 그 모습을 보았지만 해일의 파장으로 인해 추적을 잠정 중단할 수밖에 없었다.

잠시 후, 해일이 가라앉았다. 유가양의 신체는 서서히 수면에 잠겨들었다. 내공만으로 수면에 올라서 있기는 한계가 있는 것이다.

"용호방주, 여기로!"

그때 소선 한 척이 물살을 타고 빠르게 내려왔다. 마정단주 하욱상이 뱃머리에 서 있었다. 유가양은 하욱상을 힐끗 돌아보곤 수면 위로 솟구쳐 소선에 올라섰다.

하욱상이 말했다.

"과연 검마였소. 그런 몸으로 유 방주의 건곤마리장을 막아 내다니."

"어림없는 소리! 검마는 나의 건곤마리장을 막지 못했어. 워낙에 독한 놈이라 겉으로 드러내지 않았을 뿐이야."

유가양은 냉랭히 답하고는 검마의 모습을 매서운 눈으로 뒤쫓았다. 검마는 현재 장강 하류 방면으로 아득히 멀어져 있었다.

"이제 어찌할 겁니까? 이 상태로는 추적이 힘들 것 같은데."

유가양은 대처 방안을 물어오는 하욱상을 돌아봤다. 돌아볼 때 그는 날을 세운 감정의 흔적을 지워내고 원래의 유들유들한 인상으로 돌아갔다.

"추적 중단은 없소이다. 천라지령은 아직 유효하오. 강북에서 검마를 상대할 귀한 손님들이 내려오는 중이오. 검마는 아마 지옥사자들을 만나게 될 것이오."

유가양은 말과 함께 손을 번쩍 들었다. 그러자 강변에 도열해 있던 죽립인들이 통나무를 들고 장강으로 뛰어들었다. 죽립인들은 곧 수면으로 올라서 검마가 판자를 배처럼 사용했듯 통나무를 밟고 선 채 장강을 흘러가고 있었다.

"저들은 누구요?"

"대정맹 장강 해협단. 정천거사 이전에는 장강의 수적단으로 명성을 떨쳤지."

"으음."

유가양의 대답에 이번엔 하욱상이 인상을 구겼다.

장강 수적단.

정도 아니고, 마도 아니다. 이들은 사파의 무인들이다.

하욱상의 심정을 헤아린 듯 유가양이 씩 웃으며 말했다.

"사파인들이라고 하여 꺼려할 필요는 없소이다. 대정맹은 의기만 투합되면 어제의 적도 얼마든지 형제로 맞이할 수 있소."

"하면 저들이 강북의 손님들이오? 그러니까 방주께선 저들을 믿고 검마 척살을 자신했다는 말이오?"

하욱상의 음성에는 불쾌함이 역력했다. 비록 지금은 검마와 적대적인 관계이지만 그렇다고 검마가 사파인들 따위에게 척살되는 장면은 보고 싶지도, 믿고 싶지도 않은 것이다.

"후후, 무슨 그런 말씀을……. 아무리 상처 입은 맹수라고 한들 들쥐들이 어찌 범을 잡을 수 있겠소. 검마를 잡을 강북 손님들은 따로 있소."

"그들이 대체 누구요?"

유가양은 손가락 세 개를 펼쳐 보이며 답했다.

"대정삼왕(大正三王)."

＊　　　＊　　　＊

유가양과의 격돌 이후, 능비가 판자 위로 올라왔다.

"사부님, 괜찮으십니까?"

“으읍, 으읍.”

능파종은 대답 대신 각혈을 토해냈다. 내상이 심각한 듯 토해낸 핏물 안에는 내장 부스러기 같은 것이 보였다.

“사부님, 어서 운기를 하십시오. 이제부턴 제가 노를 젓겠습니다.”

기특한 말이지만 능파종은 고개를 저었다. 노가 있을 리 없었다. 그리고 장강을 흘러가는 판자는 그의 내력 발휘에 추진력을 얻고 있었다. 몸을 돌보고자 운기행공을 한다면 적들에게 금방 따라잡히고 말 것이다.

능파종은 능비의 말을 무시하고 그 대신 선우강과의 전투에 대해 물었다. 물음의 요지는 이전과 같았다.

“너는 그 싸움에서 무엇을 보았느냐?”

능비는 눈을 빛내며 답했다.

“초식의 위력보다 사용법이 더 중요하다는 것을 보았습니다.”

“그뿐이냐?”

“또한 무인의 방심은 곧 패배로 직결된다는 것을 알았습니다.”

능비의 말은 능파종이 듣고 싶어하던 대답 그대로였다.

“그러하다. 승리 확신은 적의 목을 자르고 난 다음에 해야 한다. 많은 무인들이 이를 망각해 역전의 패배를 당하곤 하는데, 이런 경우는 의외로 고수들의 싸움에서도 잘 나타난다. 두 공의 경지가 높아질수록 고수는 승부의 결과를 일찍 예상한

다. 적을 얕보는 오만일 수도 있으며 자신의 무공에 지나친 확
신일 수도 있다. 너는 후일 고수가 되더라도 이른 승리 확신을
하지 말라. 한 번의 방심은 곧 무인의 삶과 직결된다."

"네, 사부님."

"또한 너는 초식의 위력보다 사용법이 더 중요하다고 말했
다. 네 말이 틀리지 않다. 선우강과 대결할 당시 나는 정상적
인 몸 상태가 아니었다. 그 상태로 기공 대결을 하였거나 또는
장기전을 펼쳤다면 나의 패배는 불 보듯 뻔했다. 그래서 나는
되도록 일찍 진검 승부를 하고자 선우강을 자극하고 또 대적
중에 가슴을 무방비로 노출시켰다. 그 결과, 나는 갈비뼈가 부
러지는 고통을 맛보았지만 결국 선우강의 목을 자를 수 있었
다. 물론 이제 와 생각하면 그건 자살행위에 가까운 도박이었
다. 선우강은 내 예상보다 훨씬 더 강했다. 순수 무력으로 따
지자면 선우강은 대정맹 서열 십위 안에 능히 들어갈 무인이
다. 승부에서 선우강이 조금만 더 냉철했거나 독했다면 나는
결코 살아남지 못했을 것이다."

능파종이 말을 마치자 능비가 웃으며 고개를 저었다.

"중경미학은 죽고, 사부님은 이렇게 제 앞에 서 있습니다.
그게 승부의 결과입니다. 같은 조건에서 다시 붙는다고 한들
선우강은 사부님을 이기지 못할 것입니다."

어쩌면 이렇게 자신의 마음을 잘 알까. 능파종은 흐뭇한 눈
으로 능비를 바라봤다. 능비와 함께 있으면 아무리 고된 상황
이라도 능히 뚫고 나갈 것 같은 심정이었다.

"참, 사부님. 도강하려면 이쯤에서 방향을 돌려야 하지 않을까요?"

능비가 질문 내용을 바꾸었다. 사실 그랬다. 판자는 장강 하류로 줄곧 흘러가고 있었다. 능파종은 이 점에 대해 가타부타 답하지 않고 장강 상류를 멀리 내다봤다. 그가 원하는 것은 보이지 않고 대신 날파리들이 눈에 포착됐다.

통나무를 타고 내려오는 죽립인들.

숫자는 대략 백 명.

전투 상황만 아니라면 보는 자체로 탄성이 나올 광경이었다.

"저들은 또 누구입니까?"

"장강의 수적들 같은데, 나도 싸워보기 전엔 잘 모르겠다. 제자는 여기서 잠시만 기다려라."

말을 끝낸 능파종은 수면 안으로 첨벙 잠겨들었다. 수면 속을 한 마리 인어처럼 잠영한 그는 죽립인 무리의 중심부에 다다라 다시 수면 위로 솟구쳐 올랐다.

휘리리리릭!

솟아오른 그는 청검과 황검을 양손에 각각 들고 풍차처럼 회전했다.

회전 검기가 사방으로 날아가며 검기의 궤적을 따라 물결이 거칠게 몸부림쳤다.

우우우웅!

마침내 수면이 회전을 하기 시작한다.

소용돌이!
주변의 사물을 모조리 빨아들이는 거대한 소용돌이가 장강에 형성된 것이었다.
"우우우!"
"피, 피해!"
죽립인들이 소용돌이에 빨려들지 않고자 필사적으로 몸부림쳤다. 그러나 그들이 소용돌이에서 탈출할 수는 있을지언정 수면을 가르는 사신의 칼날 앞에서 달아날 공간이란 애당초 없었다.
"아아아아! 바람의 검! 뇌전의 검! 풍—뇌—종—검!"
능파종이 사자후를 터뜨리며 쌍검을 수면으로 내리쳤다. 쌍검에서 뇌전이 번쩍이고 강풍이 휘몰아치며 천번지복의 폭발이 일어났다. 그 폭발은 소용돌이마저 일거에 소멸시켜 버렸다.
정적. 강물의 흐름마저 멈춘 것 같은 무거운 정적.
능파종은 그런 정적 속에서 수면을 저벅저벅 걸어 원래의 나무판 위에 올라섰다.
잠시 후 잘린 육질들이 수면 위로 하나둘 떠올랐다.
일격 몰살!
생존자는 아무도 없다.
능파종이 말했다.
"보았느냐?"
"……"

이번엔 능비가 바로 답을 못했다.

"보았느냐?"

능파종이 다시 물었다.

능비의 떨린 음성이 들려왔다.

"보았습니다, 당신의 모습을 분명히."

"응?"

답이 틀렸다.

능파종은 능비를 돌아봤다. 능비는 격정 어린 눈길로 능파
종을 쳐다보고 있었다.

"나도 그렇게 되고 싶습니다. 아니, 반드시 그렇게 될 겁니
다. 당신처럼……."

당신처럼…… 당신처럼…….

능비의 말이 메아리처럼 귀가에 맴돌았다.

능파종은 눈을 감았다. 그리고 속으로 다정히 말했다.

걱정 말아라, 능비야.

너는 당연히 그렇게 될 수 있단다.

너는 내 아들이니까.

나는 너의 아버지이니까.

한동안 침묵이 흘렀다. 나무판은 그동안에도 백 장 이상 하
류로 떠내려갔다. 그렇게 백 장 정도 더 떠내려갔을 무렵, 능비
가 침묵을 깨뜨렸다.

“사부님, 저기 또 옵니다!”

능파종은 눈을 떴다. 소선 이십여 척이 장강 상류에서 빠르게 흘러 내려오고 있었다. 소선에 승선한 대정맹의 무인들은 현재 활을 조준하고 있었다.

“능비는 수면 아래로 내려가라.”

나무판을 화살 공격의 방어물로 삼으라는 뜻이었다.

“사부님은?”

“핫핫! 내가 누구냐? 정파인들이 이름만 들어도 벌벌 떤다는 검마가 아니냐. 그런 내가 화살 따위를 두려워하여 몸을 숨긴다면 그간 내 칼을 죽은 정파의 고수들이 원통해서 환생하려 들 것이다.”

능파종의 말. 오만도 아니고, 만용도 아니다. 검마는 능히 그런 말을 할 자격이 있다.

투투투투투투투!

화살 공격이 시작됐다.

능비가 급히 나무판 아래 수면으로 몸을 피했다.

능파종은 이때 하늘을 새까맣게 뒤덮은 화살 비를 부릅뜬 눈으로 쳐다봤다. 그가 보인 방어 수법이라고는 신체 전면으로 날아오는 화살을 검으로 툭툭 쳐내는 동작뿐이었다.

일차 화살 공격이 끝났다. 나무판자는 박혀든 화살로 고슴도치가 되어 있었다. 물론 판자 위에 올라서 있는 능파종의 신체는 예외였다.

능파종은 소선 전열의 중앙을 노려보며 소리쳤다.

"천심호리! 내 목을 자르고 싶다면 유치한 장난은 그만두고 네가 직접 나와라!"

그 말에 유가양이 선두 소선의 뱃머리로 나왔다.

"흥! 나는 선우강처럼 무림 인생을 멋으로 즐기는 미학군자가 아니다. 강변은 봉쇄되었고, 네가 도강할 곳은 어디에도 없다. 굳이 내가 너와 위험한 대결을 펼칠 이유가 전혀 없다."

유가양의 주장이 잘못된 것은 아니었다. 현재 장강 강변은 대정맹의 무인들로 총집결되어 있어 육로로는 탈출로가 없다고 할 수 있는 상황이었다.

다만 유가양이 모르는 사안이 있다면 능파종이 왜 굳이 추적이 용이한 장강으로 탈출로를 잡았느냐는 것이다. 대륙의 산야로 스며들었다면 적어도 지금보다는 수월하게 활로를 뚫었을 것인데 말이다.

능파종은 유가양의 후방을 문득 주시하며 의미심장한 말을 던졌다.

"천심호리, 나이를 먹더니 용맹뿐만 아니라 대가리도 녹이 슬었구나. 누가 도강을 한다고 하더냐?"

음성은 크지 않지만 말에 담긴 능파종의 묘한 분위기는 고스란히 전달됐다. 유가양은 낯을 찡그리며 물었다.

"무슨 뜻이냐? 도강을 하지 않는다니?"

"후후후."

능파종은 대답 대신 쌍검을 하늘로 세웠다. 유가양을 비롯한 대정맹의 무인들이 즉각 전투태세에 들어갔다. 검마의 공격에 대비한 것이지만, 기실 그들이 그렇게 전투에 돌입할 필요는 없었다. 쌍검을 세운 능파종의 동작은 전투 목적이 아닌, 신호의 의미로 보인 것이었다.

신호가 무엇인지는 바로 밝혀졌다.

콰아! 콰아아아아!

장강 상류.

유가양의 소선 전열 후방에서 묵색의 쾌속선이 엄청난 속도로 내려왔다. 그것은 유가양의 소선보다 다섯 배는 훨씬 더 컸는데, 그 쾌속선의 상단에는 '흑(黑)' 자가 적힌 붉은 깃발이 펄럭이고 있었다.

누군가 소리쳤다.

"마도전함이다! 흑마선(黑魔船)이 장강에 나타났다!"

마도전함 흑마선.

마도시대 당시 황하와 장강을 지배했던 마도련의 전투함이다. 정천거사 이후로 흑마선은 전부 파괴되었다고 알려져 있었다.

쿠지지직! 쿠지지직!

흑마선이 소선 전열을 관통하고 능파종이 있는 곳까지 내려오자 능파종은 능비를 안아 들고 흑마선으로 뛰어올랐다. 갑판에는 아무도 보이지 않았다. 유령선 같은 을씨년스런 분위기가 선상에 휘돌고 있었다.

"검마, 이놈! 이제 보니 탈출로를 장강으로 잡은 게로구나!"

유가양의 음성이 들려왔다. 능파종은 답해줄 이유가 없기에 등을 돌렸다.

"착각하지 마라, 이놈! 그런다고 오늘 네놈이 살아서 빠져나 갈 수 있을 것 같으냐!"

이번 말은 의미가 달랐다. 다시 말해 유가양에게도 숨겨둔 한 수가 있다는 뜻이었다.

능파종은 갑판 끝으로 나아가 유가양의 소선을 쳐다봤다. 거리가 한참 멀어졌지만 그의 안력은 유가양의 표정 변화까지 도 알아낼 수 있었다.

"총단에서 네 목을 자를 지옥사자들을 보냈다. 장담하건대, 너는 그들의 얼굴만 보아도 오금이 저릴 것이다."

듣고 있자니 너무 광망하다. 능파종은 조소를 지어 보이며 말했다.

"내가 오금을 저린다고? 좋아, 그러면 지금 그들을 불러봐. 어떤 놈들인지 나도 궁금해 미칠 지경이니까."

답을 바란 물음이 아니다. 유가양을 놀려준다는 의미에서 내뱉은 말이었다. 그런데 그 대답이 바로 들려왔다, 그것도 유 가양의 입이 아닌 다른 사람의 입에서.

"검마! 삼 년 만이로구나!"

북쪽 강변에서 팔 척 장신의 황의인이 수면을 밟고 달려왔 다. 거리는 무려 이백 장. 화경의 경지에 오른 무인이 아니고 선 엄두도 못 낼 일이다.

"그동안 용케 잘도 피해 다녔지만 이젠 그런 천운도 끝이다. 내 오늘은 반드시 검왕의 이름으로 검마의 목을 자르겠노라!"

“후후! 아니 될 말씀. 검마는 나 창왕의 몫이외다!”

수면을 내달리는 무인은 황의인 하나만이 아니었다. 황의인의 출현 이후로 청의인과 금의인이 강북 방면의 강변에서 각각 수상비로 달려오고 있었다.

“하아아압!”

삼 인은 바로 행동에 들어갔다. 가장 먼저 무력을 발휘한 이는 앞서 달려온 황의인이었다. 황의인은 흑마선을 사십 장 앞둔 거리에서 허공으로 뛰어올라 오른손을 활짝 내밀었다.

쾌아아!

펼쳐진 손바닥에서 강풍이 불었다.

극한의 경지에 이른 장풍.

장풍은 일직선으로 유형화되어 흑마선을 그대로 강타했다.

쿠아앙!

흑마선이 통째로 흔들리며 장풍이 지나간 갑판의 돛대는 모조리 박살이 나버렸다.

“호오, 풍심장법! 과연 권왕이로다!”

황의인 다음에는 금의인이 무력을 발휘했다. 금의인은 육 척의 장창을 손에 들고 있었는데, 말과 함께 그 창을 길게 잡고 흑마선을 향해 내던졌다.

쑤우우우욱!

장창은 수면과 접점을 이룬 채 화살처럼 나아가 흑마선 하단에 박혔다.

쾌아앙!

폭음과 함께 흑마선의 선미가 크게 기울었다. 충격파도 대단하여 흑마선 주변으로 거대한 파도가 형성됐다. 폭음 이후로 흑마선은 운행을 멈췄다.

침몰 직전의 모습.

흑마선 하단에 큰 구멍이 뚫린 것이다.

흑마선의 최후는 청의인이 장식했다. 청의인은 흑마선의 운행이 중단되던 그 순간, 푸른빛이 휘도는 검을 허리 뒤로 돌려 길게 휘둘렀다.

카아아아아아악!

검날 형상 그대로의 검기가 흑마선으로 날아갔다. 푸른 빛으로 유형화되었으니 검기가 아닌 검강이라고 해야 하리라.

쿠아아아아앙!

세 번째 폭음.

이 폭음과 동시에 흑마선의 중앙이 쩍 갈라졌다.

"와아아아! 대정삼왕 만세! 만세!"

기공 발휘의 거리가 무려 사십 장이다. 삼 인의 가공할 무력 발휘에 소선에 타고 있던 대정맹의 무인들이 일제히 환성을 토했다. 강변에서 이 상황을 지켜보던 다른 무인들도 환호를 보내기는 마찬가지였다.

능파종은 이런 분위기에서 당연히 예외였다. 그는 전에 없이 심각한 얼굴로 삼 인을 쳐다보고 있었다. 능비가 몇 번이나 삼 인의 정체를 물었지만 그는 아무런 대답을 하지 않았다.

"사부님, 배가 침몰합니다. 어서 탈출해야 합니다!"

능비가 사안을 바꾸어 말했다. 능파종은 그제야 능비를 돌아봤다. 능비의 얼굴엔 초조함이 역력했다. 두려워하는 기색도 비쳤다. 그는 진중히 생각해 보았다. 능비를 안정시키자면 어떤 말을 해주어야 할까?

"비야, 여기서 탈출하고 싶으냐?"

그는 담담한 음성으로 물었다. 뇌리는 불안으로 고동치거늘 이상하게도 가슴은 차분히 진정되고 있었다.

"네."

"탈출을 하면 무엇을 할 생각이냐?"

"그건……"

능비는 말을 잇지 못했다.

무엇을 할 것인가.

추상적인 질문이다.

능파종은 흑마선을 파괴시킨 삼 인을 가리키며 말했다.

"저들은 정파의 수호신이라 불리는 대정삼왕이다. 저들은 대정맹주도 마음대로 하지 못할 정도로 무력이 강하다. 전날 마도의 내로라하는 고수들이 바로 저들의 도검 아래 무참히 삶을 마쳤다. 어떠냐, 능비야? 여기서 탈출한다면 너는 후일 저들과 싸워서 이겨낼 자신이 있느냐?"

"삼왕의 무력은 문제가 아닙니다. 저는 제 앞에 계신 분의 능력을 믿을 뿐입니다."

능비가 돌려 말했다. 능파종은 깊은 눈으로 그런 능비를 응시했다. 그 순간 그의 가슴속으로 뜨겁게 파고드는 느낌이 있었다. 그는 이제 자신이 어떤 결정을 내려야 옳은지 알 수 있었다.

'그래, 이건 나의 숙명이야.'

마도의 사명을 완수하고 난 후로 그는 한동안 방황의 시간을 보냈다. 팽팽하게 잡아당기던 끈이 끊겨 버린 심정인데, 그는 그래서 초심의 각오로 삶을 되돌아보고, 또 앞으로의 삶에 대해 바른 진로를 잡고자 중경을 찾았다.

중경의 연, 초혜와 능비.

그는 그곳에서 마도의 사명보다 더 중요한 삶이 무엇이었는지 알게 됐다.

'초혜, 고맙소. 나를 잊지 않아주어서……. 당신이 아니었다면 나는 검마로서만 삶을 다했을 것이오.'

검마의 삶은 그의 참된 삶이 아니었다. 그 삶은 사우적에게 강요된 삶이며, 마도의 사명에 종속된 검귀의 삶이었다. 그는 이제 마도의 호법사자 검마가 아닌, 초혜를 만나고자 중경의 서점을 번질나게 들락거리던 청년, 능파종의 삶을 살길 원한다. 후회 같은 것은 없다. 하루를 살더라도, 아니, 단 일각을 더 살더라도 이 삶의 가치를 부정하며 살 수는 없다.

"비야, 나는 너의 미래를 믿겠다."

능파종은 모호하게 말하며 뒤돌아섰다. 능비가 뜻을 물어볼 틈은 없었다. 그는 돌아선 이후로 마치 준비된 듯 탈출 작전을 진행시켰다.

"해량! 지금 거기에 있느냐?"

“네, 주군!”

그가 갑판 아래를 보며 소리치자 중년 사내가 갑판 아래층에서 급하게 뛰어올라 왔다. 해량이라 불린 중년인은 상반신을 탈의하고 있었는데, 드러난 상체의 모습이 돌고래를 보는 듯 매끄럽기 그지없었다.

“해량, 지금 즉시 이 아이를 소마선에 태워 백마총으로 떠나라.”

소마선은 흑마선에 큰 문제가 발생했을 때 사용되는 탈출용 구명정이다. 문제라면 소마선이 이인용이며 하나밖에 없다는 것이다.

“혼자 말입니까? 하면 주군은?”

“나는 가지 않는다. 아니, 갈 수 없다.”

능파종의 말에 능비와 해량이 동시에 소리쳤다.

“주군, 그건 안 됩니다!”

“안 돼요, 사부님!”

하나 능파종은 이미 결심을 굳혔다.

“저들의 표적은 나다. 나까지 탈출한다면 저들은 장강의 물을 몽땅 퍼내서라도 추적을 해올 것이다. 내가 남아야 한다. 또한 내가 남아서 저들과 싸워 능비가 무사히 탈출할 수 있는 시간을 벌어주어야 한다.”

“주군, 다시 한 번 생각해 주십시오! 주군께선 백마총으로 가셔야 합니다.”

해량이 바닥에 머리를 박으며 간절히 말했다.

"아니. 난 가지 않는다. 백마총은 나 대신 저 아이가 들어가
게 될 것이다."

"아아, 주군!"

능파종의 단호한 성향을 누구보다 잘 아는 해량이다. 해량
은 떨리는 눈으로 능비를 건너다보며 물었다.

"저분이 그렇게 소중합니까?"

"소중하다. 너무 소중해서 바라보기만 해도 내 가슴이 탄
다."

"마도련주의 유명을 어기는 일입니다. 그래도 괜찮으십니
까?"

"상관없다. 내게 있어 저 아이의 삶은 마도의 어떤 사명보다
도 존귀하다."

"주군의 뜻이 그러하다면 알겠습니다. 제가 책임지고 저분
을 탈출시키겠습니다."

해량이 충혈된 눈으로 일어났다. 일어난 해량은 능비의 손
목을 강제로 잡고 갑판 중앙으로 뛰어갔다. 능비가 빠져나오
고자 악을 썼지만 해량은 결코 풀어주지 않았다. 주군만큼 일
의 결단이 확실한 해량이었다.

쿠쿵!

해량이 갑판 중앙의 장대를 이리저리 돌리자 바닥에서 항아
리 모양의 소선 한 척이 올라왔다. 해량은 능비를 소마선에 강
제로 태웠다. 소마선의 뚜껑을 닫으려고 하자 능비가 필사적
으로 거부했다.

“싫어! 난 혼자 가지 않아! 혼자 갈 바엔 차라리 여기에서 혀를 물고 죽어버리겠어! 어떻게… 어떻게 만났는데……."

해량이 문득 동작을 멈추었다. 능비의 눈에서 눈물이 줄줄 흐르고 있었다. 그 눈, 그 슬픈 눈물이 해량의 결단까지도 막아버리고 있었다.

“바보 같은 놈!"

능파종이 능비의 앞으로 나섰다.

“한 사람은 남고 한 사람은 떠나야 한다. 그 경우, 남는 이가 내가 되어야 한다는 것을 네가 어찌 모르느냐. 감정에 취해 살아갈 나약한 인생이라면 지금 모든 것을 포기해라. 내가 직접 너의 목을 잘라 현 상황을 깨끗이 정리하겠다."

“아아아아!"

능비는 반박을 못했다. 그저 눈물만 뚝뚝 흘러내렸다.

“백마총으로 가거라. 그곳에 가면 마종검문의 전부를 담은 백두석상이 있다. 백두검으로 그것의 비밀을 풀 수 있으니 너는 수련 또 수련하여 검마의 삶을 부활시켜라. 이는 이 사부가 너에게 전하는 마지막 사명이다."

능파종은 엄히 말한 다음 백두검을 능비 앞에 던져 놓고 뒤돌아 갑판으로 걸어갔다.

갑판에는 강물이 넘쳐흘러 침몰 직전이었다. 능파종은 강물이 무릎까지 차오른 모습으로 갑판 끝에 자리했다.

“사부님, 사부님!"

등 뒤에서 능비의 애타는 음성이 들려왔다. 그는 뒤돌아보

지 않았다. 지금 돌아보면 나약한 모습을 아들에게 보여줄 것
만 같았다.

침몰이 빠르게 진행되어 이젠 뱃머리 부분만이 간신히 수면
위에 남았다. 그때 능비의 음성이 다시 들려왔다. 이번엔 이전
보다 더 멀리서 들려오고 있었다.

"알겠습니다. 가겠습니다. 당신이 원하신다면 그렇게 하겠
습니다. 하지만 이 말만은 하고 떠나야겠습니다. 어머니가 그
러했듯 나는 지난 세월 당신을 줄곧 기다렸습니다. 당신을 원
망하지 않았으며 당신이 돌아올 것임을 한 번도 의심하지 않
았습니다."

능비의 말.

분위기도 다르고, 어투도 다르다.

능파종은 그만 가슴이 벅차올랐다.

"이제 저는 갑니다. 짧은 만남이었지만 당신과 함께 보낸 그
시간은 저의 기억에 영원토록 남아 있을 것입니다. 참, 이 말을
안 했군요. 고맙습니다, 아버지. 감사합니다, 아버지. 내게 다
시 돌아와 주어서…… 어머니를 잊지 않아주셔서……."

아버지, 아버지라고 그랬다.

능파종은 뒤로 확 돌아섰다.

십 장 너머의 수면.

능비가 소마선 끝에 올라 절을 올리고 있었다.

그는 타는 심정으로 능비를 바라봤다.

감정을 전함에 이제 더 이상 말은 필요없다.

　오가는 눈빛 속에 서로의 뜻이 전달된다.

　―알고 있었더냐?
　―물론입니다. 어머니의 유일한 즐거움은 아버지를 추억하며 인물화를 그리는 것이었습니다. 스무 살의 당신 모습, 서른 살의 당신 모습, 마흔 살의 당신 모습. 어머니가 남긴 그림은 지금의 당신 모습과 완벽하게 일치했습니다.
　―아아!
　―또한 어머니가 남긴 그림이 없었다고 하여 당신을 내가 어찌 모를 수 있겠습니까. 당신을 보면 내 가슴은 마냥 흥분으로 고동칩니다. 어머니의 무덤에서 잠든 당신을 발견했을 때도 그랬습니다. 그때 난 당신이 내 아버지임을 바로 알았습니다.

　능비가 옥합 속에 모아둔 인물화를 꺼내 강물 위로 던졌다. 그림 수십 장이 수면 위로 눈꽃처럼 휘날렸다. 그것을 본 능파종은 기분 좋게 웃으며 뒤돌아섰다. 배는 완전히 침몰했고, 이제 더는 뒤돌아보지 않을 것이다. 결심을 굳힌 그는 전방의 적을 노려봤다. 삼왕이 소선 전단을 앞세워 총공격에 나서고 있었다. 그는 수면에 우뚝 서서 한 손을 하늘로 들었다.

　"이것은 검마의 삶을 정리하는 인사가 아니다. 마도무림이 존재하는 한 검마는 결코 죽지 않는다. 구검이 가면 신검이 출현함이니, 이제 아들은 아버지가 되고 아버지는 아들이 되리라!"

츄츄츄츄츄츄!
칠종검이 전부 푸른 하늘로 날아갔다.
검마 능파종이 무림 인생 끝에서 발휘하는 비전 검공!
칠종비류산검!
이 검은 능비를 위한 검이다.
이 싸움은 마도의 새 희망을 열어주는 전투이다.
퇴각은 없다.
항복도 없다.
그는 목이 잘릴 때까지 전방의 적과 맞서 싸울 것이다.

第六章

사왕 악해랑

魔道宗師
마도종사

검마 척살!

늦더위가 기승을 부리던 구월의 첫날, 대정맹이 검마 척살을 강호에 공식적으로 알렸다. 이 소식을 접한 정파인들은 이제 더는 대정맹의 천하를 위협할 존재가 없다며 환영의 축배를 들었다.

그러나 그들의 거창한 연회와는 다르게 저자의 분위기는 아주 침울했다. 상점은 일찍 문을 닫았고, 거리의 행인들은 굳은 얼굴로 침묵의 행보를 하였다. 검마는 정파 독재에 맞선 이 시대의 마지막 영웅이었다. 그런 검마가 사라진 강호는 민중들에게 의기의 열망이 꺾인 세상이 되어버린 것과 같았다. 구중 궁궐에서 황금빛 잔으로 축배를 드는 그들만 이런 사실을 모를 뿐이었다.

물론 축배에서 예외인 정파인들도 상당수 되었다. 그들은 정파 권력의 이선으로 물러난 독고선의 조직원일 수도 있고, 대정맹의 독재를 진정으로 염려하는 참된 정파인들일 수도 있다.

그리고 마도와는 뼈에 사무치는 원한을 맺어 아직은 축배를 들 수 없는 정파인들도 있었다. 검마의 실수에 아비를 잃은 선우환이 바로 그런 경우였다.

선우환은 정파인들이 축배를 들던 그때, 아비의 인두를 가슴에 안고 화천 강변으로 나갔다. 그는 그곳에서 지는 해를 보며 울음없는 눈물을 하염없이 흘려냈다.

그는 부친의 죽음을 쉽사리 받아들일 수 없었다. 그가 알고 있던 아버지는 이렇게 유언 한마디 남기지 않고 떠날 무인이 아니었다. 아버지의 무력은 남들이 알던 그 이상으로 강했다. 중경의 지역민들이 용호방주와 아버지를 자주 비교하지만 그건 뭘 몰라도 한참 모르는 비교였다. 아버지는 가문의 절학 조화선법을 극성에 가깝게 성취했다. 그런 성취는 조화선법을 창조한 오대 조사 이후로 선우세가의 역사에서 전례가 없었다. 용호방주 같은 위인은 아버지가 백 초를 접어주고도 능히 상대할 수 있었다.

패인을 굳이 따지자면 하나밖에 없었다. 중경미학이란 별호처럼 독하지 않은 유순한 성격이 검마와의 승패에 큰 영향을 끼쳤다는 것이다.

"어찌, 어찌 그리 못나셨습니까. 합공을 한들 무슨 잘못이 있습니까. 기습을 한들 또 어떻습니까. 검마를 죽일 수만 있다면 그런 것은 아무런 문제가 되지 않습니다. 아니, 아버지를 잃고 살아가야 할 가족을 조금이라도 생각했다면 중경미학이란 별호를 그 순간엔 버려야 했습니다. 내 말이 틀렸습니까? 말해 보십시오!"

선우환은 아버지의 인두를 눈앞에 들고 소리쳤다. 아버지는 목이 잘린 이 순간에도 인자한 표정을 보이고 있었다.

"으흑흑흑흑."

선우환은 참고 참았던 울음을 터뜨리며 바닥에 무릎을 꿇었다. 시간이 흘렀고, 강물은 어둠으로 뒤덮였다. 그는 어둠 속에서 통곡을 하기 시작했다.

중경미학이라 불리는 아버지가 진정 자랑스러웠다. 아버지는 권력자의 주변을 맴도는 여느 정파 실권자들과 달랐다. 아버지는 살생을 함부로 하지 않았으며 권력을 자신의 치적에 사용하지도 않았다. 그래서 그는 아버지가 더욱 좋고, 더욱 존경스러웠다.

하지만 이제 그 모든 존경과 자랑스러움은 헛된 것이 되고 말았다. 돌이켜 생각해 보면 그건 배부른 자의 생색에 지나지 않았다.

"난 그렇게 살지 않겠습니다. 나는 이제부터 독하게, 또 독하게 살겠습니다. 그리하여 당신이 감히 도전 못한 자리, 도전할 생각도 없었던 자리, 거기까지 올라가고 말겠습니다. 그땐 중경일황의 가문만 남지, 중경미학의 가문이란 말은 영원히 사라질 것입니다.”

새아침의 일출이 시작될 무렵, 선우환은 자리에서 일어나 선우세가의 일족들이 모인 강변으로 향했다. 그는 그곳에서 아버지의 인두를 전한 다음 장강에 정박 중인 배에 홀로 승선했다.

배가 출항할 때 그가 가족에게 전한 말은 안부의 인사가 아니었다. 그는 두 가지 약속의 말만 하였다.

“나는 마도의 씨를 완전히 말려 버릴 것입니다. 또한 나는 무림일황이라 불리기 전에는 중경으로 돌아오지 않을 것입니다.”

누구는 배를 타고 떠나고 누구는 또 배에서 내려 찾아간다.

선우환의 인생과 대립되는 삶을 살아온 능비는 그 시각, 호북성 적벽 포구에 하선하고 있었다.

*   *   *

호북성 적벽 포구.

이른 아침의 장강이었다. 항아리 모양의 소선 한 척이 일출로 물든 물결을 가르며 적벽 포구에 선착했다. 능비를 태워 여기까지 내려온 소마선이었다.

“소주, 내리십시오.”

해량이 소마선의 닫힌 상판을 열고 말했다. 능비는 소마선 안쪽 가장 깊숙한 구석에 죄인처럼 웅크려 앉아 있었다.

"소주, 갈 길이 멉니다. 어서 내리십시오."

해량이 한 번 더 하선을 말하자 능비가 그제야 고개를 들었다. 능비의 눈은 눈물이 맺혀 퉁퉁 부어 있었다. 해량은 그 눈을 잠깐 마주 보곤 조용히 등을 돌렸다.

능비는 여기까지 오는 내내 슬픔에 잠겨 있었다. 슬픔을 표현하는 그의 방식은 조금 남달랐다. 아이처럼 엉엉 울지도 않았고, 절규하듯 통곡을 하지도 않았다. 그는 낮고 음울한 울음을 한밤 내내 끊어질 듯, 끊어질 듯 이어갔다. 듣는 이의 심정에 따라서 청승맞은 울음이라 여겨질 수도 있고, 한이 맺힌 오싹한 울음이라고 느껴질 수도 있었다.

지난밤 그 울음을 줄곧 접한 해량에겐 그 두 가지를 합친 감정과 더불어 하나의 느낌이 더 추가되어서 들려왔다. 능비가 울음 속에 자신의 복수 감정을 꾹꾹 눌러 담았다는 것이다.

기실, 해량은 중경의 장강을 탈출한 후로 내내 슬프게 울어대는 능비의 모습에 적잖게 실망했다. 능비는 검마가 목숨을 버려가며 살린 아들이다. 아비를 잃은 비탄한 심정을 모르는 것은 아니지만 그럴수록 검마의 아들답게 복수의 삶에 적극 나서는 독종의 모습을 보여주어야 마땅하다는 생각에서였다.

모를 일이라면, 해량의 그 실망감이 기대감으로 변하게 된 것도 역시 능비의 바로 그 울음 때문이란 것이었다. 처음엔 그저 열여섯 소년의 청승맞은 울음이라고만 생각했는데 자꾸 듣고 보니 그게 등골이 오싹해지는 한 맺힌 울음으로 변해 들려왔다. 그리고 나중에는 능비가 현재 자신의 감정을 가슴에 꾹꾹 눌러 담으며 울고 있다는 것을 깨닫게 됐다.

능비가 어떤 삶을 살아왔는지 해량은 모른다. 부자 관계로 연결된 능비와 검마의 연에 대해서도 잘 모른다. 다만 해량은 한 가지는 알 수 있었다. 능비가 가슴에 눌러 담은 이 슬픔은, 그것이 피의 복수이든 복수를 인내로 승화한 초인의 탄생이든 미래의 무림 구도에 큰 영향을 끼치게 될 것이라는 사실이었다.

"소주, 힘들겠지만 이겨내셔야 합니다. 대정맹이 소주를 잡고자 천하에 비상을 걸었을 겁니다. 여긴 호북입니다. 만약 호북에서 천라지령이 걸리면 그땐 무당파가 출동합니다."

해량이 선착장에 올라서서 상황을 설명했다.

잠시 후, 어느 정도 감정을 추스른 능비가 소마선에서 빠져나왔다. 해량은 그 즉시 화섭자에 불을 붙여 소마선에 내던졌다. 소마선이 전소되자 해량은 선착장의 입구를 향해 손을 흔들었다. 사두마차가 그곳에서 달려왔다. 마차 안에는 후덕한 인상의 중년 남녀가 앉아 있었는데, 사전에 모의된 듯 그들은 해량과 짧은 눈인사를 하고는 중간의 좌석을 뒤로 젖혔다. 사람 하나가 겨우 앉을 좁은 공간이 그곳에 있었다.

"소주, 불편하시더라도 대정맹의 강남 방어선을 빠져나가기 전까지 이곳에 숨어 계십시오."

해량의 말. 그다음의 설명은 불필요했다. 능비는 그 말을 들은 즉시 그곳에 들어가 무릎을 굽혀 앉았다. 말은 한마디도 하지 않았다. 해량이 요깃거리를 건네주었지만 그것마저도 눈빛으로 거절해 버리고 곧바로 무릎 사이에 고개를 파묻었다.

"하, 그것참."

해량은 낮게 탄식하곤 마부석에 올랐다.

마차가 달리기 시작했다.

목적지는 마도의 성지이자 대륙 남단의 명산인 십만대산이었다.

마차는 오 일 동안 남쪽으로 줄곧 달렸다. 관도를 피한 길로 달렸기에 승차감이 극히 안 좋았다. 어떤 지역에서는 마차의 바퀴가 빠져나갈 정도로 길이 험했다. 중년의 부부는 그간 몇 번이나 멀미 증상을 호소하며 마차 밖으로 토악질을 해댔다.

그들의 상태가 그 정도였으니 마차의 구석에 짐짝처럼 처박힌 능비의 상태는 해량이 굳이 눈으로 확인하지 않아도 훤했다. 하지만 능비는 여정 중에 한 번도 앓는 소리를 하지 않았다. 해량이 너무 걱정되어 마차를 멈추면 '난 괜찮으니 계속 가주세요' 란 말로 오히려 여정을 재촉했다.

지독한 고집이자 극한의 인내심.

과연 검마의 아들은 뭐가 달라도 달랐다.

해량은 그런 심정으로 마차를 계속 몰았다. 그 덕분에 마차는 예상 일정보다 한나절이나 더 빨리 십만대산 인근에 도착할 수 있었다.

십만대산은 예전 마도의 성지로 불린 곳이다. 천마교, 대중림, 소요파 등 역대의 무림을 빛낸 마도 무파들이 바로 이곳에서 뿌리를 내려 대륙의 중심으로 진출했다.

현재는 지역민이 아니고서는 어느 누구도 십만대산으로 들어갈 수 없다. 정천거사 이후로 대정맹이 혹시 모를 마도의 부흥을 원천봉쇄하고자 정파연합사단을 이곳에 주둔시켜 버린 것이다.

능비를 태운 마차는 십만대산의 오십 리 밖에서 운행을 중단했다. 이십 리만 더 나아가면 정파연합사단이 주둔한 곳인데, 중년 부부의 하차와 더불어 능비도 마차 구석에서 빠져나왔다. 그간 간간이 건네준 물과 육포 이외에 아무것도 먹지 않은 탓에 능비의 몰골은 앙상하기 그지없었다.

그런 육체 상태로 보행이 잘될 리가 없다.

능비는 마차에서 내린 즉시 휘청대며 바닥에 쓰러졌다.

"소주!"

해량이 뛰어가 능비를 얼른 부축했다.

간신히 일어난 능비는 해량을 똑바로 주시하며 말했다.

"앞으론 이러지 마십시오. 저를 또다시 비참하게 만든다면 그땐 해량 아저씨를 제 기억에서 영원히 지우겠습니다."

"으음."

해량은 떨떠름한 얼굴이 되어 뒤로 물러섰다. 심정이야 잘 알겠지만 도무지 이해가 안 되는 능비의 말이었다. 부축 한 번 해준 것을 비참하게 받아들인다면 사람들이 어울려 살아가는 앞으로의 강호 생활은 대체 어떻게 한단 말인가.

해량의 그런 심정도 모르고 능비는 한술 더 떴다.

"이제 무엇을 해야 하지요? 제가 도울 일이 있다면 말씀해 주십시오."

해량은 실소를 터뜨렸다.

"허! 제대로 서 있지도 못하면서 뭘 하겠다고……. 백마총에 당도하기까지 소주께서 할 일은 없습니다. 그냥 노신을 믿고 따라오시기만 합니다. 일은 제가 다 알아서 처리합니다."

해량은 말과 함께 마차의 중년 남녀에게 눈짓을 해 보였다. 그러자 중년 남녀가 마차를 직접 몰아 자리를 떴다. 마차가 달려간 전방에서는 지역민으로 보이는 촌노가 황소를 앞세운 수레를 몰고 오고 있었다.

"워워, 워워."

해량의 앞에서 수레가 멈추었다. 마차로 이동할 때도 그랬듯 이번의 수레 이동 역시 사전에 모의된 일이었다. 촌노는 황소 고삐를 해량에게 건네주고는 조용히 현장을 떠났다.

"자, 우리도 갑시다."

해량이 수레의 마부석에 올라앉자 능비도 다른 말 없이 수레의 뒷자리에 조용히 걸터앉았다.

따각따각.

수레는 한동안 천천히 움직여 나갔다.

하늘은 맑고 주변의 산골 경치는 안락하다.

해량은 조금은 편해진 심정으로 뒤를 돌아봤다. 능비는 북쪽 방면을 망연히 바라보고 있었다. 혼자 내버려 두면 다시 암울한 슬픔에 빠질지도 모른다는 걱정에 해량은 대화를 유도했다.

"소주, 무엇을 그렇게 깊이 생각하십니까?"

그의 걱정과는 다르게 능비의 대답은 바로 들려왔다.

"북쪽을 보며 장강을 내 가슴에 담았습니다."

"장강?"

"네. 장강이 마르지 않듯 내 가슴에 담은 장강도 내 삶을 다할 때까지 그렇게 흐를 것입니다."

장강을 가슴에 담는다.

말은 좋다. 하지만 해량이 듣기엔 너무 은유적이다. 장강의 사건을 기억하겠다는 뜻인 모양인데. 꼭 그렇게 에둘러서 비유할 필요가 있을까.

해량이 솔직한 심정으로 말했다.

"우린 어려운 말 모릅니다. 다짐이 복수라면 그냥 가슴에 담긴 심정 그대로 쉽게 말씀하십시오. 그게 더 마도 인생답습니다. 저 같으면 그런 경우, 그 새끼들을 모조리 용궁에 보내 버리고 말겠다, 이렇게 말했을 것입니다."

"……."

능비가 잠깐 생각에 잠겼다. 그러더니 해량에게 정중히 포권하며 말했다.

"듣고 보니 그렇군요. 그럼 수정하겠습니다. 오늘부로 용궁은 저에게 접수되었습니다. 강호는 이제부터 용궁이 곧 지옥임을 알게 될 것입니다."

용궁으로 보내라고 했더니 아예 용궁을 접수한단다. 해량으로선 생각도 못할 어휘력이다. 물론 그리 거북스럽게 들리진 않았다. 되새겨 보자니 의미도 괜찮고 어감도 아주 좋다. 나중에 해량 자신도 한번 써먹어 보고 싶다는 생각이 들 정도다.

"후후."

해량은 흐뭇하게 웃으며 시선을 전방으로 돌렸다. 용궁으로 보내든 용궁을 접수하든 아무튼 걱정은 기우인 듯했다. 능비는 이제 슬픔을 떨치고 나온 모습이다.

"참, 어떤 분이시죠?"

이번엔 능비가 먼저 물어왔다.

"누구 말입니까?"

물음의 뜻이 모호해 해량이 고개를 다시 뒤로 돌렸다.

"제 앞에 계신 분 말입니다. 어떤 분이십니까? 예전 마도련에서 활동하던 분이십니까?"

해량은 피식 웃으며 답했다.

"마도련이 어디 저같이 흉한 노물을 받아주는 곳입니까. 저는 마도련과는 상관이 없던 사람입니다. 뭐, 더 분명히 말하자면, 마도련과는 칼을 들고 만났던 사이라고 할 수 있지요."

"응?"

의외의 대답에 능비가 고개를 갸웃했다. 검마를 주인으로 모셨던 해량이다. 상식적으로는 당연히 마도의 무인이어야 하지 않겠는가.

"적이라면… 정도연맹의 소속이었단 말씀이십니까?"

"천만의 말씀. 그놈들은 노부의 원수이지요."

마도도 아니고 정파도 아니다. 그럼 대체 정체가 뭐란 말인가?

능비가 다시 물었다.

"마도인이 아니라면서 제 아버지와는 어찌 주종의 연을 맺게 되었습니까?"

"후후, 오래 살다 보면 이런 일도, 저런 일도 다 겪는 법이지요. 나중에 소주가 저와 탁주를 마실 나이가 되면 그때 술자리의 안주 삼아 그 연유를 말해드리지요."

해량이 대충 말하곤 전방으로 고개를 돌렸다.

능비는 이때 해량의 뒷모습을 의아스럽게 살펴봤다.

노신, 노물, 노부, 오래 살다 보면…….

해량의 겉모습은 많이 봐주어야 사십대 초반. 한데도 대화를 할 때마다 해량은 그런 용어를 자연스럽게 사용했다.

능비는 조심스럽게 물었다.

"저, 예의가 아니지만… 해량 아저씨의 연세를 물어봐도 되겠습니까?"

나이를 물어보자 해량이 껄껄 웃고는 되물었다.

"그래, 소주께서 보기엔 제 나이가 몇으로 보이십니까?"

"마흔 살."

"후후, 말만 들어도 피가 끓습니다. 제가 그 나이라면 당장 죽어도 소원이 없겠습니다."

“그럼 오십?”

“마흔이나 오십이나 무슨 차이가 있겠습니까? 더 올리십시오.”

능비가 잠깐 생각하고는 추정 나이를 확 올렸다.

“일흔.”

“일흔, 좋은 나이지요. 제가 그 나이라면 만사 제쳐 놓고 당장 새장가를 가겠습니다.”

능비의 인상이 구겨졌다. 이젠 추정해 보기도 싫다.

“여든.”

“이거야 원, 제가 그렇게 젊어 보이십니까?”

“아흔.”

“이왕 올리는 것 조금만 더 올리십시오.”

능비가 더는 참지 못하고 소리를 빽 질렀다.

“그럼 백! 백 살!”

“후후.”

해량이 그제야 고개를 끄덕였다.

능비는 마부석에 바짝 달라붙어 불신의 눈으로 해량을 살펴 봤다. 아무리 봐도 마흔을 넘긴 것 같지 않아 보였다.

“거짓말이시죠? 지금 제 기분을 풀어주시려고 농을 하신 거죠?”

“아니면 아닌 거지 구차하게 거짓말을 왜 합니까. 노복은 거짓말과는 평생 담을 쌓고 살았습니다.”

“거짓말이 아니라면 그게 말이 된다고 생각하세요? 사람이 어떻게 백 살까지 살아요? 아니, 백 살을 살면서 어떻게 해량 아저씨 같은 용모를 유지할 수 있어요?"

"……."

해량이 문득 수레를 멈추었다. 그러더니 능비를 가만히 돌아보며 말했다.

"사람이 아니니 그렇게 살지요. 노복은 무림에서 사람으로 대접받아 본 적이 한 번도 없었습니다."

사람으로 대접받아 본 적이 한 번도 없다.

해량의 그 말은 아주 모호하게 들려왔다. 언제, 어떻게, 무엇 때문에 그렇게 취급되었는지 능비로선 도무지 추론이 안 되었다. 그렇다고 꼬치꼬치 캐물어볼 입장도 안 되었다. 능비가 의문의 눈길을 던지자 해량은 피식 웃으며 이렇게 되물어버렸다.

"악귀로 살았던 과거사입니다. 노복의 추한 인생 따위엔 관심을 접으십시오. 노복은 그보다 마도의 호법사자를 아비로 두었던 소주의 과거가 더 궁금합니다. 소주께선 그간 어떻게 살아오셨는지요?"

과거사를 밝히기 싫기는 능비도 마찬가지. 능비는 해량의 물음에 입을 다물었고, 그 모습을 본 해량은 껄껄 웃으며 수레를 다시 몰고 나갔다.

느긋한 운행이 이어진 한 시진.

　수레는 어느덧 험준한 산맥이 병풍처럼 펼쳐져 있는 십만대산의 초입에 다다랐다. 능비는 십만대산의 웅장한 위용을 감탄스런 눈으로 둘러보며 침묵을 깼다.

　"우리가 가는 곳, 그러니까 백가총은 바로 저곳에 있나요?"

　"우리가 아니지요. 백마총엔 소주 홀로 들어가게 될 겁니다."

　의외의 대답.

　능비는 의문이 가득 담긴 눈으로 해량을 건너다보았다.

　"해량은 왜 같이 안 들어가죠?"

　"이전에 말했듯 노복은 마도련 소속도 아니며, 마도인의 신분도 아닙니다."

　"하나 해량 아저씨는 제 아버지와 깊은 연을 맺지 않았습니까?"

　"주군과의 연은 어디까지나 개인적인 일입니다. 노복이 백마총에 들어가면 아마도 큰 사단이 벌어질 겁니다. 마도인들은 노복을 짐승 보듯 대하니까요…… 으음."

　해량은 말을 중단하고 시선을 전방으로 돌렸다. 능비도 더는 깊이 물어볼 수가 없었다. 전방에 대화의 진행을 방해하는 일단의 무사 진영이 보이고 있었다.

　"저들은 대정맹의 강남연합 병력입니다. 백마총까지 가자면 저런 경비 진영을 적어도 두세 곳은 통과해야 합니다."

　능비는 해량이 가리킨 무인들을 살펴봤다. 숫자는 대략 열 명인데, 하나같이 강골의 체형에 눈빛이 형형했다.

"열 명 중에서 셋은 일급 수준의 무인들입니다. 문제가 발생할 경우 인근에 주둔한 오백 명의 이급 무인 병력과 오십 명의 일급 무인이 한 식경 안에 상황 발생지로 들이닥치게 될 겁니다."

중원의 변방을 집중 경비하는 대정맹의 무인들. 대정맹이 십만대산을 얼마나 중히 여기고 있는지 해량의 말에서 재차 확인된다. 능비는 적잖이 긴장된 심정으로 해량과 무인들을 연이어 돌아봤다.

"아, 그렇다고 걱정할 필요는 없습니다. 저딴 잔챙이들은 노복의 한주먹거리도 안 됩니다. 문제가 발생하면 노복이 뼈다귀 하나 남기지 않고 모조리 용궁으로 보내 버릴 것입니다."

병 주고 약 주듯 해량은 대정맹의 경비 진영을 대수롭지 않게 취급했다. 능비는 용궁이란 말에 실소하며 수레의 뒷자리로 물러났다. 이제 해량의 실체에 대해 더 한층 궁금증이 생긴다. 경비 무인들을 닭 보듯 여기는 해량. 대체 과거에 어떤 존재였기에 그런 자신감을 가질 수 있단 말인가.

"멈춰라! 신분을 밝히고 대동패를 보여라!"

경비 진영에 다다르자 사각턱의 흑의인이 수레의 앞을 막았다. 해량은 수레를 세워놓고 대동패를 꺼내 흑의인에게 건넸다. 대동패는 대정맹에서 발급한 것으로, 해당 지역의 촌민임을 증명하는 호패라고 할 수 있었다.

"이름 노막. 나이 마흔셋. 거주지는 풍귀곡 백화촌… 흐음, 백화촌민이라……."

　흑의인이 예리한 눈으로 대동패를 살펴볼 때 해량은 먼 산으로 시선을 돌려 침묵의 시간을 보냈다. 능비는 해량의 그런 모습을 보곤 내심 덜컥 걱정이 되었다. 저런 식으로 대처하면 문제가 안 생기려야 안 생길 수가 없었다. 아닌 말로, 검문을 무사통과하려면 때론 고분고분하게 응하고, 때론 능글맞게 대처해야 하지 않겠는가.

　"이봐, 노막! 지금 어딜 보고 있어? 수레에서 내려봐."

　과연 사단이 발생한다. 흑의인이 해량을 노려보곤 짜증을 토해냈다. 더 큰 문제라면 해량이 흑의인의 그 말까지 개소리로 취급하고 있다는 것이었다. 수레에서 내려오지 않았음은 물론이다.

　"뭐야, 이거? 야, 당장 안 내려와!"

　흑의인이 수레로 바짝 다가섰다. 분위기가 심상치 않자 다른 경비 무인들도 수레 앞으로 하나둘 걸어왔다.

　해량이 이윽고 무인들에게 시선을 돌렸다. 해량의 퀭한 눈빛. 사고 치기 직전의 분위기를 물씬 풍긴다.

　"어어?"

　무인들이 본능적으로 병장기에 손을 올렸다.

　"무사님들, 잠깐만요! 우리 백부는 말을 못해요! 가는귀도 먹어서 말을 잘 알아듣지 못해요."

　능비가 급히 나섰다. 능비는 수레에서 뛰어내려 경비 무인들에게 넙죽 허리를 숙였다.

　"응? 벙어리라고? 잘 알아듣지도 못한다고?"

　그 말에 경비 무인들이 병장기에 올렸던 손을 원래로 돌렸다. 능비가 다시 한 번 허리를 숙이곤 공손히 말했다.

　"네, 태어날 때부터 말을 못했던 불쌍한 분이세요. 그러니 무사님들께선 노여움을 푸세요. 대정맹 무사님들의 노고로 지역이 안정되었거늘, 저희가 어찌 검문 과정을 함부로 여길 수 있겠습니까."

　능비의 연이어진 말에 경비 무인들이 날카롭던 반응을 거두었다. 경비 무인들은 이제 해량은 무시한 채 능비를 주시했다.

　흑의인이 물었다.

　"참, 그런데 너는 또 누구냐? 대동패는 있느냐?"

　"저는 저분, 노막의 조카인데 아직 나이가 어려 대동패를 발급받지 못했습니다. 오륙 개월 전에도 무사님에게 같은 질문을 받았는데, 혹시 제가 기억나지 않습니까?"

　"응? 전에 내가?"

　"네. 이다음에 커서 대정맹의 무인이 되고 싶다고 말하니까 기특하다며 제 머리를 쓰다듬어 주셨지요. 무사님이 아니신가요? 제가 잘못 기억하고 있나요?"

　능비는 말을 하곤 고개를 갸웃했다. 아주 자연스러운 반응. 흑의인이 능비의 그런 모습을 쳐다보곤 그만 씩 웃었다.

　"아! 그렇군. 그러고 보니 안면이 있군. 그래, 너와 네 백부는 지금 어디를 다녀오는 길이지? 십만대산은 언제 또 벗어났던 거지?"

　검문 과정이 다시 시작되자 능비는 머뭇거림없이 해량을 돌아보곤 말했다.

"백부, 그거 주세요. 준비하신 것."

"으음."

해량이 뚱한 눈으로 능비를 쳐다봤다. 능비는 다른 말 없이 눈을 찡긋하곤 손을 내밀었다. 해량이 곧 마부석에서 작은 보따리를 꺼냈다. 보따리 안에는 술과 안주, 그리고 약간의 금전이 담겨 있었다.

"악적들로부터 십만대산을 지켜주시는 무사님들의 노고에 보답하고자 합니다. 변변찮지만 저희의 성의로 알고 받아주시면 감사하겠습니다."

능비가 보따리를 경비 무인들에게 건네자 경비 무인들의 안색이 이내 환해졌다. 이후의 검문 과정은 생략됐다. 경비 무인들은 길을 활짝 열어주었고, 수레는 십만대산 안으로 천천히 향했다. 흑의인은 이다음에 검문을 받으면 대정맹 강남칠조 조장 우차심을 거론해 통과하라는 조언까지 친절히 해주었다.

수레가 경비 진영을 한참 통과한 후에 해량이 마뜩찮은 어조로 중얼댔다.

"이거야 원, 여비를 강탈당한 것도 모자라 졸지에 벙어리에 귀머거리 신세가 되었군."

능비가 해량을 휙 흘겨봤다.

"흥! 그렇게 통과한 것을 다행인 줄 아십시오. 해량 아저씨가 전부 다 알아서 처리한다기에 저는 만반의 준비가 되어 있는지 알았어요. 한데 이건 뭐, 완전히 할 테면 해봐라 식의 무대처입니다. 그런 식으로 검문에 대처하고서야 우리가 어찌 백마총까지 무사히 갈 수 있겠어요?"

"잔챙이들 따위에게 고개를 숙일 필요는 없습니다. 문제가 발생하면 그냥 깨부수고 들어가면 됩니다."

"으음."

능비의 눈살이 찌푸려졌다. 우직하고 강인해 보였던 해량의 첫인상이 점점 안 좋게 변해간다. 뭐랄까, 오직 한길 인생이랄까. 단순 무식해 보이는 성향의 소유자로 느껴지고 있다.

"아무튼 다음 검문 과정에선 그렇게 대처하지 마세요. 그러다가 정말로 싸움이 벌어지면 어떡합니까?"

"그리되면 내겐 즐거움이고, 그놈들에겐 지독한 불운이 되겠지요."

"칫! 내가 말을 말아야지."

능비는 실망스럽다는 얼굴로 입을 다물었다.

해량의 무력 수준은 문제가 아니다. 문제는 그다음이다. 만약 해량이 경비 무인들을 도살하며 뚫고 나간다면 대정맹은 대대적인 조사에 나설 것이고, 그리되면 자칫 백마총의 소재까지도 드러날 수 있다.

능비의 생각은 거기까지 다다라 있는데 한 가지 잘못 판단한 점이 있다면 해량의 검문 돌파 방식이었다. 능비가 염려한 점을 해량이 모를 리 없었다. 다만 해량에겐 나름의 깔끔한 해결 방식이 있었다.

두 번째 검문 과정에서 그 방식이 무엇인지 드러났다.

“노막이 본명이야?”

“……”

“백화촌엔 언제부터 살았었지?”

“……”

“진짜 벙어리 맞아? 속이는 것 아냐? 저놈이 백부라면, 네 아버지는 지금 어디에 있지? 아비가 죽고 없다면 네 어미의 이름은 어떻게 되지? 아니, 그것보단 네놈의 족보를 지금 이 자리에서 읊어봐.”

“……”

강남육조의 조장 모두육은 이전의 칠조 조장 우차심보다 열 배는 더 까칠하게 검문했다. 경비 임무에 나름 충실히 한다고 할 수도 있는데, 그는 해량이 벙어리란 능비의 말을 듣고도 인적 사안까지 꼬치꼬치 캐물어댔다.

“으음.”

준비없이 검문에 개입한 능비이다 보니 거짓 답변을 하는 것도 한계가 있었다. 능비는 족보를 읊어보라는 모두육의 물음에 쓴 입맛을 다시며 수레에 올랐다. 오를 때 능비는 해량을 가리키며 퉁명스레 말했다.

“그건 이분에게 물어보세요.”

“벙어리라며?”

“뭐, 주먹이 오갈 때는 가끔 말을 하긴 해요.”

“주먹?”

모두육이 멈칫했다. 주먹이란 뜻을 뒤늦게 파악한 것이다.

모두육을 비롯한 강남육조의 경비 무인들이 병기를 뽑아 들고 수레를 포위했다.

"모두 멈춰."

해량이 짧은 말과 함께 마부석에서 일어섰다. 단지 일어섰을 뿐이거늘, 그 순간 경비 무인들이 전부 비틀댔다. 뒤에서 지켜본 능비까지도 신음을 흘러냈다. 여태껏 봐오던 해량의 모습이 아니었다. 태산이 벌떡 일어선 것 같은 기세가 해량의 전신에서 표출되고 있었다.

"쳐, 쳐라!"

모두육이 공격을 알리자 비틀대던 무인들이 와르르 달려들었다. 무인들의 칼날이 수레에서 내린 해량의 육체에 집단으로 쑤셔 박혔다. 비명을 기대했지만 그런 것은 없었다. 이 순간 해량은 핏물이 뚝뚝 흐르는 눈으로 무인들을 돌아보며 씩 웃고 있었다. 그 미소, 그 사악한 웃음. 무인들은 그만 혼이 달아난 얼굴이 되어버렸다.

"크크, 크크크, 영겁사왕의 이름으로 명하노니, 너희의 혼은 이제 본좌에게 영원히 종속되리라!"

해량의 입에서 마성이 흘러나왔다. 그와 동시에 눈이 아플 정도의 마기가 주변 공간을 휘돌았다. 무인들은 괴로운 신음을 흘리며 일제히 바닥에 무릎을 꿇었다. 이런 과정에서 예외는 오직 모두육뿐. 모두육은 입에서 피를 쏟아내며 비틀비틀 뒤로 물러났다.

모두육은 황급히 주변을 돌아보았다. 도망갈 방향을 찾는 것이다. 대적은 감히 꿈도 꾸지 못한다. 해량의 육체에 박힌 칼날이 부러진 것은 문제가 아니었다. 대상자의 심신을 마기로 제압하는 사공. 전날의 강호를 소름 돋게 하였던 바로 그 사악한 마공이 지금 이 자리에서 사용된 것이었다.

"우우! 사왕! 악마!"

모두육이 공포에 휩싸인 음성을 토하며 내달렸다. 해량의 혈안이 그런 모두육을 조용히 뒤쫓았다. 모두육이 칠팔 장을 달려갔을 무렵, 그가 짧게 말했다.

"멈춰."

"……."

달리던 동작 그대로 모두육이 멈췄다. 다시 해량의 명령이 이어졌다.

"돌아서."

"……."

모두육이 뒤돌아서자 해량이 손을 내밀었다. 그러자 모두육의 신체가 해량의 손 안으로 쭉 빨려왔다. 해량은 모두육의 목을 감아 잡은 채 말을 이었다. 이번의 말은 등 뒤의 능비에게 전한 것이었다.

"소주, 눈을 돌리십시오. 보기에 썩 좋은 장면이 아닙니다."

으드득.

말이 끝나자마자 모두육의 목이 꺾였다. 처참한 장면은 그 다음이었다. 모두육의 살점이 촛농처럼 녹기 시작하더니 살점 다음에는 뼈까지 녹아버렸다. 어느새 땅바닥엔 모두육의 유일한 흔적, 뇌수만이 남아 있었다.

해량은 흙으로 뇌수를 덮어버리고는 뒤돌아 수레 위로 올랐다. 경비 무인들이 몽롱한 얼굴로 바닥에 머리를 박았다. 해량은 그들을 내려다보며 무언가를 중얼댔다. 마기로 전달된 영겁사주혼법. 잠시 후 그들이 동시에 고개를 들고 소리쳤다.

"사왕의 명을 받드나이다. 우리는 지금의 기억을 영원히 잊겠습니다!"

수레가 다시금 천천히 굴러갔다. 멍히 서 있던 무인들은 수레의 모습이 보이지 않을 무렵이 되자 다시 정신을 차렸다. 깨어난 그들은 갑자기 사라진 모두육을 찾느라고 허둥지둥대며 동분서주하였다.

수레가 현장에서 한참 벗어났을 때, 능비가 떨리는 음성으로 물었다.

"정말 해량이 사왕이에요?"

"그렇게 불린 적이 있었지요."

"결국 사왕이란 말이잖아요."

"지금은 아닙니다. 기억도 하기 싫은 추악한 과거일 뿐입니다."

"……."

해량의 실체가 확인되자 능비는 말문을 닫았다. 해량이 전날 왜 인간으로 불리지 않았는지 이제는 연유를 알 수 있었다. 별도의 설명은 필요없었다.

마귀의 심장을 달고 살아간 영겁사왕.

염라대왕의 실수로 지옥에서 뛰쳐나온 아귀사왕.

사왕이란 그 명호 하나로 해량에 관한 모든 것이 선명해져 버렸다.

*   *   *

근대 무림 최악의 마두는 누구인가?

중원의 이름난 도시 한복판에서 이런 물음을 던진다면 행인들은 어떻게 답할까?

사파 천하를 열었던 군림사주의 일패?

그렇게 생각하면 오산이다.

군림일패가 비록 강호를 피로 씻은 악인임엔 틀림없지만 그는 한때 천하를 완전히 장악했던 최고 권력자이다. 열 명을 죽이면 살인마로 불리지만 일만 명을 죽이면 그땐 영웅이 된다는 말이 있다. 일패는 바로 그런 경우이다. 최악의 마두인 것을 따져 보기 이전에 일패는 일반인에게 아득히 먼 존재일 뿐이다.

근대 무림 최악의 마두. 이름만 들어도 치를 떠는 무림 최고의 악인.

그 물음을 던지면 강호인들은 십중팔구 이렇게 답한다.

―사악금왕 악해량이오!

사악금왕, 약칭 사왕(邪王)이라 불리는 악해량은 그렇듯 근대 무림 최악의 마두로 공인되고 있다. 열아홉 살 나이에 강호에 출현한 사왕은 출두 첫해부터 여든아홉 명을 무차별적으로 살상하여 무림을 경악시켰다. 그의 살인 동기를 보면 특정한 이유가 없었다. 그는 단지 자신을 기분 나쁘게 쳐다본다는 이유로 서슴없이 살인을 하였으며 때론 날이 덥다는 핑계로 남의 집에 무작정 쳐들어가서 한 가족을 몰살시켰다. 그의 이런 무자비한 살인 행각은 무림의 공분을 쌓았고, 결국 그는 이십대 초반에 무림공적으로 몰려 현상금이 붙은 수배자가 되었다.

사왕의 무공은 오백 년 전 무림을 피로 씻었던 저주혈마 나탑의 영겁사주마법이다. 영겁사주공은 불사신체를 이루는 마공인데, 수련자가 죽음에 이를수록 마공의 경지는 상대적으로 진일보한다. 때문에 이 마공을 창안한 나탑은 무림에서 공식적으로 두 번 죽었음에도 불구하고 그때마다 기적처럼 생환하여 무림을 피로 물들였다.

알려지길, 사왕은 이제껏 네 번 사망 판정을 받았다. 사망의 첫 시작은 일황 시절의 공개 처형이고 마지막은 도성 소무백이 장식했는데, 소무백은 사왕을 네 번째로 죽일 때 이런 말을 하였다.

"만약 이번에도 사왕이 되살아난다면 그땐 무림의 어느 누구도 이 악종을 죽이지 못할 것이다."

소무백의 말은 이제 현실이 됐다. 사왕은 또다시 보란 듯 되살아났다. 소무백의 주장에서 틀린 점이 있다면 강호인 모르게 사왕이 한 번 더 죽었다는 것이고, 여섯 번째 부활에서 사왕이 자신의 무력을 절반밖에 회복하지 못했다는 것이다.

퇴보한 사왕의 무력. 이유는 모른다. 사왕 자신도 모른다. 어쩌면 여섯 번째 부활에서 아귀의 과거사를 뉘우친 사왕의 심성 변화에 이유가 있을지도 모른다.

분명한 것은 사왕이 부활의 무력을 온전히 되찾는 날, 무림엔 대정삼왕에 버금가는 또 다른 초인이 탄생한다는 것이다. 그 초인이 무림을 파멸시킬 악마이든, 과거를 회개한 선한 마인이든.

第七章
백마(百魔)의 무덤

魔道宗師
마도종사

　　"백마총에는 역대 무림을 빛낸 마도 영웅들의 석상이 세워져 있습니다. 절대권력의 탄압을 받은 일세대 마도인들이 미래의 마도 시대를 대비해 백마총의 공사를 비밀리에 시작했는데, 마도련주 사우적이 죽기 직전에 백마총을 최종적으로 완성시켰습니다. 현재 아흔아홉 명의 마도 후예들이 몰락한 마도련을 재건하고자 백마총에서 초인 수련에 매진하고 있습니다……."

　　대정맹의 경비 진영을 지나온 후로 해량이 백마총에 관해 개략적으로 설명해 주었다. 능비는 집중하여 듣긴 했지만 하량과 대화를 하진 않았다. 아니, 눈도 잘 마주치지 않았다.

　　전날의 사왕은 무림인들이 치를 떠는 것 이상으로 강호 민중을 두렵게 했다. 특히 흡혈과 인육에 관한 풍설은 세간의 아이들에게 '사왕이 온다'라는 말만 들어도 울음을 뚝 그치게 할 정도로 무서움을 떨쳤다. 능비도 그러한 어린 시절을 보낸 탓에 해량이 아무리 개과천선의 모습을 보인다 한들 아직은 꺼림칙하게 여겨질 수밖에 없었다.

"백마총은 백 년에 가까운 마도의 대공사입니다. 마도가 그렇게까지 합심하여 백마총을 세워야 했던 이유는 마도인들을 악인으로 몰아붙인 군림사주의 무림 분열 공작 정책과 연관되어 있습니다."

능비가 대화를 계속 피하자 해량이 백마총 건립과 깊이 관련된 사안을 슬쩍 거론해 냈다. 능비가 되묻지 않을 수 없도록 미끼를 던진 것이다.

"무림 분열 공작? 어떤 분열을 말하는 것입니까?"

능비는 솔깃한 표정을 지어냈다. 일전에 그의 아버지도 그렇게 말을 한 적이 있지 않은가.

의도가 통하자 해량이 희미한 미소를 보이며 말을 이었다.

"무림 분열의 시작은 세외삼악에 짓밟혔던 강호를 오늘의 강성 무림으로 재활시킨 군림일황 독고적입니다. 오십 년 동안 무림을 장기 집권했던 일황은 집권 당시에 자신의 권력에 도전하는 이들을 마도(摩道)가 아닌 마도(魔道)라 부르며 가차없이 응징했습니다. 정파와 사파로만 갈렸던 무림에서 성분이 불분명한 부류, 마도인(魔道人)들이 대두된 것은 그때가 처음이었지요."

“마도(摩道)가 아닌 마도(魔道)?”

“네. 역대로 강호인들이 무림을 동경하고 지지했던 것은 무림인들이 단순히 무공만 수련하는 무인이 아닌, 곧은 정신으로 불의와 맞섰던 의기 용사들이기 때문이었습니다. 그래서 그런 무림인들을 말함에 무(武)의 도를 수행(修行)하는 협인, 마도협사(摩道俠士)들이라고 따로 존중하여 부르기도 하였습니다.”

“그러면 그때의 마도협사들은 정파로 분류된 의인이었단 말씀입니까? 제가 알기로 천마교나 암흑신교 같은 패권 단체에 강호가 피로 씻긴 적이 더러 있었습니다. 그 단체들은 오늘날 마도로 분류되고 있지 않습니까?”

“물론 마도(摩道)를 수행하던 무인들 중 개인적 야심이나 혹은 마공 수련의 여파로 마인(魔人)이 되어 천하를 피로 물들인 이들도 상당수 있었습니다. 허나 그것은 개인의 본성을 놓고 따져야 할 사안이지 무림의 성분을 두고 규정할 문제는 아니라고 봅니다. 그것과 반대의 일례를 보면 역대 무림에는 소림사 출신으로 강호를 심각하게 어지럽힌 마인들도 여럿 되었습니다.”

인간의 본성을 놓고 구분해야 할 문제. 일전에 아버지도 그와 같은 말을 했다. 마도의 본질은 과연 무엇일까. 불의에 맞선 의기 용사? 강자존의 패도를 추구하는 무인? 능비는 그 점에 대해 무엇도 확신할 수 없었다. 아직 나이도 어리고 강호 경험도 얕기 때문일 것이다.

"일황 이후에 집권한 일패 관두척은 일황의 철권통치보다
더 강압적인 폭정의 시대를 열었습니다. 그는 자신의 뜻에 따
르지 않는 무림 인사들을 모조리 마도(魔道)로 몰아붙이며 숙
청하였고 온갖 부정한 수작으로 재산을 축적했습니다. 오죽하
면 무림사관들이 일패의 시대를 사마 무리의 세상, 사파 천하
라고 기록을 하였겠습니까."

마인(魔人)이 의인을 오히려 마도(魔道)로 몰아붙이는 세상.

능비도 일패의 폭정 시대에 대해서는 들어본 적이 있었다.
당시엔 전통의 구대문파까지도 마도로 몰렸다고 한다.

"일패 이후로 마도협사 출신의 검성과 도성이 각각 무림을
집권했지만 분열의 무림 정책은 여전했습니다. 특히 도성보다
먼저 집권한 검성 희자청은 자신의 무림 권력을 공고히 하고
자 마도협사로서 평생의 동지이자 경쟁자였던 도성 소무백의
세력까지 마도(魔道)로 몰아붙이며 무림에서 퇴출시켰습니다.
무림이 정파와 마도로 완전히 갈려 본격적으로 대립하게 된
시발점이 바로 그때부터라고 할 수 있습니다."

"소무백은 검성의 실각 후에 마도시대를 새로이 연 마도의
대부로 알고 있습니다. 오랜 세월 탄압을 받아온 당사자로서
전자의 권력자들과는 정책 방향이 사뭇 다르지 않았겠습니
까?"

"마도로 국한해 작게 보면 소주의 말이 옳지만 무림사를 놓
고 큰 시각으로 보면 그게 그렇지 않습니다. 소무백이 비록 마
도의 대부라 불린 마도인들의 영웅이지만, 탄압의 세월을 돌

이켜 보면 그는 정마 분열의 무림 정책에서 누구보다 큰 혜택을 받은 위인입니다. 그가 탄압을 받을 때마다 마도인들이 그를 중심으로 모여들었고, 그는 그 인맥을 발판으로 마도의 대부에 올라 무림까지 집권하게 되었습니다."

"도성의 집권 과정은 무림 분열 정책과 그다지 상관이 없다고 생각되는데요? 실제로 도성의 삶은 마도 탄압과는 거리가 멀었지 않습니까?"

"탄압이 아닌, 일종의 방관이지요. 소무백이 정마로 갈린 무림 구조를 정말로 심각하게 여겼다면 그의 집권 기간에서 이를 바로잡고자 최우선적으로 노력을 다했을 겁니다. 하지만 도성은 그렇게 하지 않았지요."

능비는 잠시 침묵했다. 나이가 적고 강호 경험이 얕아 마도의 본질을 규정하지 못했듯 도성에 관한 사안도 지금의 그로서는 무어라고 단정 지을 수 없었다.

"소무백을 마지막으로 일인 독주의 군림시대는 끝이 났습니다. 하나 군림시대의 산물인 분열의 무림은 그 후로 현재까지 삼십 년 동안 고스란히 이어져 내려왔습니다. 각종 사안에 걸쳐 정파와 마도로 갈려 첨예하게 충돌하였고, 그 과정에서 결국 정천거사 같은 정마대혈전이 발생되었습니다. 정파와 마도는 이제 돌아올 수 없는 강을 건넜습니다. 대정맹의 공격을 받은 마도 입장에선 피의 복수만이 남았을 뿐입니다. 무림을 극단으로 분열시킨 군림사주는 강호 역사의 공과를 떠나 오늘의 이 비극적인 사태에 대해서 책임을 통감해야 할 것입니다."

해량이 분열의 무림에 관한 긴말을 마쳤다. 이야기를 다 듣고 난 능비는 해량을 가만히 쳐다봤다. 분열의 무림사를 설명한 의의를 떠나서 기분이 묘했다. 그가 알기로 사왕은 정마로 갈린 무림에서조차 공동의 악인이었다. 실제로 그 시절을 겪으며 공개 처형만 네 번 당했다. 그런 해량이 전날의 무림 역사를 설명할 때는 별다른 사심 없이 객관적인 입장을 유지하였다. 강호에서 회자되는 사왕이란 악인과 지금의 해량은 완전히 다른 사람인 것처럼 느껴질 정도였다.

'해량이 과연 악인일까? 혹시 그것도 조작된 일이 아닐까?'

능비가 해량의 참모습에 의문을 품고 있을 때, 해량이 다시 말을 이어나갔다.

"백마총에 입총하시면 백마서고에 들어가 군림사주의 역사에 대해 상세히 한번 알아보시기 바랍니다. 군림의 시대에선 강호에 알려진 사실 이상으로 감추어진 진실이 많았다는 것을 알게 되실 겁니다."

"네, 그렇게 해보겠습니다."

해량의 말을 듣는 능비의 자세는 상당히 진지했다. 능비의 꺼림칙함을 대화를 통해 풀어주고자 했던 해량의 의도가 제대로 먹혀들었음이다.

분열의 무림사는 그 정도에서 정리되고 대화의 중점은 이제 능비의 백마총 입총 사안으로 옮겨갔다.

"원래는 주군께서 마도의 후예들을 감독할 백마교관으로 백마총에 들어갈 계획이었습니다. 한데 장강 사건으로 말미암아 그 계획이 소주의 백마총 입총 사안으로 긴급히 대체되었습니다. 소주께서 주군 대신 백마전인의 자격, 십마지존의 후보 신분으로 백마총에 들어간다는 것이지요."

"백마전인의 자격? 십마지존의 후보? 그건 또 무슨 말이지요?"

"백마총에 입총한 백마전인 중에서 열 명의 최강자는 출총 후에 마도십마로 신분이 급상승됩니다. 마도의 서열 십위까지라고 생각하시면 되는데, 그런 십마지존의 경쟁에 백마전인들의 나이와 성별은 아무런 문제가 되지 않습니다. 비열한 수작만 아니라면 백마전인들끼리 살상전을 벌여도 문제되지 않습니다. 약육강식의 수련 생활이라고 할 수 있지요."

"강자존이라…… 나쁘지 않군요."

순탄한 백마총 생활은 애초에 기대하지 않았다. 능비는 오히려 험난한 수련 생활을 하기를 원했다. 현재 그는 배경도 없고, 자산도 없고, 그를 돌봐줄 부모마저도 없다. 이런 처지에서 강자존의 법칙은 그에게 동기 부여가 되는 일이라고 할 수 있었다.

"백마전인들을 만만히 보시면 안 됩니다. 소주가 그랬듯, 백마총에 들어오기까지 하나같이 독한 사연을 가슴에 담은 놈들입니다. 마도 명가의 후예로서 이미 일급의 무공 경지에 오른 놈들도 상당수 되는데, 그놈들은 십마지존에 오르기 위해서라면 경쟁자의 목숨 따위는 아무렇지 않게 여길 겁니다."

해량의 경고 역시 능비에게 별반 부담이 되지 못했다. 가야 할 길이 선명해진 탓에 그의 심정은 차라리 편했다. 마도십마에도 오르지 못할 능력이라면 일찌감치 경쟁에서 탈락해 버리는 것이 낫지 않겠는가.

대화가 잠시 중단됐다. 능비는 침묵 속에서 해량을 다시금 가만히 주시해 보았다.

손자를 바라보듯 인자한 미소를 머금은 해량. 그의 지금 모습은 피에 굶주린 마두라고는 도무지 생각할 수 없는 얼굴이었다.

능비가 문득 물었다.

"해량 아저씨, 예전에 정말 인육을 즐겼어요?"

"인육? 사람 고기?"

"네."

"남자는 갈비에 붙은 살이 제일 맛있고, 여자는 허벅지 안쪽에 붙은 살이 가장 맛있지요."

해량이 말과 함께 혀를 길게 내밀어 입술을 축였다. 그 모습을 본 능비는 자신도 모르게 목을 잔뜩 움츠렸다. 그러자 해량이 껄껄 웃었다.

"헛헛헛. 소주, 그건 낭설입니다. 아무리 악종이라고 한들 식성은 일반인과 다르지 않거늘, 사람 고기를 무슨 맛으로 먹겠습니까?"

"정말이죠? 사람은 먹지 않았죠?"

"뭐, 흡혈이라면 몰라도…… 핫핫핫!"

"으음."

찬물을 끼얹는 해량의 말에 능비는 다시 얼굴을 구겼다.

인육과 흡혈.

어디까지가 진짜인지 당최 알 수가 없다.

해량이 말했다. 이번엔 진정이 담긴 음성이었다.

"소주, 백마총에 들어가시면 소주의 아버지가 검마란 사실을 되도록 밝히지 마십시오. 주군의 마도 전적을 시기한 마도의 무파들이 제법 됩니다. 소주가 검마의 아들인 것이 알려지면 그들은 가장 먼저 소주를 제거하려 들 것입니다."

능비는 조언을 해주는 해량을 똑바로 쳐다보았다. 해량의 모습에서 사왕의 그림자가 떨어져 나가고 있었다. 아버지의 수하라는 생각도 들지 않았다. 이 순간은 마치 진짜 백부처럼 느껴지고 있었다.

"고마워요, 해량 아저씨. 고아나 다름없는 저를 이렇게 돌봐주셔서."

능비의 솔직한 말에 해량이 빙그레 웃었다.

"이젠 노복이 무섭지 않나 보군요?"

"뭐, 사왕의 본모습을 제가 못 보았는데 무섭고 말고 할 게 뭐가 있겠습니까."

"핫핫! 그 말은 노복이 사왕의 모습을 보이면 다시 무서워할 수 있단 말로 들리는군요."

능비는 대답 대신 고개를 돌려 작게 한숨을 흘려냈다. 생각해 보면 그는 해량의 실체를 두고 꺼릴 입장이 안 되었다. 아버지는 그에게 검마의 삶을 이어주길 원했고, 그 원함은 그에게 선택이 아닌 숙명으로 다가왔다. 대정맹의 천하에서 검마의 삶은 곧 검귀로 살아간다는 것을 의미한다. 어쩌면 그는 사왕보다 더 잔인한 악명을 강호에 날리게 될지도 모른다.

대화를 나누는 사이에 수레는 산맥을 칼로 뚝 잘라놓은 것 같은 협곡 안으로 들어섰다. 좌우측의 협곡 높이는 백 장 이상인데, 윙윙대는 바람 소리가 그 아찔한 산세를 휘돌아 매순간 들려오고 있었다.

"여기가 바로 귀신들의 울음이 들려온다는 풍귀곡입니다. 백화촌으로 들어가는 길은 이곳뿐인데, 워낙에 험한 곳이라 한땐 한 번 들어가면 다시는 돌아오지 못한다고 하여 불귀곡이라 불리기도 했습니다."

능비는 해량의 말을 들으며 풍귀곡을 이리저리 살펴봤다. 산세가 무척 험하고 또 아주 기묘했다. 을씨년스러운 바람 소리가 아니더라도 외지인은 그 겉모습만으로도 함부로 진입하지 못할 터였다.

"기분이 묘하군요. 꼭 누군가에게 감시를 당하는 느낌입니다."

"소주의 느낌이 옳습니다. 인위적인 지형만으로는 이런 분위기를 만들 수 없습니다."

"그 말씀은?"

"현재 이곳엔 귀곡둔혈진이 포진되어 있습니다. 마도삼십육종 중 한 곳인 귀곡문의 진법이지요."

귀곡문은 육백 년 전의 일대 기인, 귀곡자를 개파 조사로 둔 무림 단체이다. 진법과 더불어 술법, 기관토목에 능통한 단체로 알려져 있다.

"백마총은 바로 그 귀곡문이 문도의 팔 할을 희생하며 완성해 낸 작품입니다. 정파의 눈을 수십 년간 속여온 대공사였던 만큼 귀곡문이 진두지휘하지 않았다면 완성도 불가능할뿐더러 예전에 이미 들통이 나도 났을 것입니다."

수레는 이제 연붉은 운무로 덮인 풍귀곡의 중심에 이르렀다. 지척의 거리인데도 해량의 모습이 잘 보이지 않고 음성만 들려오고 있었다.

"귀곡문주 소유곽이 주장하기를, 대정맹이 삼 할의 전력을 투입하지 않고서는 백마총을 격파할 수 없다고 했습니다. 그만큼 위험한 곳이라는 뜻이지요."

해량의 음성이 중단됐다. 시야가 온통 붉을 정도로 운무의 농도가 짙어졌는데, 거기에 영향을 받은 모양이었다. 해량의 음성은 잠시 후 운무가 희미해질 무렵 다시 이어졌다.

"소주, 다 왔습니다. 저곳이 바로 백화촌입니다."

운무가 사라졌다. 능비는 해량이 가리킨 곳을 쳐다봤다.

"아!"

탄성이 절로 나온다. 푸른 산, 푸른 숲, 푸른 농토, 옹기종기 모인 초가 사이로 굽이쳐 흐르는 은빛 냇물. 화공의 산수도 같은 마을의 정경이 눈앞에 펼쳐져 있었다. 백마총이 위험하다는 말. 이 순간만은 그 말이 완전히 거짓말로 여겨질 정도이다.

“소주, 긴장을 풀지 마십시오. 눈에 보이는 것이 전부가 아닙니다. 이곳의 만물은 그 자체로 산 자의 목숨을 노리는 지옥의 조형물입니다. 저기 보이는 인간들도 마찬가지입니다.”

해량이 가리킨 그곳엔 서너 명의 촌부가 소매를 걷은 채 논을 매고 있었다. 논 바깥에는 중년의 아낙이 참을 머리에 인 채 대기하고 있다. 아무리 봐도 위험을 느낄 수 없는 촌민들이다.

“글쎄요. 내 눈엔 무인들처럼 안 보이는데요? 뭐가 위험하다는 건지…….”

“소주의 눈에 정체가 파악될 놈들이라면 이제껏 대정맹의 눈을 피할 수도 없었겠지요.”

능비와 해량이 대화를 하고 있던 사이에 논을 매고 있던 늙은 촌부 하나가 구부정한 허리를 일으켜 수레를 가만히 쳐다봤다.

“으음.”

순간 해량이 굳은 얼굴로 수레를 멈추었다. 입을 작게 모아 무언가를 중얼대는 해량. 촌부와 전음을 주고받는 모습이다.

전음이 끝났다.

해량은 불쾌한 음성을 토하며 수레를 몰았다.

“쳐죽일 놈들! 소주만 아니라면 당장 요절을 냈을 것이야.”

능비가 걱정스런 음성으로 물었다.

“무슨 일인데요? 우리를 못 들어가게 해요?”

“소주의 입총은 주군께서 목숨과 맞바꾼 일입니다. 놈들이 어찌 그 명을 어길 수 있겠습니까. 놈들이 문제 삼는 것은 소주가 아닌 바로 저입니다.”

“해량 아저씨요?”

“네. 마도의 형제가 아닌 자는 백화촌에 한 걸음도 들어갈 수 없다며 내게 감히 개소리를 하더군요.”

해량의 격한 반응으로 보아 단순히 경고만을 하지는 않았을 것이다.

경고의 수준은 곧 알게 됐다.

촌부가 논에서 걸어나와 수레의 앞길을 막고 소리쳤다.

“당신, 혼자 돌아가라고 분명히 전했거늘, 왜 말을 듣지 않는가? 백화촌이 그렇게 만만한가? 죽은 검마의 이름값이 아직도 통하리라 생각하는가?”

“내가 간다면 네놈들이 뭘 어떻게 할 것인데? 어디 마음대로 해봐!”

해량이 마부석에서 벌떡 일어섰다.

그러자 기다렸다는 듯 촌부가 해량의 가슴으로 숫구쳐 주먹을 휘둘렀다.

파앙!

가슴과 주먹, 육질과 육질이 맞부딪쳤거늘, 불꽃과 함께 쇳소리가 쩌렁 울렸다.

“철마권? 철마대관 주자백?”

격돌 후에 주자백이 원래 위치로 빠르게 돌아갔다. 해량은 다소 의외라는 눈으로 촌부를 바라봤다. 조금 전에 촌부가 날린 일권은 예전 마도련의 순찰총관이던 철마대관 주자백의 철마권이었다.

"영겁사주강? 사, 사왕?"

촌부는 해량보다 더욱 놀란 반응을 보였다. 철마권을 막아낸 해량의 흑빛 강기는 사왕의 유명한 무공, 영겁사주강기인 것이다.

"검마가 사왕을 종복으로 삼았다고 하더니, 그게 진짜였구나!"

놀란 반응은 잠깐이었다. 촌부, 주자백은 마도의 거물답게 곧바로 대응 조치에 들어갔다.

"귀멸대진을 펼쳐 사파의 노물을 잡는다!"

주자백의 말에 주변에 있던 백화촌민들이 하던 일을 중단하고 해량을 향해 달려왔다. 원진이 형성되기까지는 아주 잠깐이었고, 해량이 척살 사정권에 잡히자 그들은 신체에 숨겨두었던 도검을 일제히 빼들었다.

"이놈들이 진정 피를 보고 싶은 게로구나!"

해량이 눈에 핏발을 세웠다. 그는 크게 소리치며 주먹을 하늘로 뻗었다. 주먹에서 흑기가 치솟더니 해량의 전신을 이내 회오리바람처럼 휘감았다. 흑기로 덮인 신체가 꿈틀댄다. 폭발하기 일보 직전이었다.

귀멸대진과 영겁사주강의 격돌 직전, 하늘에서 쩌렁쩌렁한 음성이 들려왔다.

"사왕은 손을 멈추어라! 이곳은 마도의 성지다! 성지를 더럽히는 자, 누구도 용서하지 않는다!"

동쪽 하늘에서 백발인 하나가 허공답보로 날아오고 있었다. 경고로만 끝난 말이 아니다. 백발인은 해량의 머리 위에 다다르자 손바닥을 펼쳐 지상으로 뻗어냈다.

콰쾅!

대지가 화산처럼 터지며, 흙먼지가 삼 장까지 피어올랐다. 단순히 장력만으로 이런 위력을 보일 순 없다. 장력을 발출할 때 진천뢰를 더불어 던진 것이다.

"으으음."

폐허가 된 폭발의 현장. 해량이 넝마가 된 몰골로 서 있었다. 영접사주강기로 육체를 보호하고 있었기에 망정이지 그렇지 않았다면 몸이 열 개라도 견뎌내지 못했을 것이다.

백발인이 착지와 동시에 말했다.

"사왕은 더는 문제를 일으키지 마시오. 당신의 문제 행위가 백마전인의 앞날에 큰 영향을 미칠 수 있소이다."

백발인을 마주 본 해량은 눈살을 찌푸릴 뿐, 이전처럼 드세게 반발하지 못했다. 백발인은 마도련의 서열 육위였던 귀곡문주 소유곽. 해량이 함부로 어쩌지 못할 마도의 거물인 것이다.

소유곽이 한 번 더 엄중히 말했다.

"다시 말하지만 그 아이의 미래를 걱정한다면 지나친 행위를 자중하시오."

"으으음."

해량은 낮게 신음하며 영겁사주강기를 풀었다. 소유곽이 두려운 것은 아니다. 일대일이면 어렵지 않게 처리할 수 있다. 하지만 그렇다고 성질대로 할 순 없다. 백화촌에 들어온 이상 칼자루는 저들이 잡고 있는 것이다.

"나도 네놈들과 천년만년 살 붙이고 살아갈 생각 따윈 없다. 다만 내 조카가 무사히 백마총에 들어가는 것을 지켜봐야겠다. 그 후에는 네놈들의 뜻대로 해주마."

해량은 조건을 내걸고 한발 물러섰다. 그러자 소유곽이 능비를 진하게 쳐다보며 무언가를 중얼댔다.

동공이 사라진 소유곽의 눈.

대상자의 의식을 잠재우는 귀곡문의 백안귀혼술이다.

"아!"

소유곽의 눈을 접한 능비는 선 자세 그대로 휘청댔지만 곧바로 의식을 잃지는 않았다. 이 순간은 새로운 삶의 시작점. 한 사람과 작별의 인사를 나누어야 했다. 능비는 극한의 인내심으로 백안귀혼술에 맞서며 해량을 찾아 돌아봤다.

해량의 모습이 눈에 가물거린다.

능비는 글썽이는 눈으로 해량에게 인사했다.

고마워요, 해량 아저씨.

그간 나를 친조카처럼 아껴주셔서.

다음에… 이다음에 제가 꼭 아저씨를 찾아갈게요.

　작별 인사에 이어 해량의 안타까운 음성이 그의 뇌리로 들려왔다.

　소주, 저의 길고 긴 인생에서 소주는 주군 다음으로 소중한 분이십니다. 부디 백마총의 난관을 뚫고 나가 마도의 일대 용사로 우뚝 서시기 바랍니다.
　참, 소주의 몸에 유성화탄을 하나 남겨두겠습니다.
　유성화탄은 사왕을 부르는 신호탄입니다.
　만약 백마총에서 소주의 목숨이 위급에 처하면 주저 말고 그것을 사용하십시오. 그땐 백마총을 파괴시키는 일이 있더라도, 마도인들과 불구대천의 원수가 될지라도 반드시 소주를 구출해 내겠습니다.

　해량의 음성이 끝나자 능비는 눈을 감았다. 의식이 무겁게 가라앉는다. 다시 눈을 떴을 때는 아마도 새로운 운명 앞에 서 있게 될 것이다.

第八章
마도 수련기

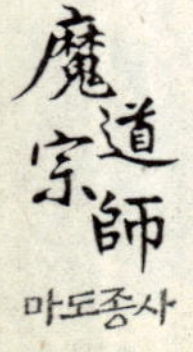

"이것은 검마의 삶을 정리하는 인사가 아니다. 마도무림이 존 재하는 한 검마는 결코 죽지 않는다. 구검이 가면 신검이 출현함 이니, 이제 아들은 아버지가 되고 아버지는 아들이 되리라!"

무의식을 일깨우는 아비의 음성.
능비는 그 말을 중얼대며 눈을 떴다. 사방은 적연한 어둠에 휩싸여 있었다. 환경도 모르고, 시간의 흐름도 알 수 없다. 그 는 누운 모습 그대로 잠시 생각에 잠겼다.
난 이제 무엇을 해야 하는가?
답은 어렵지 않다.
없다. 그가 할 수 있는 일은 아무것도 없다.

‘나쁘지 않군…… 할 일이 없다는 건…….’

능비는 다시 눈을 감았다. 아비의 음성이 뇌리 끝에서 아련하게 들려온다. 그는 그 말을 따라서 중얼대며 무의식의 시간에 빠져들었다.

‘아들은 아버지가 되고 아버지는 아들이 되리라. 아들은 아버지가 되고…….’

시간이 흐르고 흘러 능비는 다시 눈을 떴다. 사방은 여전히 적연한 어둠이었다. 다만 이전과 달라진 점이라면 그의 주변으로 일단의 인영들이 서 있다는 것이었다.

팟!

한줄기 불이 생성되며 불꽃 너머에서 누군가가 물어온다.

“이름.”

“능비입니다.”

“나이.”

“열여섯입니다.”

“사문을 둔 적이 있느냐?”

“없습니다.”

“검마와는 무슨 관계이냐?”

“…….”

“검마를 어떻게 만났느냐?”

“…….”

검마와 관련된 물음. 능비는 거기에 관해서는 일절 답하지 않는다.

그의 묵비권에 질문자는 한참 후에야 다시 입을 열었다.

"입총 순서에 따라서 너는 앞으로 백마 능비라 불릴 것이다. 아울러 너는 지금부터 백마전인의 자질을 심사하는 초련삼관에 들어간다. 초련삼관을 무사히 통관하면 백마전인으로서 마도 영웅들의 진전을 이을 수 있는 기회가 주어질 것이다."

신상 조사의 끝을 알리는 음성은 거기에서 끝났다. 능비는 다시 무겁고 깊은 무의식 속으로 빠져들었다.

환청일까.

희미해지는 의식의 끝에서 그는 그의 자질을 문제 삼는 조롱 어린 대화를 들었다.

"검마가 돌았군. 저런 놈을 대신해 목숨을 버리다니."

"나도 마찬가지 심정이외다. 자질은커녕 내공 수련도 아직 안 되어 있소이다. 저 상태로는 초련삼관을 통관하지 못할 것이오."

"초련삼관? 그건 너무 과분한 평가요. 내 보기엔 초련일관도 통관하지 못하오. 내기해도 좋소. 저놈은 열흘도 되기 전에 제발 꺼내달라고 애원하게 될 거요."

"난 삼 일에 내 손가락을 걸지.'

＊　　　　＊　　　　＊

다시 눈을 떴을 때 능비는 붉은 대지에 가슴까지 파묻혀 있었다. 어둡지는 않았다. 하늘 저 끝에서 여러 줄기의 광선이 내려오고 있었다. 선명한 의식은 이게 처음이다. 능비는 고개를 돌려 주변 공간을 살펴봤다.

광활하긴 하지만 사방이 막힌 구조였다.

동굴? 지하? 그도 아니면 무덤 속?

능비는 이래저래 생각해 봐도 추정이 안 되자 환경에 관한 의문을 머릿속에서 지워 버렸다.

사실 백마총의 환경은 그에게 문제되지 않았다. 중요한 것은 앞으로 그가 해야 할 일이었다. 그는 전방을 주시했다. '초련삼관' 이라 쓰여진 관문이 전방에 있고, 그 관문 아래에 부처의 가면을 착용한 남자가 서 있었다.

부처가면이 그의 눈앞으로 걸어와 사무적인 어조로 말했다.

"초련삼관은 수련자의 정신과 육체를 초인처럼 제련하는 곳이다. 너는 여기서 뜨겁고, 차고, 쓰라린 과정을 순차적으로 겪게 된다. 그 과정을 고통이라고 생각하지 마라. 정신이 약하면 육체는 단 하루도 버틸 수 없다. 이곳을 보라."

쿠쿠쿠!

그 순간 땅속에서 무언가가 진동하더니 석상 하나가 솟아올랐다. 팔 척 장신의 무인 석상. 오른손엔 이글대는 화구(火球)를 잡고 있고, 왼손엔 깨알 같은 글씨가 적힌 서폭을 펼쳐 잡고 있다.

"백이십 년 전, 무림의 기인이던 열화신마 공손양의 석상이다. 열화신마는 평생에 걸쳐 대화일기공(大火一氣功)이란 단

하나의 무공만 수련했는데, 그는 그것만으로 당대 무림 서열 삼위까지 올랐다. 초련삼관의 일관은 화(火)를 견디는 인체의 내성 단련. 대지가 뜨거워지면 너는 그것을 익혀라. 대화신공의 삼 할만 성취해도 뜨거움의 고통은 능히 견뎌낼 수 있을 것이다."

부처가면이 말을 끝내며 돌아섰다.

능비가 불렀다.

"저… 저."

"질문은 받지 않는다."

부처가면은 등을 보인 자세로 말하곤 다시 걸었다.

능비가 또 불렀다.

"잠깐만요."

"질문은 받지 않는다고 했잖아!"

부처가면이 짜증 어린 말을 토하며 뒤돌아섰다.

"응?"

하나 짜증의 반응은 잠깐이었다.

능비가 부처가면의 허리를 손으로 가리키고 있었다.

"갈 때 가더라도 제 물건은 주고 가셔야지요."

부처가면의 요대에 걸린 검.

검마가 능비에게 남긴 백두검이었다.

뜨겁고, 차고, 쓰린 과정을 순차적으로 겪게 된다는 그 말.

설명이 쉽다고 그 과정까지 쉽게 생각해서는 안 된다.

능비는 부처가면이 떠나고 난 후에 그게 어떤 고통을 유발하는지 절감하게 되었다.

가장 먼저 대지가 이글댔다. 너무 이글거려 대지가 마치 진흙처럼 흐물흐물해졌다. 육체가 녹아내리는 기분이었다. 아니, 너무 뜨거워 혼까지 녹아내리는 심정이었다.

"으으윽!"

살갗에 화상 자국이 생겨나고 있다. 이 상태로는 하루는커녕 반 시진도 버티지 못할 터였다.

능비는 이를 악물고 화상을 견딜 수단에 대해 생각해 봤다.

마도의 후예들을 불에 익혀 죽이고자 백마총을 만들진 않았을 것이다.

그렇다면?

생각하던 그때 전방의 석상에서 강렬한 빛이 발산됐다.

능비는 급히 그곳으로 눈을 맞추었다.

빛은 공손양의 오른손에 잡힌 화구에서 발산되고 있었다.

단지 화구를 쳐다보았을 뿐인데도 이 순간 능비는 신체가 시원해지는 것을 느꼈다.

다른 무엇이 있단 말인가?

능비는 좀 더 집중하여 공손양의 석상을 살펴봤다.

"아!"

공손양의 왼손. 그 손에 펼쳐 잡힌 서폭에 지금의 위기를 극복해 낼 답이 적혀 있었다.

소화(小火)의 고통은 대화(大火)의 일념으로서 물리칠 수 있다. 신체가 불에 타오르면 연자는 대화구결을 암송하며 마음에 불을 피워라. 마음의 불은 대화. 이 거대한 화력 앞에는 태양의 열기마저도 소화에 지나지 않게 될 것이다. 백회혈로(百會血路), 뇌호혈로(腦戶血路), 중추혈로(中樞血路), 명문혈로(命門血路)… 중극혈로(中極血路), 회음혈로(會陰血路)…….

초련일관 이틀째.

능비는 이틀 동안 줄곧 대화신공의 구결을 외워댔다. 마음의 불이 무엇을 뜻하는지는 알지 못했다. 그냥 무조건 죽어라고 그것만 외워댔다. 구결 암송이 화상 극복에 도움을 주는 것도 아니었다. 화상의 고통은 흐르는 시간에 편승해 그를 더욱 끔찍하게 몰아붙였다.

살갗이 벗겨지고 진물이 흘렀다. 벗겨진 살갗이 다시 열기에 익는다. 그렇게 이틀이 지나자 그는 더 이상 사람의 몰골이 아니었다. 이글대는 대지에 파묻힌 잘 익은 고깃덩이일 뿐이었다.

초련일관 삼 일째.

능비는 여전히 대화신공의 구결만을 외웠다. 이젠 의식적인 행위조차 아니었다. 그는 마치 영혼없는 인형처럼, 짜여진 베틀처럼 맹목적으로 그것을 암송했다.

"무식한 거야, 순진한 거야?"

그의 이런 일관된 암송 행위는 현 과정을 은밀히 지켜보고 있던 부처가면을 당혹스럽게 하였다.

소화의 과정은 마도의 후예들을 익혀 죽이고자 만든 것이 아니다. 또한 소화를 견디지 못한다고 해서 실제로 익혀 죽는 것도 아니다. 소화의 목적은 어디까지나 백마전인들의 신체 제련과 정신력 향상에 있다.

살려달라고 소리치거나 완전히 실신을 해버리면 수련자는 고통에서 벗어날 수 있다. 그런 경우엔 초련삼관의 교관인 부처가면이 백마전인을 공령대지에서 꺼내 상한 신체를 복구시켜 준다. 회복된 백마전인들의 선택은 두 가지다. 포기하거나 다시 도전하거나.

능비는 그 두 가지 경우에 해당되지 않았다. 그냥 줄기차게 구결을 외며 소화를 견뎠다. 물론 능비처럼 소화의 과정을 견딘 마도의 후예들이 아예 없던 것은 아니다. 하지만 그들의 대다수는 능비와는 조금 다른 방식, 기존의 무공 능력을 최대한 활용하는 방식으로 소화를 견뎠다. 능비처럼 단순히 대화구결만으로 소화의 열기와 맞싸운 마도의 후예는 아무도 없었다.

"하! 오교(五敎)가 내 손가락을 자르려고 난리를 치겠군."

삼 일 내기에 손가락을 건 해당자는 부처가면이었다. 그러니 부처가면으로서는 능비의 현 진행 과정이 더욱 당혹스럽게 느껴질 수밖에 없었다.

초련일관 십팔 일째.

　삼 일을 익힌 고깃덩이처럼 보낸 능비는 그 후로 거침없이 보름의 시간을 더 보내었다. 대지의 열기는 여전했지만 이젠 화상마저도 만성이 된 터라 처음처럼 그렇게 지독히 고통스럽지는 않았다.

　그리고 능비는 이 무렵 초련일관에 관해서 한 가지 사실을 깨닫게 되었다. 정확히는 그가 파묻힌 대지, 진흙처럼 묽은 토양에 관한 것이었다. 그동안 아무것도 먹지 않았고 잠도 자지 않았다. 한데도 그는 배고픔과 수면 부족에 시달리지 않았다. 상식 밖의 일. 이유를 주변 환경에서 찾자면 오직 하나밖에 없었다.

　그가 묻힌 땅. 붉은 대지. 진흙 같은 토양.

　식물을 자라게 하듯 토양이 매순간 그에게 영양분을 공급해 주고 있었다. 이는 다시 말해 토양에 영양분이 넘쳐 난다는 뜻과 같았다. 천혜의 보고이자 신성의 대지. 공청석유와 만년삼왕을 이류 영약으로 만들어 버리는 절대기연의 토양. 그는 예전 의가의 고서에서 이런 토양에 관한 글을 본 적이 있었다.

　'공령대지(空靈大地)!'

　공령대지에 무덤을 만들면 시체도 되살아난다고 한다. 믿기 힘든 말이지만 이는 그만큼 공령대지의 효험이 대단하다는 것을 의미했다. 무인의 입장에선 천고의 기연이 됨은 두말할 것도 없다.

　'앞날에 희망적인 고통이 된다는 말이지. 좋아, 아주 좋아. 이제부턴 고통도 즐겁게 맞이하겠어.'

생각이 바뀌니 수련도 한결 편해졌다. 능비는 기연을 얻는다는 심정으로 이전보다 더욱 적극적으로 대화일기공의 수련에 임했다.

초련일관 삼십 일째.

"너는 아직도 오해하고 있다. 내공은 담는 것이 아닌, 채워서 사용하는 것이다. 바른 심법으로 내면을 정화하고 바른 호흡법으로 신체를 안정시키면 마음과 몸이 기의 순환을 타고 단전에서 하나로 일체화된다. 내공은 바로 그때 우리에게 찾아온다. 그릇은 필요없다. 그릇 같은 의식의 이해만이 필요할 뿐이다."

공령대지 수련 한 달째. 능비는 문득 아버지가 이전에 해주었던 말을 기억해 냈다. 그 당시 그는 아버지의 설명을 듣고도 내공의 개념을 이해하지 못했다. 그래서 직접 체험을 해보아야 내공에 대해 알 수 있겠다며 에둘러 답했다. 아는 것과 체험의 차이. 대답을 하긴 했지만 솔직히 능비는 그때 그런 차이에 대해서도 잘 몰랐다.

그런데 지금, 아버지의 말과 마음의 불을 피우라는 공손양의 글이 묘하게 합치되어 그를 일깨워 주고 있었다. 그것은 신선한 충격이요, 놀라운 체험이었다. 구결을 따라 공령대지의 열기가 혈도를 타고 맹렬히 휘돌았다. 신체가 뜨거웠다. 외부보다 속이 훨씬 더 뜨거웠다. 너무 뜨거워 외부의 열기가 찬바람처럼 느껴질 정도였다.

"아아!"

그릇은 필요없다. 그릇 같은 의식의 이해만이 필요하다.

그 말. 그 뜻.

능비가 머리가 아닌 가슴으로 그 말을 이해했을 때, 놀라운 신체 변화가 생겨났다. 화상 자국으로 덮인 피부가 뱀이 허물을 벗듯 벗겨졌고, 이어서 벗겨진 피부 위로 유백색의 살갗이 덮이기 시작했다. 이 살갗은 이후 초련일관의 열기에 두 번 다시 벗겨지지 않았다.

"그렇군! 마음의 불은 이것이었어."

능비는 눈을 번쩍 떠 공손양의 서폭을 바라보던 시선을 화구로 돌렸다. 화구의 빛은 이 순간 능비의 동공 안에서 찬란히 빛나고 있었다. 그는 양손을 가슴에 모으며 대화의 구결을 외었다.

우우우우웅!

공령대지가 마구 출렁였다. 이어서는 대지의 열기가 소용돌이치며 능비에게 쭉 빨려왔다. 능비의 몸이 활활 불타기 시작했다. 백회혈에서는 수증기가 치솟아올랐다.

"오오! 맙소사! 말도 안 돼!"

부처가면이 그 모습을 보고는 아연한 음성을 토하며 어디론가 달려갔다.

초련삼관 교관실.

부처가면이 백마총의 교관실로 헐레벌떡 뛰어와 소리쳤다.

"백년기재입니다! 아니, 마검후에 버금가는 무학 천재의 등장입니다!"

교관실엔 마귀가면, 신선가면, 선녀가면, 동자가면이 원탁에 둘러앉아 있었다. 부처가면을 포함해 백마전인들의 수련을 감독하는 백마총의 오교관이었다.

동자가면이 말했다.

"백마 능비를 말하는 것입니까? 그렇다면 우리도 알고 있습니다. 실은 어제 이미 초련일관의 통관 조짐이 비쳤습니다. 그래서 이렇게 백마 능비에 관해 긴급히 회의를 하고 있던 중입니다."

마귀가면이 말했다.

"나는 현 상황을 도무지 납득할 수 없소. 백마 능비는 입총 당시 내공을 수련한 흔적이 전혀 없었소이다. 그런 몸으로 소화의 고통을 여러 날 버틴 것도 경이로운 일이거늘, 대화일기공을 성취하다니. 그것도 단 한 달 만에 삼성도 넘게……. 공손양이 이 소식을 들었으면 너무 놀라서 당장 환생하려 들 것이오."

선녀가면이 말했다.

"혹시 우리가 모르는 상승의 무공을 수련한 것이 아닐까요?"

신선가면이 바로 반박했다.

"사교관의 말씀은 우리 전부를 욕하는 말이외다. 무엇보다 우리가 직접 능비의 신체를 살펴보지 않았소이까?”

“…….”

대화가 잠시 중단되었다. 교관들은 침묵 속에서 동자가면을 주목했다. 상명하복의 관계는 아니지만 동자가면은 어쨌든 백마총의 수석 교관이라 할 수 있었다.

동자가면이 입을 열었다.

“백마 능비에 관해선 판단을 보류하겠습니다. 교관들께서는 능비의 상태를 예의주시하여 지켜보시되, 만약 불순한 의도가 있다고 판단되면 즉시 교관 회의를 소집해 주시기 바랍니다.”

교관들은 아무도 대답을 하지 않았다.

불순한 의도.

억지로 그 점을 찾는 이유를 들자면 하나밖에 없다.

능비가 마도의 정통 후예가 아니란 것이다.

능비는 검마가 자신의 목숨과 맞바꾸어 백마총으로 보낸 아이이다. 출신 성분이 모호할뿐더러 검마와의 접촉 과정이 아주 석연치 않았기에 능비를 무조건 신뢰하다가는 자칫 백마총에서 제이의 검마가 탄생할 수도 있는 일이었다.

마귀가면이 말했다.

“검마가 능비를 선택한 이유를 이제 알겠소. 근본도 없는 출신 성분과 독단의 성향은 싫어했지만 아무튼 그 사람의 능력은 알아줘야겠소.”

선녀가면이 말했다.

"허나 그래서 나는 더 의심스러워요. 검마는 끊고 맺는 것이 확실한 사람이었어요. 그런 사람이 마도련주의 유명을 어기면서까지 능비를 선택했을 때는 분명 남모를 이유가 있었을 것이에요."

신선가면이 조심스럽게 말했다.

"장강 사건 이후로 정파에서 은밀히 흘러나온 정보인데…… 능비가 검마의 혈육이란 말이 있더이다."

"으음."

교관들의 입에서 곤혹스러운 신음이 흘러나왔다. 부자 관계로 연결된 검마와 능비. 일반 마도인들에게는 희망이 될 수도 있겠지만 마도의 십대주류 입장에선 최악의 일이 되어버릴 수도 있는 것이다.

동자가면이 신선가면에게 말했다.

"그 사안에 대해선 오교께서 은밀히 한번 알아봐주시구려."

"그러지요. 안 그래도 조만간 중경으로 가봐야 할 일이 있었습니다. 한데 그건 그렇고……."

신선가면은 안건을 정리하며 부처가면을 넌지시 건너다봤다.

"삼교께선 아직도 손가락이 건재하신 거요? 내 알기로 삼 일이라고 내기했던 것 같은데?"

"……!"

그 말에 부처가면이 멈칫하더니 마귀가면을 손가락으로 가리켰다.

"원한다면야 내 손가락은 얼마든지 자르겠습니다. 대신 그 전에 저분의 눈을 먼저 뽑아야 할 겁니다. 열흘에 당당히 눈알을 건 분이시니."

"끄응."

마귀가면이 답할 말을 찾지 못하고 머리를 푹 숙이자 교관들은 그 모습을 보며 키득댔다.

동자가면이 화제를 돌렸다.

"참, 능비의 경우처럼 초련일관을 우수한 성적으로 통관한 백마전인들이 모두 몇이지요?"

부처가면이 답했다.

"마검후 사미진, 금마 관후군, 도마 막소강, 혈마 강립, 이렇게 넷입니다."

"그중 최고 기록을 세운 백마전인은?"

"마검후입니다. 마검후는 정확히 한 달 만에 초련일관을 통관했습니다."

신선가면이 대화에 끼어들었다.

"그나마 마검후가 마도 주류의 체면을 세워 다행이군. 능비는 오늘로서 한 달을 넘기게 되니 말이오."

부처가면이 고개를 저었다.

"아직은 단언하기엔 이릅니다. 정확히 따지자면 능비의 초련 기간은 오늘 정오가 지나야 한 달이 됩니다."

"정오? 하면 지금이 사시(巳時)이니 정오까지는……."

교관들이 시각을 따져 볼 때였다.

우르르릉.

갑자기 교관실 바닥이 크게 흔들렸다. 이어 바닥에서 등골이 시릴 정도의 차가운 냉기가 솟아올랐다.

환경의 변화.

백마총의 환경에 대해선 누구보다 교관들이 잘 알고 있다.

"이것은?"

"설, 설마? 벌써?"

교관들은 동시에 교관실을 뛰쳐나갔다. 달려간 곳은 능비의 초련 장소, 초련삼관 공령대지였다.

초련일관, 공령대지.

공령대지의 열기가 씻은 듯이 사라졌다. 그와 더불어 공손양의 석상도 원래의 땅속으로 들어갔다.

대화일기공의 성취.

초련일관의 통관.

능비가 그것에 대해 감회에 젖을 여유는 없었다. 열기가 사라지자마자 이번엔 대지가 차갑게 얼어붙기 시작했다. 땅만 얼어붙는 것이 아니었다. 기온이 급강하하더니 찬 서리가 공간을 쌩쌩 휘돌았다. 초련삼관의 관문 상판엔 이미 기다란 고드름이 형성됐다.

"으으으."

열기 다음에 곧바로 찾아온 냉기였다. 능비는 너무 추워 몸이 절로 덜덜 떨었다. 이빨까지 덜덜 떨었다.

"화, 화력으로 안 되니 이젠 얼려 죽일… 죽일… 작… 정…
인… 가?"

말하기조차도 점점 힘들어졌다. 어느새 입까지 얼어붙고 있
었다. 능비는 혹여 단전에 불을 피우면 냉기를 견딜 수 있지
않을까 싶어 대화일기공을 급히 운용해 보았다.

신공 발휘 일각.

도움이 아주 안 된 것은 아니지만 냉기를 근원적으로 물리
칠 수는 없었다. 그가 성취한 대화신공의 경지는 삼성. 일반적
인 무공의 성취도와 다르게 그것은 대화신공의 초입 경지에
지나지 않았다. 게다가 심법만 알지 실전 심결을 몰라 대화신
공의 활용 방법도 잘 몰랐다. 공간의 기온까지 바꾸었던 공손
양의 전성기 경지에 이르려면 그는 아직 한참의 수련 세월을
더 보내야 함이었다.

"으으으으."

능비는 얼마 지나지 않아 다시 온몸이 꽁꽁 얼어붙었다. 머
리카락은 물론이요, 이젠 눈동자까지도 고정됐다. 추위의 고
통은 문제가 아니었다. 이대로라면 사고력도 완전히 멈춘다.

절망적인 상황.

능비가 아무런 대응 수단이 없다고 판단하던 그때, 상황 변
화가 생겨났다.

쯔즈즈즈즉— 쿵!

얼어붙은 전방 대지가 쩍 갈라지더니 그 안에서 공손양의
석상과는 또 다른 모습의 석상이 솟아올랐다. 이번엔 머리카

락이 허리까지 내려온 은발 남자의 석상이었다.

능비는 안력을 집중해 은발 남자의 석상을 살펴봤다. 은발 남자는 왼손에 커다란 부채를 들고 있었는데, 공손양의 경우가 그랬듯 그 부채에는 현재의 상황을 해결할 글이 적혀 있었다.

북해의 사신, 냉선이 남기노라.

식자란 것들이 태초의 시작을 논함에 음양(陰陽)의 조화를 거들먹거리지만 그것은 전부 헛소리로다. 극음(極陰)은 절대적 안정의 구조. 극양은 극음의 탯줄을 자르고 탄생한 씨앗의 하나일 뿐이로다.

여기, 극한의 음공, 현음무상기(玄音無上氣)가 있도다.

연자가 극한의 고통을 극복할 수 있다면, 그리하여 극음의 정수를 얻어 빙란(氷蘭)을 그대의 심장에 담을 수만 있다면 그대는 인간의 영혼까지도 얼려 버릴 수 있는 북빙(北氷)의 사신으로 영원히 남게 되리라.

마도 삼십칠대 호법사자 현음빙마(玄音氷魔) 냉선.

第九章
현음무상 빙란검

魔道宗師

마도종사

초련이관 사십오 일째.

초련이관에 돌입한 이후로 능비는 시간의 흐름을 완전히 잊었다. 그럴 수밖에 없었다. 극한의 한기로 말미암아 공간의 기운도 정지되고 육체의 감각도 정지됐다. 그는 극한 빙점의 절대적 고요 속에서 오직 석상만을 바라보는 행위를 이어갔다.

그런 상태에서 능비가 무엇을 하고 무슨 생각을 하는지는 당연히 교관들로선 알 수 없었다. 이관 수련 보름째가 되던 시점에서 부처가면이 털옷으로 완전무장하여 능비의 앞으로 걸어왔다. 부처가면은 능비의 눈앞에서 손가락을 이리저리 돌려댔지만 능비의 눈동자는 전혀 움직이지 않았다.

"뭐야, 이대로 끝난 거야? 동사한 거야? 정말로?"

부처가면은 무언가 아쉬워하는 음성이었다. 한 달이 훨씬 넘도록 능비를 감시 겸 지켜봤으니 남모를 정이 생길 법도 한 것이었다.

"징한 놈. 이렇게 될 바엔 진즉에 포기하지. 괜히 사람만 기대하게 해놓고."

부처가면은 등을 돌려 냉선의 석상으로 걸어갔다. 석상엔 공령대지의 한기를 멈추게 하는 빙기(氷機) 장치가 있다. 냉선의 손에 들린 부채, 제빙선(製氷扇)이 바로 그것이다. 초련이관의 수련자는 호흡이 중단되어도 죽은 것이 아니다. 생명의 활동만 잠시 멈춰 있을 뿐이다. 빙기를 거꾸로 돌리면 극한기는 멈추고 수련자는 공령대지의 기운으로 되살아난다. 실제로 그렇게 되살린 수련자가 열에 아홉이었다.

"……!"

부처가면의 등이 석상의 부채를 가리는 바로 그때였다.

"비, 비, 비키세요! 안, 안 보인단 말입니다."

어디선가 덜덜 떨어대는 음성이 들려왔다. 부처가면은 놀란 반응을 보이며 뒤돌아섰다. 이 안에는 오직 둘만 있다. 그가 말하지 않았으니 말한 사람은 분명 능비일 터였다.

"동사, 아니, 동면된 거 아냐? 아직 활동 중인 거야?"

부처가면의 물음에 능비는 아무런 답을 하지 않았다. 눈동자도 굴리지 않았다. 부처가면은 고개를 갸웃하며 능비의 앞으로 가까이 다가갔다.

쿡. 쿡.

능비의 몸을 이곳저곳 찔러봤지만 반응은 여전히 없다. 이번엔 능비의 입을 강제로 열어보았다. 혀의 상태를 확인하려는 것이다. 그런데 부처가면이 혀를 만져 보던 그 순간 능비가 눈을 깜박거렸다.

"헉!"

부처가면은 깜짝 놀라 급히 두어 걸음 물러섰다. 고수의 체면이 말이 아니었지만 본능적인 반응인지라 어쩔 수가 없었다.

잠시 후, 능비가 입 근육을 이리저리 움직여 보더니 비교적 명확한 발음으로 말했다.

"책임지십시오. 부처 교관님 탓에 간신히 만든 빙란이 깨져 버렸어요. 어떻게 할래요? 그냥 통관시켜 줄래요?"

부처가면은 눈을 멀뚱댔다. 말의 내용보다 어떻게 말을 할 수 있는지가 더 당혹스런 경우라 할 수 있었다. 초련이관을 겪은 백마전인들 중 말을 자유롭게 했던 이는 아무도 없었다. 마검후 사미진조차 입이 얼어붙어 아무 말을 못했다.

"어, 어떻게 말을 할 수 있지?"

능비는 고정된 얼굴로 입만 움직여 답했다.

"대화일기공으로 아혈을 잠깐 해동시켰어요. 물론 아직은 성취가 낮아 다른 감각기관은 해동시키지 못해요."

"대화신공으로 해동했다고? 말도 안 돼. 이게 감히 누구 앞에서 사기치고 있어."

부처가면은 불신의 감정을 드러냈다. 대화일기공과 현음무상기는 서로 간에 극성의 무공이다. 현음무상기의 수련 중에 대화신공을 일으켰다는 것은 곧 기맥에 두 가지 기운을 같이 운용했다는 뜻. 그런 일은 냉선이나 공손양이 되살아나도 불가능한 일이다.

"사기 아니니까 못 믿겠으면 믿지 마십시오. 아무튼 책임지지 못할 것 같으면 어서 자리를 비켜주십시오. 빙란을 새로이 만들어야 하니까요."

"떠나 달라고? 이대로 포기가 아니고?"

부처가면은 뭐 이런 놈이 다 있느냐는 눈빛으로 능비를 쳐다봤다. 극빙의 고통을 자진해서 다시 겪고 싶다는 수련자. 단언컨대 이런 수련자는 지금껏 아무도 없었다.

"어서 비켜주십시오. 현음무상기를 갑자기 중단한 탓에 지금 뇌리가 깨질 정도로 괴롭단 말입니다. 어서요, 어서!"

말끝마다 톡톡 쏘아붙이는 능비였다.

부처가면은 말의 내용을 떠나서 마뜩찮다는 심정을 표현해냈다.

"하! 젊은 놈이 그깟 한기 하나를 못 이겨서 끙끙 앓아대기는."

말을 끝내자마자 능비가 바로 되물었다.

"그깟 한기라고요? 그럼 부처 교관님은 절대빙점의 대지에 파묻혀 보셨어요?"

"그, 그건 아니지."

"안 묻혀보셨으면 말을 마세요. 누군 뭐, 즐거워서 또 극빙을 겪으려고 하는 줄 아십니까? 자, 어서 가십시오. 괜히 방해 말고.”

축객령과 함께 능비가 말문을 닫았다. 부처가면이 한동안 근처에서 어슬렁거려 보았지만 능비는 일절 반응하지 않았다. 결국 부처가면은 뻘쭘한 심정으로 초련이관을 빠져나갔다. 고드름이 맺힌 관문 앞에서 부처가면은 문득 능비를 돌아보며 중얼댔다.

“재밌는 녀석일세.”

초련이관 오십오 일째.

능비는 다시 꽁꽁 얼어붙었다. 이젠 사람인지 얼음 조각인지 구분도 잘 안 되었다. 다만 변하지 않는 것이 있다면 능비의 눈동자였다. 아무리 한기가 휘몰아쳐도 그의 눈빛은 생생히 빛났다. 아니, 한파가 몰아치면 칠수록 그의 눈은 더욱 빛났다.

현음무상기의 초입지경에 그가 이렇게 빨리 접근하리라고는 아무도 예상 못했다. 냉선이 지켜보았더라도 지금의 이 결과를 믿을 수 없었을 것이다.

능비는 알고 보면 계발되지 않은 천재였다. 그는 예전 아비와의 대화에서 선우환과 비교하며 자신의 능력을 평가절하했다. 그때 아비는 같은 조건, 같은 환경에서 공부하면 결과는 또 달라진다고 주장하였다.

아비의 그 말이 틀리지 않았다.

　공령대지의 기연, 절세의 무공, 안정된 수련 생활… 이런 조건이 구비되자 능비는 놀라울 정도로 천재적 자질을 선보였다. 물론 아비를 고스란히 닮은 성향. 죽기 살기로 무공 수련에 임하는 열정 어린 노력도 그의 천재적 자질만큼 대단한 경우였다.

　그리고 그가 무인으로서 이렇게 빨리 성장하는 이유 안에는 그가 순정지기를 소유하고 백마총에 뛰어든 까닭도 있었다. 그의 단전엔 불순물이 하나도 없었다. 그러기에 그는 마치 물을 흡입하는 솜처럼 공령대지의 기운을 고스란히 빨아들였다. 그 기운은 음양의 무공으로 단연 일절인 대화일기공과 현음무상기를 통해 전신기맥으로 퍼져 나갔다.

　다른 수련자들은 그의 경우와 달랐다. 그들은 입총하기 이전부터 일정 이상의 무공을 소유하고 있었다. 그래서 초련삼관을 백마총의 통관 과정으로 여겼지, 이곳에서 반드시 상승 무공을 성취한다는 각오는 하지 않았다.

　현음무상기와 대화일기공은 대성하기가 너무나 힘든 무공이었다. 또한 성취도만큼 수련자의 성장에 극히 위험스런 무공이었다. 그런 까닭에 마도의 후예들은 굳이 그 무공을 성취해야 할 이유가 없었다. 백마총엔 그 두 가지 무공보다 명성이 더 대단한 무공이 충분히 존재하고 있었다.

　아무튼 능비는 현재 하루가 무섭게 성장하고 있었다. 이대로라면 능비는 교관들의 예상보다 훨씬 더 빨리 기력출하의 경지에 올라설지도 몰랐다.

초련이관 육십 일째.

능비가 초련이관에 들어선 지 한 달이 되던 시점에 오교관들이 초련삼관의 관문 앞에 모여들었다. 현재 초련이관의 극한기는 능비에게 큰 영향을 끼치지 못했다. 그렇다면 초련이관의 수련을 굳이 더 시킬 필요가 없었다. 초련이관의 수련은 현음무상기의 성취가 아니라 벅마전인들의 신체 조련이 우선인 것이다.

"극한기를 중단하고 초련삼관으로 바로 넘어갈까요?"

"그래야겠지요. 어차피 소기의 목적은 이루었으니."

규정대로 하자면 능비는 이미 닷새 전에 초련이관을 통관한 셈이었다. 오교관들이 통관 날짜를 늦춘 이유는 마검후가 이십오 일 만에 초련이관을 통관했기 때문이다.

마검후는 마도의 여종사로 예정된 신분이었다. 실제 능력도 백마전인들 중엔 단연 뛰어났다. 그런 마검후보다 더 뛰어난 통관 기록은 다른 백마전인들에게 안 좋은 영향을 끼친다고 판단했던 것이다.

"삼관은 구련철마(九蓮鐵魔)의 금벽기공(金壁氣功)입니다. 능비가 아무리 빨리 통관한다고 해도 닷새의 차이는 따라잡지 못할 것입니다."

마귀가면의 주장에 다른 교관들이 동조의 눈빛을 보였다. 예외가 있다면 부처가면이었다.

"꼭 그렇게 확신할 수만은 없지요. 능비는 이제껏 우리의 예상보다 한참 더 뛰어난 능력을 선보였습니다. 경우에 따라선 얼마든지 역전도 가능하리라 봅니다."

역전 주장.

틀린 말은 아니었다. 문제는 그런 말을 할 때의 어투와 어조였다. 교관들은 마도의 오랜 동지이다. 사석에서 가면을 벗고 만나면 서슴없이 말을 트고 지낸다. 그런 만큼 방금 전의 말투에서 교관들은 능비에게 큰 기대를 하고 있는 부처가면의 감정을 느낄 수 있었다.

마귀가면이 마뜩찮은 음성을 흘려냈다.

"듣고 있자니, 능비가 마치 삼교의 제자라도 되는 것 같구려."

"뭐, 따지자면 틀린 것도 아니지요. 백마총의 교관으로서 백마전인들은 당연히 제자와 같은 수련생들이 아니겠소."

"으음."

교관들이 일제히 부처가면을 흘겨보자 부처가면은 덤덤히 시선을 돌렸다.

동자가면이 말했다.

"자자, 말씀은 그만하고 극한기를 해제시켜 능비를 깨웁시다. 삼교께서 수고를 좀 해주시구려."

"그리하죠."

부처가면이 냉선의 석상으로 걸어가 빙기 장치, 제빙선을 손으로 잡았다.

"어? 왜 이래?"

부처가면의 입에서 당혹의 음성이 흘러나왔다.

마귀가면이 급히 물었다.

"왜 그러시오? 무슨 문제가 있는 거요?"

"자, 작동이 안 됩니다."

"빙기 장치가 고장 난 겁니까?"

"그, 그게 아니고… 제빙선이 얼어붙어 아예 움직이지 않습니다."

"으응?"

교관들이 멀뚱한 눈으로 서로를 돌아봤다. 빙기 장치는 등파가 되지 않는 금쇄석으로 만들어져 있다. 그런 조치가 없고서는 백마전인들의 삶을 담보할 수도 없고, 초련이관을 인위적으로 만들지도 못한다.

하지만 당혹스런 일은 그뿐만이 아니었다.

"어어어어! 내 손! 내 손!"

부처가면이 갑자기 당혹의 음성을 질러댔다. 교관들은 급히 석상 앞으로 뛰어갔다.

"맙소사! 이게 무슨!"

부처가면의 손을 본 교관들은 하나같이 놀란 반응을 드러냈다. 부처가면의 손이 제빙선과 하나가 되어 얼어붙고 있었다.

"내가 도와주리다."

마귀가면이 내력을 일으켜 부처가면의 손에 자신의 손을 올렸다.

"어어, 나도!"

　문제는 더 심각해졌다. 이젠 마귀가면의 손까지 얼어붙어 버린 것이다.

　이런 현상은 이제까지 한 번도 일어나지 않았다.

　대체 무엇 때문인가?

　교관들이 원인에 대해 생각하고 있을 때, 정말로 당혹스런 현상이 발생됐다.

　후우우우우우우!

　석상 아래의 대지에서 희뿌연 한기가 치솟아올랐다. 초련이관의 인위적인 극한기보다 열 배는 더 차가운 초냉기였다.

　동자가면이 문득 아연한 음성을 토했다.

　"서, 설마! 현음빙파?!"

　절대빙점의 초냉기, 현음빙파.

　이것을 접하게 되면 인체는 동파되어 파괴된다.

　"어서 내력을 일으켜 몸을 보호하시오!"

　동자가면이 다급히 소리쳤다. 교관들은 앞뒤 제쳐 놓고 전력을 다해 내공을 일으켰다. 그러나 그들의 노력에도 불구하고 상황은 더욱 암담하게 흘러갔다.

　쯔즈즈즈—즈!

　냉선의 석상에 실금이 쩍쩍 생겨나고 있었다. 파괴되기 일보 직전이었다. 교관들이 육신을 보호할 길은 오직 하나. 현재의 자리를 피하는 것뿐.

　"제기랄!"

　부처가면이 거칠게 칼을 뽑았다. 손을 뺄 수가 없으니 냉선 석상의 제빙선을 자르려고 하는 것이다. 그것도 안 되면 자신의 손을 통째로 자를 각오까지도.

부처가면이 칼을 내려치려던 순간이었다.

"……!"

석상을 바라보고 있던 능비의 눈이 반짝였다. 능비는 이내 손가락 하나를 조용히 들어 냉선의 석상에 거누었다.

슛!

순간 은빛의 직선이 공간을 가른다.

표적지는 제빙선.

은빛 줄기는 마귀가면과 부처가면의 소매 사이를 뚫고 제빙선에 정확히 꽂혔다.

퍽!

얼음 깨지는 소리와 함께 부처가면의 손이 제빙선에서 떨어져 나왔다.

"응? 이게?"

순식간에 발생한 일이었다. 부처가면은 뭐가 뭔지 잘 모르는 눈빛으로 자신의 손을 멍히 내려다봤다. 다른 교관들도 그런 심정은 마찬가지였는데, 그때 은빛의 직선이 하나 더 날아왔다. 이번의 표적지는 냉선의 이마. 은빛 줄기는 냉선의 이마에 여지없이 명중되었다.

퍽!

산란하는 은빛. 초냉기의 균열마저도 얼려 버리는 눈꽃 서리.

“아!”

이번엔 봤다. 교관들 전부가 분명히 보았다.

“현음지(玄音指)!”

교관들의 목이 동시에 뒤로 돌아갔다.

현음지를 날린 대상.

능비는 현재 눈꽃의 서리가 맺힌 중지(中指)를 들어 석상을 가리키고 있었다.

“능비야, 네가 어떻게 현…… 현음지를?”

부처가면이 떨리는 음성으로 물었다. 이곳엔 오직 현음무상기의 심법만 있다. 초식을 알려면 초련삼관을 통관한 이후에 백마무관으로 나가서 그곳에 있는 북빙의 석상과 정식으로 사문 관계를 맺어야 한다.

부처가면에 이어 마귀가면이 불신의 음성을 왈칵 토했다.

“믿을 수 없다! 초짜 수련생이 심법만으로 어찌 상승의 초식까지 발휘할 수 있는가! 이건 분명 우리가 잘못 본 거야!”

교관들은 마귀가면의 말에 고개를 저었다. 심정적으로야 동조하지만 현실은 그렇지 못한 것이다. 현음지는 분명 그들의 눈앞에서 발현됐다. 석상에 남은 증거도 있다.

잠시 후, 동자가면이 명령조로 물었다.

“백마 능비는 답하라. 현음지를 어떻게 발휘할 수 있었느냐?”

“……”

능비는 답하지 않은 채 냉선의 석상만 줄곧 바라봤다.

"당장 답하라. 답하지 않으면 무공 유출의 탈법 행위로 간주해 백마전인의 자격을 박탈하겠다."

동자가면이 엄히 말하긴 했지만 실은 탈법 행위란 말 자체가 우기는 것에 지나지 않았다. 백마총은 현 시대의 마도인들이 만든 것이 아니었다. 백마총은 짧게는 오십 년, 길게는 백 년에 가까운 마도의 대공사. 공사가 시작되었을 당시 지금의 교관들은 백마총이 무언지도 모르는 코흘리개 소년에 불과했을 정도로 공사의 칠 할 이상을 마도의 전대 인물들이 담당하였다.

백마총의 초기 공사에 관여했던 마도의 일세대 인물들은 정천거사 이전에 대부분 죽었다. 따라서 백마총 안에 무엇무엇이 숨어 있는지는 지금의 교관들이 제대로 알 수가 없었다. 초련삼관의 공령대지조차 누가, 어떻게, 어떤 의도로 만들었는지 잘 모를 정도였다. 냉선의 석상만 해도 그랬다. 냉선의 석상을 만든 사람은 다른 누구도 아닌 냉선 그 자신이었다. 그런 만큼 보물찾기를 하듯 냉선이 자신의 비전을 석상 안에 얼마든지 숨겨놓았을 수도 있었다.

"능비야, 어서 답해라. 이건 너에게 중요한 문제가 될지도 모른다."

부처가면이 애타는 음성으로 말했다. 능비는 이미 백마총의 주류 세력들에게 요주의 인물로 낙인 찍혀 있는 상태였다. 자칫하면 이 사안이 검마의 백마총 무공 유출 건으로 확대될 수 있었다.

이윽고 능비가 입을 열었다.

"그게 현음지인지는 저도 잘 몰라요. 저는 냉선 석상의 요구대로 움직였을 뿐입니다."

"요구? 석상이 무슨 요구를?"

교관들이 듣기에 해괴한 답변이다. 살아 있는 것도 아니거늘, 석상이 무슨 요구를 한단 말인가.

능비의 이해 못할 답변은 계속된다. 이번엔 심각한 경고였다.

"그리고 이런 말도 했습니다. 살고 싶다면 지금 당장 이 자리를 떠나라고."

능비는 말과 함께 교관들 뒤의 석상을 눈짓했다. 멀뚱한 심정으로 고개를 돌리던 교관들은 그만 비명 같은 음성을 내질렀다.

"오우! 맙소사! 현음빙파다!"

쿠우우우우우! 쿠우우우우우!

현음빙파가 다시 휘몰아치고 있었다. 이번의 진원지는 공령대지가 아닌, 거미줄처럼 균열된 냉선 석상이었다.

쯔즈즈즈즈— 쯔즈즈즈—!

대지가 얼어버린다. 공간도 얼어버린다.

이건 진짜 현음빙파였다. 지금 휘몰아치는 초냉기는 이전과 비교하면 한겨울의 태풍이나 다름없었다.

"전부 피해!"

교관들이 초련이관 밖으로 일제히 내달렸다. 그런데 부처가

면이 달리다 말고 무슨 생각에서인지 능비에게 홀로 되돌아왔
다.

"능비야, 너도 지금 나가자."

"그럴 수 없어요. 교관님이나 어서 피하세요."

"왜?"

"저는 보시다시피……."

능비는 현재 몸을 움직일 수 없었다. 특히 대지 속에 묻힌
하체는 얼음덩어리나 다름없었다. 해동을 하려면 일정 시간이
필요한데, 지금은 그럴 시간이 전혀 없는 상황이었다.

"허나 그렇다고 하여 너를 두고 어찌 나만 나갈 수 있겠느
냐. 내 명색이 백마총의 교관이거늘……."

"제 걱정은 마세요. 냉선 석상이 내게 말했어요. 현음빙파
를 극복 못하면 현음무상기도 성취할 수 없다고. 그리고 지금
제가 억지로 나가면 현음빙파가 공령대지를 엉망으로 만들어
버릴 거예요. 그럼 안 되는 거잖아요. 나 이후에 다른 수련생
도 있을 것인데……. 냉선 석상과 관련된 일은 나중에 다 설명
해 드릴 테니 어서 여기서 탈출하세요. 자, 어서요!"

능비가 말끝에 강한 눈빛을 내비치자 부처가면은 능비의 얼
굴을 진하게 쳐다보고는 뒤돌아섰다. 냉선의 석상이 파괴되려
하고 있었다. 탈출의 기회는 지금밖에 없었다.

"능비야, 꼭 살아 있어라."

부처가면이 떠나자마자 냉선 석상이 쩍쩍 갈라지며 현음빙
파가 휘몰아치기 시작했다. 석상의 갈라진 틈으로는 현음빙파

와 더불어 은색의 빛살도 칼날처럼 쭉쭉 분출되어 나왔다.

콰아앙!

마침내 석상이 폭발을 일으켰다.

석상에서 쏟아져 나온 은빛의 물결이 능비의 주변 공간을 뒤덮었다. 은빛은 곧 응고되고, 초련이관은 이로써 완전히 극빙의 공간이 되어버렸다.

초련이관 팔십 일째.

냉선의 석상이 파괴된 지 이십 일이 지났다. 초련이관은 그간 잠정 폐쇄됐다. 들어가도 싶어도 그럴 수 없었다. 빙산 같은 빙벽이 초련이관의 외부를 가로막고 있었다. 수정처럼 맑은 얼음이기에 그 안의 광경은 밖에서도 훤히 내다볼 수 있었다. 빙벽 안에는 능비 홀로 고독하게 남아 있었다. 그는 현재 대지 밖으로 나와 가부좌를 틀고 있었다. 생명의 기운은 일체 느껴지지 않았다. 능비는 얼음 동상이 된 모습으로 언제까지 그렇게 고정되어 있었다.

초련이관 구십 일째.

교관들이 능비의 상태를 확인하고자 초련이관에 모여들었다. 그들은 능비의 동사를 거론하며 초련이관의 빙벽을 강제로라도 철거하자고 말하였다. 이때 부처가면은 능비에게 위해가 갈지 모른다며 끝까지 반대했다. 부처가면이 워낙에 강경하게 나온 탓에 교관들은 철거 시일을 열흘 더 연기한다는 것으로 의견을 정리하고 자리를 떠났다.

이날 부처가면은 능비가 훤히 건너다보이는 빙벽 앞에 앉아 종일토록 화주를 마셨다. 시간이 지나 취기가 오르자 그는 부처가면을 벗었다. 평소의 말투와는 다르게 의외로 눈빛이 선하게 생긴 오십대의 중년인이었다.

"검마의 제자이면 어떻고, 검마의 아들이면 또 어떠리. 마음이 저리도 착한 아이인데……."

그는 다음 수련생을 위해서 공령대지를 걱정했던 능비의 말을 기억하고 있었다. 그땐 상황이 너무 다급해 말을 못해주었지만 실은 능비가 그 점은 걱정하지 않아도 되었다. 능비를 마지막으로 더 이상의 백마전인은 없었다.

"그래, 그러고 보면 우린 몹쓸 짓을 한 거야. 저 아이에게도, 저 아이의 아비에게도……."

그의 이름은 유적. 마도 명문 풍산관의 후인이며 무림에선 다비검수 유적이라 불린다. 예전의 그는 마도인답지 않게 성품이 정대하고 후덕하여 무림의 누구와 싸우더라도 어지간해서 살수를 사용하지 않았다. 세속의 권력에도 그다지 욕심이 없어 일찍이 풍산관의 차기 관주로 예정되었음에도 기꺼이 자신의 친동생에게 그 자리를 물려주었다. 그러나 그의 그런 군자 같은 성격도 정천거사에서 친동생을 비롯해 풍산관의 형제들이 전멸되자 상당히 거칠고 괴팍스럽게 변화되고 말았다. 그 후로 그는 대정맹이 망하지 않는 한 원래의 성품으로 돌아갈 일이 없다고 여겨왔다.

　그런데 능비를 만난 이후로 그는 자신도 모르게 점점 정이 넘치던 원래의 성격으로 돌아가고 있었다. 이해가 잘 안 되는 일이었다. 그는 능비와 깊게 이야기를 나눈 적조차 없었다. 그냥 멀리서 지켜보고 어쩌다가 대화를 잠깐 나눈 것이 인연의 전부였다.

　"이제 늙은 게지. 무림에서 물러날 때가 된 거겠지."

　그는 성품 변화를 나이 탓으로 돌리며 화주를 입에 물었다. 목구멍을 지나 가슴으로 잔잔히 번져 가는 술. 오늘 따라 유독 술이 잘 받는다. 그는 취기 오른 눈으로 빙벽 안의 능비를 건너다봤다. 능비는 여전히 미동조차 하지 않고 있었다.

　"그깟 한기라고요? 그럼 부처 교관님은 절대빙점의 대지에 파묻혀 보셨어요?"

　그를 빤히 쳐다보며 했던 말. 능비가 그때 보인 그렁한 눈빛이 유달리 그리워지고 있었다.

　초련이관 구십구 일째.

　백마총을 밝히던 광선까지도 꺼져 버린 밤. 능비는 조용히 눈을 깜짝거렸다. 미세한 신체 활동이지만 그의 내부에선 지금 태초의 시작 같은 거대한 움직임이 벌어지고 있었다. 대화 일기공이 독맥에서 용암처럼 들끓어댔다. 임맥에서는 현음무상기가 폭풍처럼 휘몰아쳤다. 두 기운을 진정시켜 보려고 무던히 노력했지만 소용이 없었다. 통제를 벗어난 두 기운은 각각 임맥과 독맥의 경락을 뚫으며 백회혈로 치솟아올랐다. 그리고 능비가 뭘 어떻게 대비해 보기도 전에 정면으로 충돌을 해버렸다.

콰!

뇌리에서 폭음이 울린다. 정신이 멍하다. 능비는 가부좌 자세 그대로 대지에 코를 박았다. 들숨과 날숨을 타고 그의 기운이 대지로 전이된다. 얼어붙은 공령대지가 윙윙대고 뿌연 김이 대지 전체로 번져 나갔다. 동토를 일깨우는 개화처럼 대지는 그렇게 능비를 중심으로 되살아나고 있었다.

초련이관 백 일째.

빙벽 강제 철거의 날이 밝자마자 교관들은 얼음을 녹일 화력을 총동원해 초련이관으로 나왔다. 그런데 그런 노력이 허무하게도 밤새 무슨 일이 벌어졌는지 빙벽이 씻은 듯이 사라져 있었다.

빙벽이 녹은 공령대지엔 능비가 사지를 쭉 뻗은 모습으로 누워 있었다. 이해 안 되는 점이 한 가지 더 있다면 공령대지였다. 이전에는 묽은 홍토였는데 현재는 보통의 황토가 되어 있었다. 이는 공령대지의 기운이 사라졌다는 뜻과 같았다.

"하! 저 아이는 우릴 거듭 놀라게 하는 재주가 있군."

"난 이제 너무 자주 겪어 놀랍지도 않소이다."

교관들이 능비를 빙 둘러서서 한마디씩 꺼냈다. 능비는 이전보다 상태가 훨씬 더 좋아져 있었다. 살결엔 윤기가 잘잘 흘렀고 신장은 족히 두 치는 더 자란 것 같았다.

선녀가면이 공령대지를 돌아보곤 말했다.

"그나저나 초련삼관을 어떻게 하지요? 이 상태로는 삼관 수련이 안 될 것 같은데."

신선가면이 퉁명스레 답했다.

"초련삼관은 백마전인들이 반드시 통관을 거쳐야 하는 곳이외다. 공령대지가 원상 복구될 때까지 능비를 당분간 이곳에 두기로 합시다."

마귀가면도 한마디 거들었다.

"하기야 공령대지를 망친 연유도 엄중히 조사를 해볼 필요가 있지."

부처가면이 마귀가면의 그 말에 바로 반박했다.

"이교는 그런 말을 하기가 부끄럽지도 않소이까. 능비가 그때 도와주지 않았다면 당신이나 나나 지금 왼손으로 젓가락질을 해야 하는 신세가 되었을 것이오."

이어 부처가면은 교관들을 돌아보며 말했다.

"초련삼관을 핑계대지 말고 우리 솔직해집시다. 능비를 이곳에 남겨두려는 것은 그 애를 백마무관으로 보내기가 싫다는 뜻이 아니오? 안 그렇소?"

"으음."

교관들이 낮게 신음했다. 그리 틀리지 않은 말인 것이다.

"우리는 소의가 아닌 대의로서 백마총의 교관 직을 맡았소.

그러니 교관으로서 개인의 사심이 아닌 마도의 미래를 생각하여 능동적으로 조치합시다.”

동자가면이 물었다.

“그래서 삼교의 생각은 무엇인 거요?”

“삼관 통과.”

“으음.”

교관들이 마뜩찮은 신음을 흘렸다. 부처가면은 미적대는 교관들의 심정에 결정타를 먹였다.

“능비처럼 이관을 완벽히 통과한 수련생은 없었소. 마검후도 거의 송장이 되어서 출관했지 않소? 하니 자질을 시험하다는 측면에서 능비에게 삼관 수련이 무슨 의미가 있겠소. 단언컨대 마검후의 기록만 깨어질 것이오.”

교관들은 더 이상 반대하지 못했다. 이미 명분을 잃었다. 여기서 더 반박한다면 내부 분란만 생길 뿐이다.

“으으으으.”

그렇게 교관들이 능비의 삼관 통관을 합의할 때였다.

능비가 몸을 여러 번 뒤척이더니 상체를 일으켰다. 그런데 깨어난 첫 인사말이 교관들을 또 여러모로 당황스럽게 하였다.

“오래 기다리게 해서 미안합니다. 제가 많이 늦었지요. 참. 제 기록은 어떻게 되지요? 꼴찌인가요?”

*　　　*　　　*

초련삼관을 나가기 전날, 부처가면이 처소로 능비를 은밀히
초대했다.

"우와, 이게 전부 다 뭐예요?"

능비는 그곳에 들어서자마자 입을 함박 벌렸다. 처소 중앙
의 식탁에는 육류와 과일을 두루 갖춘 진수성찬이 차려져 있
었다.

"진짜 음식을 먹어보는 것은 백 일 만이지? 널 위해 준비한
것이니 부담 가지지 말고 편히 먹도록 해라."

"네, 고맙습니다. 잘 먹겠습니다."

능비는 감사의 인사와 동시에 닭다리를 뜯어 입에 물었다.
씹고 말고 할 것이 없었다. 그냥 입에 넣자마자 줄줄 녹는다.
부처가면이 백 일이라고 말했지만 음식을 제대로 먹어본 지는
실은 그보다 훨씬 더 됐다. 중경에서부터 백마총의 여정까지
그는 건량과 육포로만 허기를 채웠다. 배고픔의 욕구를 느낄
때면 그는 혹여나 동행자들에게 폐를 끼칠까 싶어 마른침을
삼키며 억지로 견뎠다.

"후후, 녀석. 정말 잘 먹네."

부처가면의 음성이 들려오자 능비는 볼이 불룩한 얼굴로 부
처가면을 마주 보며 씩 웃었다. 사람의 감정은 얼굴에만 나타
나는 것이 아니다. 능비는 이 순간 부처가면이 흐뭇해하는 심
정을 느낄 수 있었다.

능비가 오리 고기를 접시에 담아 부처가면에게 내밀었다.

“교관님도 같이 식사하십시오.”

“되었다. 난 술이나 마시겠다. 사흘 굶은 거지처럼 게걸스럽게 먹어대는 네 모습을 보니 허기가 싹 사라진다.”

말과 함께 부처가면이 잔을 잡았다. 능비는 잽싸게 술병을 들어 두 손으로 술을 따랐다.

“오랜만이군, 이런 기분…….”

부처가면은 능비를 진중히 응시한 다음 술을 들이켰다. 그리고 그 술잔을 능비에게 건넸다.

“술을 마실 줄 아느냐?”

“아뇨. 하지만 지금은 마셔보고 싶습니다.”

능비가 잔을 잡았다. 부처가면이 술을 따라 주자 능비는 단숨에 술잔을 비웠다.

“쓰.”

잔을 내려놓을 때 능비는 얼굴을 구겼다. 부처가면이 그 모습을 보고는 껄껄 웃었다.

“하하. 녀석아, 첫 술은 원래 그런 법이다.”

능비는 입속에서 휘도는 술기운을 없애고자 한동안 식사에 열중했다. 그렇게 한참의 시간을 보낸 후에 능비는 불룩한 배를 만지며 식탁에서 물러섰다.

“왜? 더 먹지그래?”

“충분히 먹었습니다. 여길 보세요. 저팔계가 된 심정입니다.”

“후후, 녀석.”

식사를 마친 능비는 술상을 겸해 다과상을 별도로 차렸다. 어차피 서로 간에 할 이야기가 많은 터였다. 먼저 입을 연 것은 부처가면이었다.

"그래, 초련이관에서 벌어진 일은 대체 어떻게 된 거냐? 난 아무리 생각해 봐도 도무지 알 수가 없는 일이더구나."

"현음빙마의 석상과 관련된 것 말입니까? 그렇다면 답하기 전에 제가 먼저 여쭤볼 게 있습니다."

"뭘 물어보려고?"

"예전에 냉선은 어떤 사람이었지요? 무공과 성격적인 면에서요."

능비의 질의에 부처가면은 잠깐 생각하고 답했다.

"냉선은 마도삼십육종 중에서 십대주류의 한 곳인 북빙궁의 궁주였다. 성격은 상당히 오만했다고 할까? 아무튼 자신의 무공에 확신이 대단한 양반이었다."

"오만과 확신이라…… 그렇군요. 그러면 이야기가 다 풀려지네요."

궁금증을 자아내게 하는 능비의 말. 부처가면은 기대하는 눈으로 능비를 주시했다.

능비가 곧 그때의 상황을 말하기 시작했다.

"제빙선에 적힌 글을 보면 냉선의 성격이 그대로 드러납니다. 이렇게 시작하죠. 식자란 것들이……."

식자란 것들이 태초의 시작을 논함에 음양의 조화를 거들먹거리지만 그것은 전부 헛소리로다. 극음은 절대적 안정의 구조. 극양은 극음의 탯줄을 자르고 탄생한 씨앗의 하나일 뿐이로다.

"허나 그 글은 냉선의 주장일 뿐, 정설이 아니에요. 태초를 논함에 음양의 선후를 어찌 나눌 수 있겠습니까. 실은 냉선 역시도 그 주장이 억지라는 것을 잘 알고 있었을 거예요."

"한데 왜?"

"냉선이 그럼에도 그렇게 주장한 것은 그 시대의 누군가가 극단으로 치중된 북빙궁의 무공을 크게 자극했기 때문입니다. 어쩌면 무력 충돌을 벌여 냉선을 패배시켰을지도 모르죠. 혹시 생각나는 사람이 없으세요?"

"도성 소무백."

부처가면은 어렵지 않게 답했다. 소무백과 냉선의 낙양 격돌. 워낙에 유명했던 일화인지라 추정 인물이 뇌리에 바로 떠오르는 경우다.

일황의 철권통치 시절, 검성 희자청과 쌍벽을 이룬 마도의 대표적 인물은 소무백이 아닌 냉선이었다. 소무백은 후에 낙양에서 냉선과 상승 무공의 본류를 놓고 토론하다가 그만 일전을 벌이게 되었는데, 당시 세인들의 예상을 깨고 소무백이 일천 초 만에 냉선을 무릎 꿇려 버렸다. 마도의 대부로서 소무백의 명성은 그때부터 시작된 것이라 할 수 있었다.

"상대가 도성이었으면 더욱 이야기가 잘 설명됩니다. 냉선

은 그 후로 소무백을 꺾고자 무공 수련에 전력을 다했을 거예
요. 허나, 교관님도 알다시피 소무백은 그 후에 마도의 대부로
서 명성과 무공이 거듭났고 냉선은 그와 반대로 무림 명성이
크게 퇴보했지요."

"그랬지. 나중에는 거의 외톨이가 되었으니까."

"냉선은 생애 말년에 북빙궁의 무공으로는 소무백을 꺾을
수 없다는 사실을 깨닫곤 절망하게 되죠. 그래서 소무백을 잡
을 수 있는 다른 방법을 찾게 돼요."

"그게 뭔데?"

"빙란검. 정확히는 현음무상빙란검. 도를 사용하는 소무백
에 맞서고자 절대무적의 검공을 창안한 것이지요."

"아!"

부처가면이 능비를 쳐다보며 감탄을 자아냈다. 냉선의 비사
보다 그 비사를 사실처럼 추리해 내는 능비의 능력이 더 놀라
워서였다.

"문제는 빙란검이 냉선의 머리에서만 맴돈 가상의 검이라
는 거예요. 게다가 냉선은 빙란검을 직접 수련할 수도 없었지
요."

"왜?"

"냉선은 이미 북빙궁의 절학인 현음빙기공을 절정으로 성
취한 탓에 육신이 거기에 완전히 적응되어 있었어요. 그런 상
태에서는 현음무상기를 절대로 성취할 수가 없어요."

"북빙궁에서 후인을 양성하면 되잖아?"

“북빙궁의 제자들도 마찬가지에요. 그들은 태어나면서부터 현음빙기공을 수련하기에 냉선과 같은 신체 상태가 되어버려요. 그래서 냉선은 북빙궁의 제자가 아닌 기재들을 찾아 천하를 떠돌게 되죠.”

“으음.”

“그러나 당시는 일패의 천하였어요. 마도에 출중한 기재들이 남아 있을 리 만무했지요. 그리고 딱히 그런 점이 아니더라도 현음빙파를 견디면서 빙란검을 수련할 만한 마도의 기재들은 거의 없었죠.”

“아, 그래서 냉선이 백마총에 자진해서 들어왔군.”

냉선은 원래 백마총의 대업에 동참하지 않은 인물이었다. 소무백이 백마총을 주창했기에 자존심 차원에서도 동참할 생각이 없었을 것이다. 능비의 추론이 맞는다면 냉선의 입총은 비로소 설명된다.

“백마총에 들어온 냉선은 북빙궁의 궁주 자격으로 수련생들의 자질을 심사하는 석상을 하나 더 만들었어요. 그리고는 소무백을 꺾을 검공, 빙란검의 심결을 그곳에 숨겨놓았지요.”

설명이 아직 선명하지 않았기에 능비가 좀 더 구체적으로 추리해 냈다.

“어쩌면 공손양의 석상을 초련삼관에 옮겨놓은 것도, 그리고 공령대지를 만든 것도 냉선의 작품일지 모릅니다. 두 가지의 기연이 없고서는 현음무상기를 성취할 수 없었으니 말이에요.”

　마도삼십육종 중 가장 오래된 문파, 북빙궁엔 역대의 무림 기보가 총망라되어 있었다. 하니 냉선이 공령대지를 마련하고자 북빙궁의 그 기보를 몽땅 풀었을 가능성이 있다. 냉선 사후에 북빙궁이 몰락했으니 아주 설득력이 없는 추론은 아니었다.

　"한데 말이다, 초련이관에 빙란검이 있었다면 다른 수련생들은 왜 그것을 몰랐지?"

　"그건 그들이 대화일기공과 현음무상기를 초련삼관의 통관 과정으로 여겼지 반드시 성취해야 한다는 개념으로 접근하지 않은 때문입니다. 성취하기가 너무 힘들고 또한 심법뿐인 무공은 무의미하다고 판단했던 것 같아요."

　"넌?"

　부처가면의 물음에 능비는 피식 웃었다.

　"난 그렇게 성취해야만 통관되는 줄 알았습니다. 만약 그게 아니었다는 것을 사전에 알았다면 나도 수련할 생각을 안 했을지 몰라요. 두 번 다시 겪고 싶지 않은 고통을 겪어야 하니까요."

　부처가면이 고개를 끄덕였다. 능비의 말이 맞는 것이다. 능비와는 다르게 다른 수련생들에게는 입총 당시 초련삼관에 대해 구체적으로 말해주었다. 이 때문에 초련삼관을 대충 겪고 통관한 수련생들이 적지 않았다.

　"참, 현음빙파가 몰아치기 전 냉선의 말을 들었다고 했는데, 그건 어떻게 된 일이지?"

"그건 냉선이 미리 작업해 둔 일이었어요. 냉선은 현음무상기의 오의를 깨닫고 한 달 이상 수련하는 자가 나타나면 현음빙파가 작동되도록 석상에 장치를 해두었어요. 그리고 음성까지 초냉기에 얼려 저장해 둘 수 있는 북빙궁의 절학, 현음마소를 석상에 담아두었어요. 냉선은 내게 이렇게 말했죠."

본좌의 빙란검을 남기노라. 연자는 천생의 기연으로 알고 나를 사부처럼 떠받들라……. 현음빙파를 극복하면 현음무상기를 얻을 수 있다. 현음빙파를 견딜 수 있는 현음의 구결은 이렇다……. 연자는 빙란검을 대성하면 반드시 소무백의 도를 꺾어 현음이 도성보다 한참 더 우월했음을 증명하라.

빙란검과 현음무상기의 성취.
능비의 말을 모두 듣고 난 부처가면은 기대가 듬뿍 담긴 음성으로 물었다.
"그래서 너는 그것을 성취했느냐?"
"아뇨. 그렇게 믿고 수련했다가 지옥만 맛보았습니다."
"왜? 냉선이 그렇게 말했잖아?"
"그건 냉선의 주장일 뿐입니다. 실은 냉선 역시도 빙란검에 대해 잘 모르고 있었어요. 직접 수련해 보니 빙란검에 허술한 점이 너무나 많았어요. 단적으로 빙란검을 사용하는 검사는 정상적인 강호 생활을 못해요. 생각해 보세요, 냉혈 심장을 가진 신체로 대체 누구와 인간의 연을 맺을 수 있겠습니까?"

"허, 그참 아쉽군. 이론으로는 무적인데……."

아쉬워하는 부처가면에게 능비가 다소 희망적인 말을 던졌다.

"뭐, 어쩌면 나중엔 사용 가능해질지도 모르죠."

"정말? 네가 그렇게 할 수 있어?"

"천하는 넓습니다. 빙란검을 사용할 또 다른 길이 있을 겁니다. 난 냉선처럼 외곬 성격이 아니니까 편법에 접근하기를 꺼리지도 않을 겁니다. 헤헤."

말끝에 능비가 해맑게 웃었다. 미소는 전이되게 마련. 부처가면도 덩달아 흐뭇한 웃음소리를 흘려냈다.

냉선의 사안이 정리되고 나서 두 사람은 한동안 차를 마시며 조용히 다과를 즐기는 시간을 가졌다.

능비가 문득 물었다.

"참, 교관님은 잘 때도 부처 가면을 착용하십니까?"

얼굴을 보고 싶다는 말일 것이다.

부처가면은 고개를 저었다.

"백마총의 주인은 백마전인들이고 교관들은 어디까지나 객일 뿐이다. 그래서 백마전인들을 만나는 자리에선 가면을 벗지 못한다. 이건 개인적 인연으로 수련생들을 대하지 말자는 교관들끼리의 약속이기도 하다."

"하지만 현실은 안 그렇잖아요."

"……."

능비의 반박에 말문이 막힌 부처가면은 낮게 한숨을 내쉰

후에야 말을 이었다.

"네 말이 맞다. 마도인들 역시 이권이 걸리면 자파 우선의 정책을 지향한다. 백마총의 현실도 다르지 않다. 백마전인들 중 과반수가 마도 정통인 삼십육종의 후예들이고, 또 그중에서 절반이 마도의 십대주류들을 사문으로 두고 있다. 교관들 역시도 마찬가지이고."

"마도인들의 단합을 위해서 옳지 않은 일인데… 앞으로도 계속 그럴까요?"

"언젠가는 달라져야겠지만, 솔직히 주류의 권위 타파는 힘들다고 본다. 무림이 늘 그랬듯 오늘의 구주류가 몰락하면 내일의 신주류가 새로 생기지 않더냐."

능비의 얼굴이 침울해졌다. 따져 보면 그의 아비도 마도의 기존 질서에 도전하다가 외톨이가 된 삶을 살았다고 할 수 있다. 어쩌면 능비 자신도 그렇게 살아갈지 모른다.

"밤이 깊었다. 내일을 위해서 그만 잠자리에 들도록 해라."

분위기가 우울해지자 부처가면이 다과 자리를 정리했다. 능비는 부처가면에게 인사하곤 자신의 임시 숙소로 발길을 돌렸다.

능비가 처소의 문을 나서려 할 때 부처가면이 다시 그를 불러 세웠다.

"능비야, 잠깐만."

"왜요."

"네게 이런 말을 해서 미안하다만… 너는 백마총에 대해 너무 큰 기대를 하지 말거라."

말뜻이 모호하다.

능비는 이채로운 눈으로 부처가면을 쳐다봤다.

"왜요?"

"너는 이곳에 너무 늦게 왔다. 또한 그럼에도 입총을 하고자 했다면 그땐 검마와 같이 들어왔어야 했다."

"무슨 말씀이신지?"

부처가면은 한숨을 내쉬며 말을 이었다.

"너를 제외한 다른 아이들은 백마무관에서 집중적인 특혜 교육을 받고 이미 무의 일정 경지에 오른 상태다. 검마 없이 홀로 입총한 너에게는 그런 교육 혜택이 베풀어지지 않을 것이다. 어쩌면 너는 예전의 검마처럼… 마도 주류들에게 배척받는 외톨이로 남을 공산이 크다."

무슨 뜻인지 이제 약간 이해가 되었다. 검마의 후인에겐 형평의 문제가 따른다는 말이 아니겠는가.

"괜찮습니다. 이미 각오를 했고, 또 그럴수록 제가 더 열심히 수련 생활을 하면 되지 않겠습니까."

나이답지 않은 능비의 대범한 대답에 부처가면은 씁쓸한 미소를 보이며 말을 이었다.

"내일 백마무관으로 나가면 이교관인 마귀가면이 네 담당을 맡을 것이다. 그 사람은 대흑림 출신으로서 검마와는 사이가 상당히 안 좋았다. 예전에 검마가 단신으로 대흑림에 뛰어들어 대흑림주를 크게 망신준 사건 때문인데…… 여하튼 그 사람을 조심하도록 해라."

말을 마친 부처가면은 정이 가득 담긴 눈으로 능비를 바라봤다. 능비에게 부담을 주지 않고자 검마와의 관계는 끝내 묻지 않았다.

"알겠습니다. 조언을 새기겠습니다."

능비가 인사하고 등을 돌렸다. 그런데 부처가면이 한 번 더 그를 불러 세웠다.

"참, 능비야."

"네."

"너도 알겠지만 백마무관은 백마전인들이 집단으로 수련 생활하는 곳이다. 상당히 거친 놈들이니 첫 대면에서 되도록 이면 기선을 잡도록 해라. 처음부터 약하게 보이면 네 생활이 몹시 고달파진다."

"네, 잘 알겠습니다."

백마전인들의 기선을 제압하라고 그랬다.

능비도 내심 그렇게 해야 한다고 생각했는데 백마무관에 들어가고 나서 의도적인 제압이 아닌 첫 대면 과정을 정말로 그렇게 진행해 버렸다. 속된 말로 표현하자면, 뇌리가 빡 돌아버렸다고 할 수 있다. 뚜껑이 열렸다는 표현도 된다.

발단은 백마총의 이교관 마귀가면과의 대화에서부터였다.

"순번은 백마, 이름은 능비. 초련삼관 통관 성적은… 백 일 동안 겨우 이관 통관이니 꼴찌. 그나마 삼관은 기권이고. 이

거, 아주 한심한 놈일세."

마귀가면은 신입을 맞이하고자 백마전인들이 집결한 자리에서 능비를 노골적으로 비아냥댔다. 능비는 이때 별다른 감정을 드러내지 않았다. 어쨌든 교관이었고, 또한 불평등 대접은 이미 각오한 바였다.

"백마무관에선 원래의 이름을 사용 못한다. 따라서 동지들에게 자기소개를 하기 전에 먼저 네 명호를 정해야 한다. 명호를 정할 때는 끝자리에 반드시 '마' 자가 들어가야 한다. 그래, 넌 명호를 무엇으로 하겠느냐?"

능비는 어렵지 않게 바로 답했다.

"검마. 검마로 하겠습니다."

아비의 과업을 잇는다. 이건 능비에게 숙명과도 같은 일이었다.

그런데 능비의 대답에 마귀가면은 대뜸 짜증부터 부렸다.

"뭐라? 또 검마? 하여간 요즘 애들은 유행을 너무 타. 독창성이 없어, 독창성이!"

"왜……?"

능비는 이유를 몰라 마귀가면을 빤히 쳐다봤다. 그러자 마귀가면은 백마전인들의 신상명세가 적힌 책자를 뒤적거리며 퉁명스레 말했다.

"검마란 명호는 이미 선점되어 있다. 검마 방천기. 마도 명문 벽사전 출신으로, 올해 나이 열아홉. 현재 백마총 서열 칠위의 거물. 이놈, 상당히 드센 놈이다. 수련 중에 이미 여럿을 의

무실로 보냈다. 하니 검마란 명호는 포기하고 다른 것을 정해
라.”

　선점이란 그 말에 능비는 그만 실망의 한숨을 흘려냈다.

　“시간없다. 빨리 정해라.”

　어쨌든 명호를 정하긴 정해야 한다. 마귀가면의 채근에 능
비는 심사숙고한 다음 다시 말했다.

　“진검마. 진짜 검마.”

　돌아오는 답은 여전히 실망스러웠다.

　“진검마도 이미 선점되어 있다. 진검마 남강. 혈곡 출신으
로, 백마총 서열 이십일위다. 백마총 서열 이위인 금마의 오른
팔이라 불리는 놈이니 대적할 생각은 아예 하지도 마라. 자, 다
른 것을 정해라.”

　능비는 실망의 심정을 접고 다시금 한참 생각한 후에 명호
하나를 거론했다.

　“초검마.”

　“초검마도 있다. 초검마 혁사곽. 나이 스물. 섬서 쾌산파 출
신. 입총 당시에 이미 일급의 무인으로 인정받은 칼잡이다. 현
재 백마총 서열 십사위다. 그놈은…….”

　다양하게 선점당한 검마란 명호에 능비는 감정이 상했다.
선점자의 설명은 당연히 듣고 싶지도 않았다. 그래서 그는 짜
증 어린 어조로 대충 생각나는 대로 말했다.

　“설명은 되었습니다. 그냥 일검마로 하겠습니다.”

　“일검마도 당연히 있다. 다른 것으로 해라.”

정말 미칠 노릇이다. 명호 하나 정하기가 이렇게 힘들단 말인가.

"그럼 이검마."

"안 된다. 이검마도 있다."

"삼검마."

"삼검마도 물론 있다. 참고로 말해주자면 십검마까지는 남은 자리가 없다. 그래, 어떻게 해줄까? 십일검마로 정할까?"

"……."

능비는 대답 대신 입술을 질끈 씹었다. 가슴이 부글부글 끓었다. 그는 인내의 끝에서 더는 경쟁자가 없을 명호를 제시했다.

"백검마."

마귀가면이 그제야 고개를 끄덕였다.

"백 번째 검마. 좋아! 진즉에 그럴 것이지. 네 성적과 딱 어울리잖아."

신상명세에 수치스런 명호가 적히자 능비는 마귀가면을 진하게 노려보며 물어봤다.

"한번 정해진 명호는 고정입니까?"

마귀가면이 대수롭지 않다는 듯 답했다.

"백마무관은 강자존의 수련장이다. 명호도, 서열도 얼마든지 뺏어올 수 있다. 상대의 명호를 갖고 싶다면……."

"싶다면?"

능비의 눈이 한순간 번뜩였다.

"그 대상을 무력으로 굴복시키면 된다. 그러면 승자의 권리로 남의 명호를 강탈할 수 있다."

"강탈, 강탈이란 말이지……. 좋아, 아주 좋은 법칙이야."

"응?"

마귀가면이 신상명세를 적다 말고 능비를 쳐다봤다. 능비의 끝말에 독기가 서려 있었던 것이다.

능비가 연단을 가리키며 말했다.

"저기로 올라가서 신고식하면 됩니까?"

"그래."

"알았습니다. 지금 하죠, 그 신고식."

능비는 마귀가면의 승인도 받지 않고 연단으로 터벅터벅 올라갔다. 연단 아래에서는 백마전인들이 호기심 어린 눈으로 그를 올려다보고 있었다. 능비는 백마전인들을 획 둘러보곤 백두검을 대뜸 뽑아내 연단에 내리꽂았다.

캉!

능비는 눈을 번뜩대며 말했다.

"검마의 명호는 지금부터 내가 접수한다. 살고 싶은 놈은 모두 자진해서 검마의 명호를 버려라."

第十章
백마총의 마도전사들

魔道宗師

마도종사

능비의 신고식.

표정 죽여주고, 음성 멋지게 깔았다.

분위기는 살벌, 그 자체다.

의도적이든 눈알이 홱 돌았든 능비는 그렇게 신고식에서 할 만큼 다했다.

문제는 신고식을 받는 대상들이었다. 이놈들은 그가 중경에서 서너 살 나이 정도는 같이 맞먹고 놀던 그 더벅머리 애들이 아니었다.

아흔 명이 넘는 수련생 중 그가 만만히 상대할 놈은 단언컨대 하나도 없었다. 하나같이 독한 사연을 가슴에 담았고, 그중에는 사문이 피바다로 변할 때 현장에 직접 있던 놈들도 제법 되었다.

이런 놈들에게 능비의 위협이 먹혀들 리가 없었다. 솔직히 그의 위협은 엄포도 안 되고 공갈도 되지 않았다.

"……"

백마전인들이 말문을 닫고 일제히 능비를 쳐다봤다. 동작도 멈추었다. 어디선가 찬바람이 쌩 하고 분다. 극도로 썰렁해졌다고 해야 하리라.

반응은 잠시 후 바로 나타났다.

"뭐야, 지금? 우리더러 그런 거야?"

"골 때리네."

"병신, 삽질하고 있네."

여기저기서 짜증 어린 음성이 들려왔다. 능비도 물론 그 음성을 들었다. 특히 삽질한다는 그 말. 그 말을 맹랑하게 지껄인 댕기머리 소동과는 눈도 마주쳤다.

"거기, 삽질이라고 말한 녀석, 이리 나와봐!"

기세에서 밀리면 안 되기에 능비는 일단 강하게 나갔다. 상대가 자기보다 한두 살 어려 보이는 소동이라고 만만히 본 심정도 있었다. 그런데 능비가 소동을 노려본 그 순간, 바로 응징의 일격이 날아왔다.

휘리릭! 휘리릭!

앙증맞은 발이 허공으로 솟아오른다 싶더니 두 번 연이어 회전 곡선을 그렸다. 이른바 이단 돌려차기, 나래차기였다. 비공 거리는 무려 삼 장. 능비의 눈으로 보자면 이건 거의 날아온 것과 진배없었다.

빠아악!

소동의 발은 정확히 능비의 볼에 명중됐다. 능비는 타격당한 즉시 바닥에 머리를 박았다. 쓰러진 그의 등을 소동이 발로 밟고 소리쳤다.

"개밥 주제에 입만 살아 가지고! 이걸 그냥 콱 밟아 죽여 버릴까 보다!"

한 방에 나가떨어진 능비는 뒤늦게 현실을 실감했다. 중경에서 배운 무술 따위로는 이놈들을 절대 상대할 수 없었다. 아닌 말로, 붕붕 날아다니는 놈들에게 무슨 주먹질을 하겠는가.

대화일기공과 현음무상기도 이런 갑작스런 타격에선 별반 무소용이었다. 성취가 미약했던 점도 있지만 그런 이유에 앞서 능비는 얼굴에 한 방을 맞는 순간 심법의 구결이 뇌리에서 싹 지워져 버렸다.

그가 유일하게 사용이 가능한 지법, 현음지도 도움이 안 되긴 마찬가지였다. 그는 현음지를 땅속에 묻힌 채 스승도 없이 구결만으로 홀로 터득했다. 그래서 수준이 낮을뿐더러 실전 상황에 맞춘 활용 방법도 잘 몰랐다. 현재의 그가 현음지를 사용하려면 육체가 고정된 자세에서 신중히 현음무상기를 일으키고 그런 다음 표적을 맞추어 지법을 날려야 했다. 그 경우, 그는 이미 상대의 발길질에 떡이 되어버린 상태가 됨은 물른이었다.

'하지만 아직 끝난 건 아냐.'

주먹으로 안 되면 독기다. 능비는 이를 악물고 벌떡 일어나 소년을 노려봤다. 비파산에서 산적들과 싸울 때도 이랬다. 그때도 상대가 안 되긴 마찬가지였지만 결국 그는 산적들을 죽림에서 쫓아 보냈다.

그때의 악바리 정신.

능비는 그 각오로 소동에게 다짜고짜 엉겨들었다.

"어라, 이놈 봐라? 아직 덜 맞았네?"

각오는 좋았지만 현실은 더 악몽이었다.

소동이 가소롭게 웃더니 허리를 낮게 숙여 그의 뒷무릎을 툭, 잡아 올렸다.

"어?"

능비는 몸이 순간적으로 붕 떠올랐다.

"애들아! 개밥 받아라!"

소년의 발이 허공에 떠오른 능비의 옆구리에 다시 꽂혔다.

빡!

내장이 뒤집어지는 것 같은 고통.

신물이 목구멍에서 울컥 넘어왔다. 아직 끝났다고 생각하면 안 된다. 진짜 악몽은 이제부터 시작이다. 워낙에 강하게 차였기에 그의 몸은 수련생들이 우글우글한 연단 아래로 뚝 떨어졌다.

"우우우!"

바닥에 큰대 자로 뻗은 그를 수련생들이 고양이 닭 보듯 내려다봤다. 능비는 그 순간 불길한 상상을 뇌리에 떠올렸다.

“야, 조져 버려!”

“이런 놈은 다시는 못 기어오르도록 작살을 내버려야 해.”

불길한 상상, 집단 구타.

그건 곧 현실이 되었다.

“우우우우우!”

“죽엿! 죽엿!”

퍼퍼퍼퍼퍼퍽! 퍼퍼퍼퍼퍼퍽!

얼굴, 가슴, 허리, 무릎… 신체 곳곳에 걸쳐 무차별로 발길질
이 날아왔다. 어떤 놈은 악랄하게도 때린 부위만 연속해서 때
리고, 또 어떤 놈은 단순 폭력임에도 비겁하게 내공을 실어 발
길질을 해댔다.

능비는 일각도 되지 않아 무저항 상태의 녹초가 되어버렸
다. 집단 구타의 고통은 초련삼관의 고통과는 또 달랐다. 고통
의 세기로 따지자면 초련삼관의 고통이 백 배 더 괴로웠지만,
심정적인 면에서는 오히려 지금의 고통이 백 배 더 아프게 느
껴졌다.

한 놈도 상대하지 못했다. 아니, 그 어린놈의 일격도 받아내
지 못했다. 이런 허약한 실력으로 무슨 아비의 대업을 잇는단
말인가. 가슴에 담긴 의지가 남다르다고 주장할 순 없다. 독한
심정으로 살아가는 것은 이놈들 역시 마찬가지였다.

‘그런 건가. 내가 앞으로 경쟁하며 살아갈 놈들은 바로 이런
독종들인가.’

현실을 인정하자 한결 마음이 편해졌다. 흐리멍덩하던 뇌리

도 많이 맑아졌고, 너무 많이 맞아 무감각해져서 그렇겠지만 육체의 고통도 한층 약화됐다.

'좋아, 맞아주지. 목숨만 남겨두고 얼마든지 때려. 다음엔 내가… 내가 너희를 그렇게 짓밟아주지. 그 열 배로!'

그의 각오가 얼굴에 그대로 표현된 모양이었다.

"어라? 이 새끼 웃는다?"

"아직 덜 맞았는가 보네. 조져! 완전히 조져 버려!"

집단 구타의 세기가 다시 거세졌다. 능비는 일절 저항하지 않았다. 신음도 흘리지 않았다. 그냥 두 눈 부릅뜨고 그를 때리는 놈들의 면상만 노려봤다.

으드득!

그의 그런 얼굴이 보기 싫었는지 어떤 놈이 그의 눈을 잔인하게 발로 짓이겼다. 이건 정말 장난이 아니었다. 눈앞에서 별들의 축제가 벌어진다.

'제길! 정말로 최악이군!'

속에서 욕이 저절로 나왔다. 더불어 열이 받으니 육체의 고통이 다시 드세지기 시작한다. 뼈가 해체되는 것 같고, 내장이 쪽쪽 찢어지는 것 같았다.

너무 괴롭다. 이대로는 반 각도 버틸 수 없다.

그는 조금이라도 고통을 약화시켜 보고자 이전처럼 현실을 인정하는 자기최면을 걸었다.

'그래, 너희가 최고야. 너희는 정말 강자야. 나는 너희에 비교하면 개밥도 안 되는 좆밥이야. 나는 너희를 무지무지 존경해!'

과연 효과가 있는 듯 육체의 고통이 점점 사라져 갔다.

능비가 그렇게 내심 자기최면에 만족하고 있을 때였다.

콰아악! 으즈즉!

하체에 난데없이 불방망이가 떨어졌다.

그리고 들려온 말. 앳된 여자의 음성이었다.

"씨발! 이런 새끼는 방울을 터뜨려 내시를 만들어 버려야 해!"

"으윽!"

아프다. 지독하게 아프다. 너무 아파 참고 참았던 비명까지 터져 나온다.

능비는 실신하기 직전에 이를 뿌득뿌득 갈았다.

'방울년! 넌 이제 잡히면 죽는다!'

"아프더냐?"

"시원하더군요."

"기분은 어떻더냐?"

"더럽더군요."

"앞으로는 어찌할 생각이냐?"

"일단 힘을 기르고 그런 다음 몇 놈을 우선적으로 찾아내 복수를 할 생각입니다."

신고식 다음날 부처가면이 능비를 찾아왔다. 능비는 그때까지 거처도 배정받지 못한 채 연단 한쪽 구석에 처박혀 있었다.

부처가면은 금창약을 가져와 능비의 몸에 손수 발라주었다.

능비의 몸은 머리부터 발끝까지 피멍으로 물들지 않은 곳이 없었다. 뼈가 부러진 곳이 없다는 게 그나마 다행이었다.

"일단 네 거처부터 정해야겠구나."

"거처는 어떻게 마련하는 것입니까?"

"이교관이 말해주지 않더냐?"

"네."

"이런 몹쓸 사람을 봤나. 아무리 검마가 싫다고 하더라도 공적인 일은 공평무사하게 처리해야 하거늘!"

부처가면은 성난 눈으로 백마본관을 노려봤다. 마귀가면이 하릴없이 허공을 올려다보는 모습으로 그곳에 서 있었다. 조금 전까지 부처가면과 능비의 모습을 주목한 듯한 눈치였다.

"가자, 능비야. 내가 네 거처를 마련해 주마."

부처가면이 능비의 손을 잡고 일어섰다. 능비는 부축을 받고서도 무릎을 후들대고 있었다.

"남들이 보고 있다. 힘들더라도 약한 모습을 보여주지 마라."

남들이란 백마전인들을 말함이다. 능비는 그 말을 듣자마자 부처가면의 손을 놓고 스스로 걸어가기 시작했다. 일 보를 걸을 때마다 끙끙댐은 물론이었다.

보행 중에 능비가 물었다.

"거처는 어떻게 정하는 것입니까?"

"저기 보이는 석굴 중에 한 곳을 골라잡으면 된다."

"석굴?"

능비는 피멍이 든 눈으로 전방을 살펴봤다. 백마무관의 공터를 중심으로 외곽지에 석굴이 촘촘하게 둘러져 있었다. 이전에도 보긴 했지만 아무도 말해주지 않아 그곳의 용도에 대해 알지 못했다.

"그냥 아무 곳이나 골라잡으면 됩니까?"

"그건 아니다. 석굴은 전부 아흔아홉 개이고, 각각의 석굴 안에는 마도를 빛낸 영웅들의 석상이 세워져 있다. 하나의 석상과 사문 관계를 맺어야만 그 석굴을 주거지로 삼을 수 있다."

"흐음."

아흔아홉 개의 석상. 아흔아홉 개의 석굴. 한때 아흔아홉 명에 이르렀던 마도의 후예들.

이렇게 나눠 생각해 보면 길게 설명하지 않아도 머리에서 쉽게 정리가 되었다.

능비는 잠깐 생각하고 다시 물었다.

"반드시 일인당 하나씩 사용해야 합니까? 사문이 중복되는 경우도 있을 것 같은데?"

"그건 아니다. 아흔아홉 개의 석실은 마도 본류 삼십육종과 마도 지류 육십사종으로 구분된다. 특수한 경우를 제외하고는 수련생은 마도 본류의 석상하고만 사문 관계를 맺는다. 마도 지류에 속한 육십사종의 석실은 수련자 모두에게 개방된다. 물론 제한은 있다. 잡다한 무공 습득은 오히려 수련자의 성취를 더디게 하는 법. 수련생 일인당 마도지류의 석실은 세 번만 이용할 수 있다."

"아, 네."

미완성의 열 가지 무공보다 하나의 완성된 무공이 낫다.

능비는 부처가면의 끝말을 그렇게 이해했다. 사실 그런 제한적 조치가 없고서는 수련자들의 무분별한 무공 욕심에 석실 개방이란 본래 의도가 크게 무색해질 수도 있는 것이었다.

"그렇다면 만약 수련자가 원하는 사문이 있는데 누가 먼저 석굴을 선점해 있으면 어떡합니까?"

"그 경우는 두 가지 방법으로 해결한다. 하나는 선점자의 권리를 인정하여 사제로서 예를 취한다. 쉽게 말해 굴복하면 된다는 뜻이다. 두 번째는 백마총의 법칙이 그렇듯 싸워서 뺏으면 된다. 단, 사문을 뺏는 싸움에선 서로의 목을 걸어야 한다."

서로의 목을 건 싸움. 당연한 일일 수 있다. 사문은 무인에게 목숨과도 같은 것. 사문을 뺏는 것은 명호를 뺏는 것과는 전적으로 경우가 다르니 상대를 죽여야만 가능해질 것이다.

"실제로 그런 싸움이 벌어진 적이 있습니까?"

"많지는 않고 여덟 번 정도 된다."

"패자는 죽었습니까?"

"백마전인들은 현재 여든네 명이다. 초련삼관을 거치며 일곱이 죽었고, 백마총에서 일찍 퇴출된 염마(炎魔)를 제외한 나머지 여덟 명이 그런 싸움으로 인해 죽었다."

"여덟 명?"

열에 가까운 죽음이 있었다는 말에 능비는 보행을 중단했다. 강자존의 법칙에 따라 죽고 사는 수련 생활.

백마총이 어떤 곳인지 새삼 실감되었다.

"무서운 곳이군요, 백마총은."

"왜? 두려우냐?"

능비는 부처가면을 보며 고개를 저었다.

"두렵다기보다는 그렇게 살아가야 하는 이들이 가엾게 생각됩니다."

부처가면이 실소를 지었다.

"허! 녀석, 그렇게 두들겨 맞았건만 동정이라니……."

"오해 마세요. 어디까지나 현실이 그렇다는 것입니다. 아직도 온몸이 녹초인데 내가 왜 그놈들을 동정해 주겠습니까. 나쁜 놈들! 비겁한 놈들!"

갑자기 능비의 음성에 독기가 서렸다. 이유가 있었다. 우측 방향의 석굴 앞에 능비를 일격했던 댕기머리 소동이 서 있었다.

마침 소동의 놀리는 음성이 들려왔다.

"어이, 백검마! 갈 곳이 없으면 우리 집으로 와라. 내가 널 사제로 귀여워해 줄게."

능비는 소동을 노려보며 사납게 소리쳤다.

"닥쳐, 땅콩! 넌 죽은 듯이 대기하고 있어. 내 곧 찾아갈 테니까!"

"씨, 저게 아직도!"

금방이라도 달려올 것처럼 소동이 으르렁댔다. 부처가면이 옆에 없었다면 실제로 그렇게 했을지도 모르는 일이었다.

소동의 석굴을 지나친 다음 능비가 물었다.

"저 애는 누구입니까?"

"왜? 신고식에서 소동마와 부딪쳤던 게냐?"

부처가면은 능비가 신고식을 호되게 당했다는 것만 알지 세세한 속사정은 모른다.

"저놈이 소동마라고요?"

반문하는 능비의 표정이 예사롭지 않았다. 부처가면은 사정을 짐작하듯 피식 웃으며 소동마에 대해 설명했다.

"소동마 이필. 하북 이가산장 출신. 올해 나이 너와 동갑. 체구가 작다고 만만히 생각하면 안 된다. 각법으로 무림 일절인 허공각(虛空脚)의 당대 전인으로서 백마총 서열 십삼위에 이르는 특급 무인이다."

능비가 놀란 표정을 지었다.

"저놈이 그렇게 강해요?"

"물론. 이필은 잠자고 밥 먹는 시간 빼고는 하루 온종일 각법만 연습하는 놈이다. 이대로 십 년만 더 지나면 이가산장의 꿈이라는 허공답보각을 완성시킬지도 모른다. 강한 무력만큼 성격도 상당히 사나운 놈이니 원한이 있더라도 너는 당분간 이필하고 부딪칠 생각을 하지 마라."

"쳇, 정말 만만한 놈이 없군."

능비는 소동마를 일단 뇌리에서 지워냈다. 부처가면의 말처럼 당분간은 접근하지 않을 생각이었다. 솔직히 삼 장의 공간을 날아와 발차기를 하던 소동마의 모습을 생각하면 지금도 아찔했다.

대화를 하던 사이에 전방의 석실에 다다랐다.

부처가면이 물었다.

"그래, 생각해 둔 사문은 있느냐?"

능비는 다소 미적댔다. 정해둔 사문은 물론 있었다. 문제는 마도무림에서 꽤나 유명한 문파라서 선점이 되어 있을 가능성이 높다는 것이었다.

"저는 마종검문으로 갈 생각입니다. 마종검문도 마도 본류인데 이미 선점이 되어 있겠지요?"

걱정을 해서 아주 조심스레 답했거늘, 부처가면은 의외로 만족스런 음성을 토해냈다.

"잘됐네. 네 몸을 돌보자면 휴식을 해야 할 테니 일단 그곳으로 가자. 사문은 천천히 구해도 된다."

뜻이 모호한 말이었다. 가긴 가는데 사문이 아닌 잠정 휴식 차원이라 했다.

능비는 마종검문의 석굴에 가보고 나서야 이유를 알게 됐다.

황량한 석실.

바닥엔 먼지가 수북했다.

"어? 여긴 비워져 있네요?"

"그래, 아무도 찾지 않는 곳이지."

"왜요?"

부처가면은 대답없이 석실 중앙의 석상을 가리켰다. 팔 척 장신의 석상인데 석상은 선인지로의 초식으로 조각되어 있었다. 그 동작 외에 어떤 설명 문구도 없었다. 무공의 구결도 없고, 석상의 주인이 누구인지도 적어놓지 않았다.

"백마총에서 가장 난제의 석상이라고 할 수 있다. 그간 여러 수련생들이 이곳을 찾았지만 누구도 석상의 비밀을 풀지 못했다. 무공에 천재라는 마검후조차 이곳에선 고개를 저었다."

능비는 석상 가까이로 다가갔다. 직접 만져 보고 두들겨 보았지만 비밀이 담긴 흔적은 아무것도 찾을 수 없었다. 능비는 문득 백두검을 내려다봤다. 아버지는 백두검이 비밀의 열쇠가 된다고 하였다. 하지만 아무리 살펴보고 또 생각해 봐도 석상과 백두검의 연결 고리를 찾을 수 없었다. 그나마 의심스런 구석이 있다면 백두검의 검병에 양각된 글이었다.

용검지자(勇劍之子) ─ 선인지로(仙人指路).
용기있는 자만이 검을 가질 수 있다.

지금 당장 노력한다고 해서 풀릴 난제가 아니었다. 어차피 시간은 앞으로 얼마든지 있었다.

"뭐, 조용하니 좋군요. 방해하는 놈도 없겠고."

능비는 난제에 관심을 끊고 석상 앞에 무릎을 꿇었다. 그리고는 엄숙히 구배지례를 올렸다. 사문의 의식이 끝나자 부처가면이 그에게 말했다.

"그럼 나는 그만 가겠다. 나는 백마무관의 직속 교관이 아니라서 계속 머물 수가 없다. 참, 그리고 이것은 백마무관의 수련 생활에 관한 규정집이다. 쉬면서 천천히 읽어보도록 해라."

부처가면이 석실을 나가자 능비는 바닥에 활짝 드러누웠다. 자신만의 거처가 생겼다는 생각 때문인지 피로가 한꺼번에 몰려오고 있었다. 능비는 이내 눈을 감고 잠을 청했다. 눈을 감은 지 일각. 능비가 고개를 옆으로 슬그머니 돌려보자 머리 옆에 잠을 방해하는 물건이 있었다. 부처가면이 건네준 백마무관 규정집이었다.

'성격은 어쩔 수 없군.'

능비는 원래 낯선 책이 있으면 반드시 읽어봐야만 직성이 풀리는 성격이었다. 그는 누운 자세 그대로 규정집을 펼쳐 읽어보았다.

마도 본류의 사문은 하나만 선택할 수 있다.

마도 지류의 무공은 수련의 기회를 세 번만 가질 수 있다.

학서와 일반 무서는 백마서고에서 얼마든지 열람할 수 있다.

수련 시간은 자유다. 단, 자정을 넘긴 시각이면 석실을 나올 수 없다. 시간 규정을 세 번 어기면 십마지존의 후보 자격이 박탈된다.

식사는 백마무관의 본관에서 정오와 술시에 배급된다. 시간 엄수. 정오와 술시를 넘기면 식사를 할 수 없다.

규정집의 초반부에는 수련 생활의 여러 가지 규정 사항이 적혀 있었다. 능비는 중요한 사안만 머리에 새기고 규정집을 휘리릭 넘겼다.
"응?"

마도 구십구대 호법사자 이력서.

규정집의 중간부터는 아흔아홉 명의 마도 영웅들에 관한 설명이 적혀 있었다. 그들이 석상의 주인공들임은 두말할 것도 없었다. 능비는 진한 호기심으로 영웅들의 설명을 정독해 보았다.
규정집 독파 반 시진.
"아!"
능비는 한 인물을 설명하는 장에서 그만 벌떡 일어나고 말았다.

마도 팔십구대 호법사자:마류독종 맹강.
사문:없음.
성분:마도 지류.
무공:이십팔로하류잡권.

무공 수준:상류.

무림 전적:일류.

무언(武言):싸움은 무조건 이겨야 한다. 승자에겐 암수도 훌륭한 초식이 되지만 패자에겐 달마신공도 상류의 무술이 될 뿐이다.

"맹강의 잡권을 배우겠다고?"

"네."

"너, 신들렸냐?"

"네?"

"마종검문 다음으로 맹강의 석실. 어쩌면 그렇게 남들이 찾지 않는 곳만 콕콕 집어내느냐. 어쨌든 따라오너라."

능비가 본관을 찾아와 용무를 보고했을 때, 마귀가면은 그를 놀려먹듯 비꼬아 말하곤 바로 맹강의 석실로 안내했다. 도착한 맹강의 석실은 마귀가면의 말처럼 황량하니 비어 있었다.

"마도 지류의 무공 수련 기회가 세 번뿐인 것은 잘 알고 있겠지?"

"물론입니다."

"좋아, 그럼 열심히 해봐. 참, 수련 중에 모르는 점이 있다면 어려워하지 말고 나를 찾아와. 내 특별히 한. 수. 지도해 주지."

마귀가면은 한 수 지도한다는 말을 강조하곤 맹강의 석실을 나갔다.

　홀로 남게 된 능비는 석실 중앙으로 걸어가 석상을 정면으로 마주 보고 섰다. 석상의 모습은 여러모로 의미심장했다. 왼손은 스님들이 한 손을 합장하듯 가슴 앞에 고이 두었는데, 오른손은 머리 뒤에서 주먹을 불끈 말아 쥐고 있었다. 눈동자도 많이 이상했다. 왼쪽 눈은 하늘을 바라보는데 오른쪽 눈은 또 땅을 내려다보고 있었다.

　"이게 되나? 자세가 안 나올 것 같은데?"

　능비는 석상처럼 동작을 취해봤다. 왼손으로 예를 올리고, 오른손으로 주먹을 잡아 머리 뒤에 숨긴다. 기분이 다소 묘하지만 이건 그다지 어렵지 않았다. 하지만 하늘과 땅을 각각 쳐다보는 눈 동작은 도무지 가능하지가 않아 보였다.

　"하긴 따라 해본 내가 바보지."

　능비는 실소하며 석상의 전신을 다시금 살펴봤다. 석상의 가슴 부위에 돌출 부위가 있었다. 석상의 젖꼭지 같은데 남자의 석상치고는 유달리 튀어나와 있었다.

　"꼭 여자 가슴 같네……."

　능비는 무심코 그곳을 만져 보았다.

　쿵!

　그 순간 석상의 가슴이 갑자기 활짝 열렸다. 능비는 깜짝 놀라 뒤로 물러났다. 그러다가 문득 눈을 반짝였다.

　"뭐지?"

　열린 가슴 안에 무언가가 있었다. 능비는 그 안으로 손을 깊숙이 넣어 보았다. 무언가가 손에 잡힌다. 그것을 빼내 보니 두툼한 책자였다. 정확히는 '이십팔로하류잡권 총보'라 적힌 무서였다.

맹강이 연자에게 남긴다.

나 맹강은 일황의 시대에 하남성 정주 저자의 유곽 골목에서 태어났다. 어미가 누군지는 모른다. 어미는 나를 낳자마자 골목에 버렸고, 나는 그렇게 천생고아로 저자의 쓰레기밥을 먹고 자랐다. 저자의 고아들이 대개 그렇듯 성장 시기에는 점소이부터 유곽의 뒤처리 직업까지 안 해본 것이 없었다.

물론 내게도 꿈은 있었다. 내 꿈은 무림의 고수가 되어 저주스런 하류 인생의 딱지를 떼어버리는 것이었다.

그러나 성격도 급하고 머리도 아둔하여 무림의 어떤 방파도 나를 받아주지 않았다. 스무 살이 될 무렵, 머리를 깎고 소림사로 들어가 무술을 배워본 적이 있지만 밥 먹을 때도 아미타불을 외치는 중들 새끼가 꼴 보기 싫어 육 개월 만에 내가 살던 정주 저자로 되돌아와 버렸다.

그 이후로는 저자에서 왈패로 생활했다. 조직 총수의 눈에 들고자 비열한 짓거리를 도맡아 하던 나는 결국 서른두 살이 되던 해, 유곽에서 잠자고 있던 총수의 목을 자르고 정주 저자를 장악하였다.

정주무림에선 나를 마류독존이라 불렀다. 그러면서 나를

사파의 무리로 몰아 저자에서 축출코자 하였다. 그들의 속셈은 저자의 상권을 정주의 무림방파에 두려는 것이었다. 나는 그들의 겁박에 꿈쩍하지 않았다. 무공으로 위협하면 한밤중에 도끼를 들고 그놈들의 집으로 쳐들어가 난장을 부렸다.

당시 내가 그렇게 할 수 있었던 이유는 스무 살 이후로 무림인에 대한 환상을 깼기 때문이었다. 어린 시절엔 무림의 무공이 세상에서 가장 강한 것인 줄 알았다. 일반인은 무림인을 상대로 승리하지 못한다고 생각했다. 허나 내가 성년이 되어 직접 그들과 맞싸워 보니 그게 반드시 그렇지만은 않았다.

의외로 무림인들에게 허술한 점이 많았다. 내 눈으로 보자면 그건 무림인들 스스로 만든 허점이었다. 서로의 모가지를 건 싸움에 무슨 놈의 말이 그렇게 많단 말인가. 격식은 왜 또 그렇게 복잡하단 말인가. 내가 칼질하며 먹고살던 저자의 뒷골목 인생은 그렇지 않았다. 진검 싸움이 시작되면 일단 적의 가슴을 찌르고 봐야 했다. 싸움의 이유와 격식은 그다음이었다.

나는 무림인들과 맞싸울 때 거기에서 한발 더 나아갔다. 정상적인 싸움으로는 그들을 이길 수 없었던 것이다. 나는 그들의 정면에선 비굴하게 무릎을 꿇었고, 그들의 등 뒤에선 무자비하게 도끼를 들었다. 또한 밥 먹을 때 덮쳤으며, 잠잘 때 기습했다.

나의 이런 비열한 싸움 방식에 무림인들은 연전연패를 당했다. 처음엔 나를 재수가 지독히 좋은 마종이라며 비하했으나 그 승리가 이십 번도 넘게 지속되자 그때부터는 내가 마공을 몰래 수련했다며 무림공적으로 몰았다.

마흔이 되던 해, 나는 저자를 나와 천하의 무관을 돌며 내 싸움 방식에 대해 진지하게 고찰해 보았다. 그리고 그렇게 세월을 보내던 환갑 무렵, 나는 다행히 약간의 깨달음을 얻어 하류 무술의 독창적인 체계를 구축할 수 있었다.

연자는 내 삶을 비열하다고 욕해도 된다.

그러나 그렇다고 이십팔로하류잡권까지 비열하다고 욕을 해선 안 된다.

나의 삶과도 무술, 이십팔로하류잡권은 일찍이 협객이 아니었던 잡놈이, 위선의 탈을 쓴 협객들을 상류의 장권박투로 응징하는 하류의 위대한 무공이다.

능비는 맹강이 남긴 글을 정독해서 읽었다. 냉선의 경우가 그랬듯 문장을 보면 그 사람의 성향에 대해 대략 알 수 있었다. 그가 보기에 맹강은 일황의 철권시대가 낳은 희생자이지 천성이 악한 사람이 아니었다. 당시 발전의 이면에 강호의 외지로 내몰려 비참하게 살아간 인생들이 있었다. 맹강도 그들 중 하나라고 할 수 있었다.

"무림에서 천대받는 무술인 것은 맞아."

맹강의 싸움은 무림인들이 극도로 혐오하는 방식이었다. 백마전인들도 그래서 맹강의 석실로는 일절 찾아오지 않았을 터이다.

"일단은 끝까지 읽어보고……."

솔직히 능비 역시도 맹강의 싸움 방식은 그다지 마음에 들지 않았다. 그의 뇌리엔 장강에서 대정맹과 당당히 맞서던 아비의 모습이 진하게 박혀 있었다. 무인이라면 모름지기 아비와 같은 모습을 보여야 하지 않겠는가, 그런 생각이었다.

그러나 능비는 하류잡권을 언제부터인가 아주 진지하게 읽어 나갔다. 하류라고 말했지만 결코 하류의 책이 아니었다. 싸움에 관한 독창적인 해석이 책 곳곳에 서술되어 있었다. 서술은 아주 세밀했으며 책을 읽을 때마다 마치 자기 자신이 싸움판에 있는 것처럼 긴장됨을 느꼈다. 그리고 가끔은 개싸움의 장면이 선명히 연상되어 혼자 히죽히죽 웃곤 했다.

바로 이런 경우였다.

밥 처먹고 있는 놈, 술병으로 대가리 때리기!
잠자는 놈, 목조르기!
뒷간에서 볼일 보는 놈, 뒤통수 찌르기!

"응?"

하류잡권의 초식을 그림으로 그려 본격적으로 수련하는 장에서 능비는 문득 눈을 반짝였다. 그림 안에 작은 글씨로 한 줄의 글이 적혀 있었다. 정독해서 보지 않았다면 그런 글이 있었다는 것도 몰랐을 터였다.

연자는 열린 가슴의 상단을 잡아 당겨라!

처음엔 무슨 뜻인지 감을 잡지 못했다. 그러다가 문득 스치
는 생각이 있어 석상의 열린 가슴으로 손을 넣어 상단 부위를
이리저리 만져 봤다.
"여기에 뭐가 있다는 거지? 어, 이건?"
무언가가 손에 잡혔다. 갈고리 같은 물건이다. 능비는 별생
각 없이 그것을 잡아 당겨봤다.
그르르르릉! 캉캉캉캉캉!
그 순간 석실이 요란스럽게 진동했다. 그러더니 사방의 벽
에서 짧고 길고 둥글고 뾰족한 기형물들이 쭉쭉 뻗어 나오기
시작했다.
석실은 일순간에 기형물로 뒤덮인 공간이 되어버렸다.
털컹!
그 순간 석상의 입이 아래로 툭, 열리더니 양피지 하나가 튀
어나왔다.

*축하한다, 연자여! 그대는 진정 하류잡권을 배울 각오가
되어 있도다. 이십팔로수련집기를 여기에 남기노니, 연자는
이것으로 내가 성취했던 수련의 기간보다 열 배는 더 빨리 하
류잡권을 성취할 수 있으리라.*

“아!”

능비는 감탄의 심정으로 주변의 기물을 돌아봤다. 근육과 뼈를 단련시키는 기구도 있고, 정확한 초식을 사용하게 돕는 자세 교정 기구도 있었다. 약물과 무공 서적만 기연이 아니었다. 스승 없이 수련하는 이런 공간에선 이것이야말로 그에게 큰 기연이었다.

*　　*　　*

두 달이 지났다. 능비는 그간 밥 먹는 시간 외에는 일절 석실에서 나오지 않았다. 그는 석실 안에서 종일 육체를 단련했으며 그와 더불어 하류잡권의 초식을 반복 수련했다.

아울러 능비는 이 기간 동안 식당에서 만난 수련생들과는 절대 충돌하지 않았다. 수련생들이 백마총에 들어와 기껏 하류잡권을 배운다며 그를 아무리 놀려먹어도 반응하지 않았다. 때론 직접적인 육체 접촉이 벌어져도 그가 먼저 순순히 피했다.

석 달을 넘길 무렵부터는 남자로 태어나 배알도 없는 머저리 놈이라고 욕을 들어먹었다. 능비는 이때도 반응하지 않았다. 정말로 머저리가 된 것처럼 오직 하류잡권 수련에만 매진했다.

오 개월이 되던 시점에서부터 능비는 조금씩 다른 활동을 하기 시작했다. 새벽이면 석실에서 나와 구보를 하였고, 오전 수련이 끝나면 본관의 백마서고로 들어가 잡다한 일반 무서와 무림의 인물에 관한 역사 서적을 독파했다. 그리고 육체 수련이 끝난 밤이면 가부좌를 틀고 열화일기공과 현음무상기를 지겹도록 연성했다.

그렇게 다시 십 개월째가 되던 시점이었다. 이날은 그가 정확히 열여덟 살이 되는 날이기도 했다. 마침 본관 식당에서 중식으로 오리 수육과 해물잡탕이 나오고 있었다. 그는 생일날치고는 나쁘지 않은 음식이라는 생각에 보통 때보다 훨씬 일찍 본관 식당으로 향했다.

"재수없어. 저리 가서 먹어."

"꺼져! 왜 내 옆에 오고 지랄이야."

이제까지는 항상 남들 다 먹고 난 다음에 식당에서 밥을 먹었다. 그런데 정상적인 시간에 식당으로 오자 난감한 일이 거듭 발생했다. 수련생들이 하나같이 그와 합석을 기피하고 있었다. 능비가 그렇게 일각 동안 자리도 없이 식당 중앙에 우두커니 서 있을 때였다.

"어이, 백검마. 이리 와. 여기서 먹어."

고맙게도 누가 그를 초청해 주었다. 능비는 그곳으로 걸어가며 자신에게 말을 전한 대상을 살펴봤다. 상대는 스무 살가량의 남자 수련생인데, 턱에는 벌써 수염이 더북했고 허리 뒤에는 한 자루 검이 걸려 있었다.

능비는 자리에 앉으며 눈인사를 전했다.

“고마워.”

“고맙긴. 원래 밥 먹을 때는 개도 안 건드리는 법이야. 남들 눈치 보지 말고 거기서 편히 먹어. 널 괴롭히는 놈들은 내가 다 막아줄 테니.”

털보수련생은 개를 말할 때 씨익 웃음을 지었다. 무언가 기분 나쁜 웃음이었지만 능비는 털보수련생의 그 고마운 마음만으로도 충분히 감사했다.

이곳에서 인간 대접을 받는 것은 처음이었다. 생일이라서 받는 혜택인가.

“사실 우리가 그날 많이 심하긴 했어. 알고 보면 나중에 마도의 동지가 될 식구인데 말이야. 자, 내가 동지들을 대신해서 그날의 일을 사과할게. 너도 그만 마음 풀라고.”

능비는 털보수련생의 말을 들으며 묵묵히 음식을 먹었다. 솔직히 아주 조금 가슴이 흐뭇해지는 것도 있다. 늑대 소굴에 이런 인간적인 놈도 있는 것이다.

털보수련생의 말은 계속됐다.

“그리고 말이야, 따지자면 백검마와 나는 남도 아냐. 우린 검마 연합의 동지가 아니겠어? 참, 내 소개를 안 했군. 난 오검마라고 해. 현재 멸절상인의 멸절신검을 연성 중이지.”

“……!”

“앞으로 우리 잘해보자고. 뭐, 오검마인 내가 많이 손해 보는 일이 되겠지만.”

“……”

능비는 대답 대신 젓가락을 조용히 식탁에 내려놓았다. 그
리고 은밀히, 아주 은밀히 식판을 손에 잡았다.

「마도종사」 2권에서 계속…

› # 저작권 보호!!

장르문학의 성장에 힘이 되어주십시오.

저작물의 무단 전재와 복제, 불법 다운로드!
이것은 관심이 아니라 무관심입니다!

작가님들은 창의적 열정과 시간을 투자해 자신의 꿈과 생계를 유지합니다.
한 권의 책을 만들어 많은 사람들은 자신의 인생과 미래를 설계합니다.

저작물 속에는 여러 사람의 노력과 희망이
담겨 있습니다!

저작물의 무단 전재와 복제, 불법 다운로드는 여러 사람들의 꿈과 생계를
위협함으로써 장르문학을 심각한 상황에 빠뜨리고 있습니다.

이제는 무관심이 아니라 관심으로 장르문학의
성장에 힘이 되어주세요.

[도서출판 청어람은 항시적인 저작권 보호를 통해 장르문학과
여러분의 희망을 지키겠습니다.]

저작물의 무단 전재와 복제, 불법 다운로드는 법률에 의해 처벌받을 수 있습니다.
저작권법 제97조의5 (권리의 침해죄)
저작재산권 그 밖의 이 법에 의하여 보호되는 재산적 권리(제73조의 4의 규정에 의한 권리를
제외한다)를 복제 · 공연 · 방송 · 전시 · 전송 · 배포 · 2차적 저작물 작성의 방법으로 침해한
자는 5년 이하의 징역 또는 5천만 원 이하의 벌금에 처하거나 이를 병과(동시에 두 가지 이상의
형벌을 지우는 일)할 수 있다.

도서출판 청어람

무공을 익힐 수 없는 비운의 천재 제갈수.
공작가의 망나니 공자 슈.

운명을 벗어나려는 제갈수의 노력은 당나니 공자의 죽음과 만나 비상한다.

제갈수의 영혼과 슈의 신체를 이어받은 새로운 슈 부르셀라 폰 레비안또 가누비엔
그것은 하나의 위대한 기적!

홀로선별 퓨전 판타지의 신기원!
『기적!』

따뜻한 그의 이야기가 지금 시작된다.

유행이 아닌 자유추구 -
WWW.chungeoram.com
Book Publishing CHUNGEORAM

KARMA MASTER 카르마 마스터

이상혁 게임 판타지 소설

살아 있다는 것이 무엇인가?

살아 있는 것과 살아 있지 않은 것. 자극을 받는 것과 받지 않는 것.
자극을 받는 그 무엇. 즉, 자아(自我).

형이 개발한 게임, 샹그릴라에서 만난 소녀. 사고로 깊은 잠에 빠진 형을 알고 있는 그녀로
인해 한규의 게임 인생이 180도 뒤바뀐다!

"한규, 티아메트 만나."

이상혁 작가의 새로운 도전! 〈카르마 마스터〉
샹그릴라를 둘러싼 비밀까지 한규로 날려 버린다!

Book Publishing CHUNGEORAM

유행이 아닌 자유추구 -
WWW.chungeoram.com

Book Publishing CHUNGEORAM

김대산
퓨전 무협 소설

몽상가
夢想家

"살아남아라!"

구르퉁!
옥방의 문은 닫히고, 그는 꿈속에서 생명을 건 싸움을 계속한다!

끝나지 않는 꿈속의 투쟁, 꿈에서 깨면 언제나처럼 이어지는 현실.
꿈속의 내가 나인가? 현실의 내가 나인가?

이윽고, 두 개의 삶이 점차 하나가 되고……
그 끝에 기다리는 운명은?

김대산의 여덟 번째 독특한 세상 〈몽상가〉!
전율로 감싼 꿈과 현실의 김대산류 이야기가 찾아온다!

유행이 아닌 자유추구 ─
WWW.chungeoram.com
Book Publishing CHUNGEORAM

婚事行
혼사행

항상
新무협 판타지 소설

용감한 영웅은 싸우다 전장에서 죽었고,
의리를 아는 영웅은 모함을 받아 죽었고,
진짜 영웅다운 영웅은 환멸을 느끼고 강호를 떠났다.

영웅다운 영웅, 무적신검 황조령.
백전백승의 신화를 창조한 무림지존.

그러나…
배필을 찾는 일에는 백선백퇴짜의 불명예를 달성하다!!!

유행이 아닌 자유추구 –
WWW.chungeoram.com
Book Publishing CHUNGEORAM